LOCUS

LOCUS

LOCUS

LOCUS

mark

這個系列標記的是一些人、一些事件與活動。

mark 187

他們互相傷害的時候：
台灣文學百年論戰

作者：朱宥勳
編輯：林盈志
封面設計：簡廷昇
內頁排版：江宜蔚
校對：吳美滿

出版者：大塊文化出版股份有限公司
105022 台北市松山區南京東路四段 25 號 11 樓
電子信箱：www.locuspublishing.com
服務專線：0800-006689
電話：(02) 87123898　傳真：(02) 87123897
郵撥帳號：18955675　戶名：大塊文化出版股份有限公司
法律顧問：董安丹律師、顧慕堯律師
權利所有　侵害必究

總經銷：大和書報圖書股份有限公司
地址：新北市新莊區五工五路 2 號
電話：(02) 89902588 (代表號)

初版一刷：2023 年 9 月
定價：新台幣 450 元
ISBN：978-626-7317-64-8
Printed in Taiwan. All rights reserved.

他們互相傷害的時候

台灣文學百年論戰

When They Were Hurting Each Other :
A Hundred Years of Controversies on Taiwanese Literature

朱宥勳

目次

推薦序——日暖風和，草青沙軟，正是大好戰場

唐捐

1

文與武對蹠，創作與殺伐有別。但在文學史的許多章節裡，絕難迴避戰爭修辭。愛與美，意象與情節，我輩文學中人無不珍而愛之；但要是沒有人行批判、爭辯與倡議之事，文學根本無法實現。易言之，演技是個人的修為，而戲要能夠演起來，卻是群體的事。兵者為凶器，聖人不得已而用之。但文字層次的刀光劍影，卻常能推動文藝的發展。

我不打遊戲，卻是ＮＨＫ大河劇的狂熱愛好者。如眾所知，戰國時代的織田、豐臣、德川是一演再演的。但同一個歷史人物，在不同的劇本裡，總有些細微的差異。前日我看劇，有個酷酷的角色說：「規則的存在，不正是為了讓強者來加以打破的嗎？」其實，規則常常

也是強者訂立的。我們或可把這裡的強者改為勇者、智者或仁者(以上亦即參戰的三種正面動機),他們未必都很強,但願意發聲參與規則的協商。

筆戰之分析,有三個重點:一曰文章,二曰戰術,三曰情勢。

你想參戰,就要「寫文章」,有人持論有據,觀念深刻,但不太會寫文章(也有人正好相反)。分析這些文章的構造與策略,正是宥勳的強項。筆戰文章常是實踐出來的,就像有些戰術是在戰場上被逼出來的一樣。但只要我們累積經驗,深明文章之術,論辯之道,就可以從中找到各種模式。如同名偵探柯南總有一種身在局中,立刻解讀案件,捉摸犯罪者之心及其隱蔽之道。「戰術」當然不同於修辭術,但前者須賴後者實現,好的評析者必須辨別兩者。至於「情勢」,就是我最近看的那部《天地人》的潛在主題了,事件中人無不默默騁其「意志」來製造、利用或抵抗局面,這便是論戰好看的地方。

依我所知,宥勳具有文學、歷史、政治三種層面的自我訓練。對於話語形構的敏感,有助於他掌握敘事的來龍去脈。對於文學戰場的識讀能力,則使他能夠指陳歷史曲折深處的光芒與暗影。有幾個方法是他慣用而常收奇效的,一是建立時間軸,考察先後,並分清楚兩個事件之間是否存在因果性,還是僅具偶然的時間關係。二是把概念、論點與立場「地理化」,最明顯是鄉土文學論戰那一章所說的「一個詞彙就是一處戰略高地」。先標出突出地表的高點，即可隱然拉出一張地圖，進而評判作戰的輕重緩急，兩軍的進退得失。三是人物的還原，就像寫小說一樣，惟有捕捉到人物的心理與性格，敘述才會生動。宥勳在這個面向，充分發揮他做為小說／歷史家的長處，故能精準呈現論戰的內在動力。

2

張我軍大戰舊文壇，是為本書之序曲。做為天字第一號戰神，張我軍善於下標題，迅速賦予自身革命者的角色。「論戰」的話語型態是「議論」，惟參戰者之自我定位，史家之加以再現，皆不得不是「敘事」。張我軍與連雅堂之間的挑戰與迎（或不迎）戰，即敘事內層；戰後廖漢臣那篇回顧文章，則可視為敘述外層。宥勳的評析頗能兼顧兩層，像在辦案一樣，逐步廓清迷霧，還原事件的本體。

論戰的過程，常是論敵相互敘述的過程，有時揣想對手的動機，有時直接分派給他一種角色。以雙陳之戰為例，陳映真很快送出一塊台獨大將的匾額，陳芳明則在回應文章，這樣起頭：「中國社科院院士陳映真所寫的長文……」。兩人各非其所非，目標都極顯著。雙陳皆極善於敘述（未必等於議論）的人，宥勳則從容出入於兩套敘述之間，分別找出其破綻，進而綜合其生命經歷、知識背景，提出自己對戰局的闡釋。

雙陳性格分明，爭論起來富於戲劇性。然而有些論戰，非但沒有大主角，甚至還形成多人混戰的局面。這時便須站在高處，理出兩軍態勢。——當然，有時是三股勢力化做敵中有我、我中有敵的東西軍。「橋」副刊論戰就有這樣的味道，參戰者既多，觀點也不免紛雜。宥勳在這裡展現極強的統整的能力，我最喜歡他的「小結裏」，比方說：本省作家的立場大致有三點，整場論戰大致有兩個主軸，而做為第三主軸的左派路線爭論裡又可再分為兩個戰場……。這種歸結能力，很快幫助讀者掌握戰場局勢，喧譁之眾聲聽起來便有了頭緒。而敘述者也就能一邊引領聽講者擴充所知，一邊提出自己的「大判斷」了。

宥勳說得好，「一場論戰沒解決的，就是下一場論戰的伏筆。」所謂敘事經常涉及情節的串連，他之所以能夠將這些不同時間點的議論轉化為有機的敘事，關鍵或在於能夠發現這十場論戰之間隱微的連結。假如讀者解識其中的慧心，必將獲得歷史的感悟，如同觀看一齣台灣文學風潮的大河劇。

3

文學論戰之勝敗，經常難以當下立分，而須有請「未來」做裁判。比方說「天狼星論戰」的兩方（及其追隨者），都認為自己贏了。通常我們會講，歷史往哪個方向發展，就代表誰勝利。但也未必，因為歷史既會搖擺，又會分叉，甚至還會偽裝……。無論如何，治史者依據自己的知識、立場或美學判斷，解析其策略，評騭其得失，既是必要的工作，通常也是史論最好看的地方。

宥勳從台灣文學史上摘錄這十場論戰，既基於一種台灣史觀，也隱含一套核心敘述。真正的主角是「台灣（新）文學」，他從渾沌走向明確，從邊緣走向體制，從微弱走向盛壯，歷經頗多波折。專講作品只能「知其然」，細說創作背後的文學風潮才能「知其所以然」。因此宥勳極為自覺地，專從論戰來呈現台灣文學的萌芽茁壯，以及過程中的甘苦與光影。

難能可貴的是，宥勳並不簡單地說合於這條主軸者就是絕對厲害，在不同的歷史階段能為台灣文學做出關鍵性貢獻者便是文化英雄。他下筆固然犀利，但卻願意去傾聽不同立場的參戰者所發出的聲音，理解其脈絡。宥勳的理念與價值很明快，但我相信，他應該跟我一樣欣賞大多數參戰者。文人不同於武士，通常不以戰鬥為職志，願意放下手邊的私事來參與公共討論，便是好事。——當然，前提是不要為虎作倀。

沒有錯，論戰文章絕難獨立於立場與觀點之外，但文章的技術卻是中立的。就像兩軍對壘或基於義，或據於勢，一套好的兵法卻是人人可以借鑑。我讀此書，特別懷念那些有能力點燃戰火的人（他通常必須具備理念、勇氣、戰術），文壇的太平未必是福。我們披覽這本戰紀，憑弔舊戰場，知史實，驗得失，緬懷既往的風雲兒；同時也可以體認其心法，鼓盪熱血，把握時代課題，掀起下一場精彩的論戰。

（二〇二三年七月三十日于首爾旅次中）

他們互相傷害的時候

When They Were Hurting Each Other :

A Hundred Years of Controversies on Taiwanese Literature

台灣文學百年論戰

朱宥勳

他們不能隨和。他們各持己見。
他們吵架時，不時出現某種刀鋒般的智慧，
精華異常，然而卻只能用來傷害彼此。

——郭松棻，〈向陽〉

前言——生來就是要戰鬥的文學

我是在不知不覺間，發現自己被別人當成了「很愛打筆戰的人」。說起來大概沒人相信，但我一直都沒有覺得自己很好戰。在我來說，我只是把平日會講的話寫成文章而已。比如說，跟文友碰頭的時候，不總是會聊聊最近哪本新書寫得真好、哪本爛到不可思議嗎？或者，在學生時代的課堂討論，同學講出一種你不理解的說法時，我們總是會問一句：「這個說法出處在哪裡？」或直接說：「這個說法似乎沒有考慮到某某層面。」這些對我來說，都是很「日常」的談話內容。

然而，一旦我把這些內容寫成文章，我就變成「很愛打筆戰的人」了。

這樣的溫差，似乎是東亞社會的常態。私下可以講得萬般直接甚至惡毒，但公開就要遮遮掩掩、迂迴婉轉。我從學校畢業沒多久後，也就習慣了這樣的人情世故，有時甚至也能主動地婉轉幾下子了。有一次，我接受一位奧地利學者的訪談，和他解釋台灣的一句俗語：「人前留一線，日後好相見。」反而是在和外國人解釋的過程裡，我才發現這句話蘊涵了多少台灣人特殊的思維模式。比如說，要「留一線」的是「人前」，「人後」就未必了；而每一次當下的相處，都必須考慮到「日後」的「相見」，但這樣的考慮也僅止於「相見」，沒人在乎實際上雙方是否真心相待。

這句俗語表面溫婉，實則冷淡，以維護彼此面子為第一優先，並且也只維護面子，多的請自行負責。但奇妙的是，當我研讀台灣文學史的時候，卻發現文學人有夠喜歡公開論戰。幾乎台灣文學史的每一個階段，都曾爆發過重要的論戰。而且，這些論戰不是吵過就算了，都還真的會影響下一個世代的文學方向。可以說，只要掌握了每一次論戰的內涵，我們基本上就能理解台灣文學的演變軌跡。

這聽起來非常違反直覺：一個不喜公開衝突、維護面子的社會當中，被認為是最溫文儒雅的文學人，最後竟然寫下一連串好戰好鬥的歷史。為什麼會這樣？我有些朋友認為是台灣「分類械鬥」的習氣使然，另一些朋友認為左派文學觀「非得吵出一套正確綱領」的思維頗有影響。這些說法，我都認為滿有道理的。不過，如果從「文學」的角度出發，我心裡其實有另一種解釋，那就是「文學本來就是排他的」。

或者，更精確地說，「文學信念本來就是排他的」。

什麼意思呢？這恐怕是文學讀者跟文學創作者之間最大的差異了。文學讀者縱然有自己的偏好或品味，但他們是不需要有什麼「信念」的。他們可以在閱讀白先勇的時候肯定「角色塑造是小說最重要的成分」，也可以在閱讀張亦絢時感受到「敏銳的思辨能凌駕一切小說技巧」。文學讀者可以任意享受不同類型的文學作品，每一本都可以當作個案來單獨品讀。因此，文學讀者的標準可以浮動，今天喜歡A明天重視B，那是完全沒問題的。

但是，文學創作者沒有辦法。一個人如果要長久創作下去，勢必要選擇自己的核心價值。落筆之時，你往往必須抉擇「重視角色塑造」還是「重視主題思辨」，甚至還要決定自己的心神該花在「文字打磨」、「結構設計」、「意象創造」，還是「形式實驗」……文學創作可以考慮的面向太多了。正因為條條大路通羅馬，所以文學創作者必須非常謹慎地決定自己要走哪一條大道。而人的才力與生命有限，面對文學各面向的滔滔江海，我們往往只能取一瓢飲。

於是，自我拷問開始了：取哪一瓢飲？

選下去，那就是文學創作者的文學核心。請別輕忽「核心」二字的重量，它的意思是「如果其他事物與之相沖，我會放棄其他事物」。比如說，如果我認定的文學核心是「形式實驗」，那我就會全力去寫出各種前人沒見過的形式，哪怕因此寫出來的東西很難看也無所謂。如果我認定「社會批判」才是文學的核心，那我就寧可寫出形式上樸素、內容也不一定有太大創意的作品，但一定要描寫某些社會議題。因此，文學核心是「只有一個」、「具有排他性」的。

這就是一切文學論戰的起源。如果每一位作家都持守自己的文學核心，自己躲在自家書房寫，那可能還沒什麼問題。但實際上，作家會在文壇活動，會與其他作家競爭版面、獎項、讀者市場，也會希望把自己的文學核心傳遞給下個世代的文學新人。這時候，衝突就開始了。你所認定的核心，很可能會直接與我所持守的信念矛盾；或者我所認定的核心，在你持守的信念裡根本是有害的。更複雜的是，A作家秉持A核心寫出的作品，很可能會被B作家用B核心來評論，導致非常負面的評價；A作家當然會覺得對方胡說八道，根本不懂自己的創作脈絡……如此一來，焉能不戰？

但先別害怕，我並不認為作家「擇善固執」的行為，必然比較高明或比較令人敬佩。前面說過，文學讀者本來就沒有選邊站的義務。那為什麼還要去看這些作家的論戰呢？因為，唯有在論戰裡，你會看到「眾家核心」一次出場，並且可以看到他們如何捍衛自己的文學核心。在時過境遷之後，那些文學論戰幾乎可以當作某種「文學特展」來看——你不會在其他場合，看到作家講出這麼多「為什麼我這套比較好」的理由，也很少有機會看到他們全力批評彼此的論點。因此，你只要把論戰當中兩邊（或多邊）的說法合在一起看，往往就能完整看出一套文學理念的長短。我個人認為，沒有什麼場合比文學論戰更適合拿來學習文學理論；平常每個理論看起來都頭頭是道，上場論戰之後，你才會看清楚各家之言究竟成色如何。

《他們互相傷害的時候》就是秉持著這樣的想法來寫作的。我當然對書中的每一場論戰都有自己的看法，但我更想分享給你的，是「台灣文學史上曾有這麼多奇思妙想」。這些作家的想法，有些至今仍然通行，有些早已被人遺忘。有些成為多數人的共識，有些則還持續爭論中。這些東西加在一起，就能告訴我們「現在的台灣文學為什麼是這個樣子」，我們的豐碩成果與未竟之處何在。

雖然這樣有點僭越，但請容我稍微推薦幾種閱讀本書的方法。首先，我努力把這本書串連成類似「章回小說」的形式。我會在每一章談一波重要的文學論戰，而這些論戰沒能解決的問題，往往就會串連到下一波去。因此，每一章都是「欲知後事如何，請待下回分解」。如果你能跟著這條線索走，應該能清楚看見台灣文學的「進度條」是怎麼跑的，不管是順利推進還是屢屢卡關。

其次，我必須提醒：這並不是一本客觀呈現論戰史料的書。每一波論戰，我都會分析各方陣營的「理論」與「戰術」。所謂「理論」，就是他們所持守的文學核心，我會盡量扼要呈現他們的想法；所謂「戰術」，就是他們秉持上述理論，和其他陣營打筆戰時，所採取的論辯技巧。兩個部分都一定會夾帶我的個人觀點，特別是後者：我會以自己參與過若干論戰的經驗，結合我對台灣文學史的理解，來客串一回「場邊球評」。雖然我只會提出我有把握的說法，但我不能保證書中的每一個判斷都是學術通說。畢竟這並不是一本經過嚴密學術審查的專書；如果你和我有不同意見，這是完全正常的，我也非常歡迎讀者的公開討論。

最後，是我個人覺得最有趣的一部分。兩年前，我出版了《他們沒在寫小說的時候》，那是一本評傳，以「人」為軸線；而現在這本《他們互相傷害的時候》，則是「紀事本末體」，以「事」為軸線。然而，我所挑選的十場論戰密集分布於八十年內，因此有許多作家參與了多場論戰。於是，就產生了一個有趣的看點，那便是「事中追人」——比如說，葉石濤同時出現在第三章、第四章、第七章、第八章；余光中同時出現在第五章、第六章、第七章；陳映真在第七章以後幾乎無役不與；陳芳明則在第八章以後大為活躍……如果你願意比對「同一個人、在不同論戰的立場」，相信更會感到人的複雜性，以及時間的微妙力量。當一個人立場從未變過，我們該說他堅定還是頑固？當一個人立場有巨大轉折，這究竟是意志不堅、還是願意接納諫言？這些判斷，完全可以由你來決定。

好了，前言說得有點長，似乎該進入正題了。現在，請你做好準備，一起回到一九二四年，距今剛好一百年整的台灣。就在那一年，一場催生了「台灣新文學」的論戰發生了。沒錯，這就是台灣文學史的風格：我們從呱呱落地的那一刻，就是從戰鬥開始的。

一——開啟新時代的戰術，有時不太光彩：新舊文學論戰

本來是一個反派角色

如果要在一百年前的台灣文化界，找一個最被唾棄的「反派角色」，你會想到誰？在我的學生時代，我第一個想到的會是政治人物連戰的祖父、連勝文的曾祖父，台南出身的詩人連雅堂。那時候我對他沒什麼好印象，雖然知道他撰寫的《台灣通史》和編著的《台灣語典》是重要文獻，但相比於此，我更記得他某些討人厭的言行。若要在他身上蓋個「反派」的印章，我是不會猶豫的。

然而，現在我卻不是那麼篤定了。

連雅堂之所以常被視為台灣史上的反派角色，主要有兩個理由。第一是著名的「鴉片有益論」事件。日本殖民政府統治台灣期間，為了增添財政收入，明知鴉片對人民健康有害，但還是保有鴉片專賣制度。到了一九二九年，甚至大開政策倒車，頒布《改正阿片令》，放寬鴉片牌照的發放。這件事引起台灣各界的反彈，殖民政府長期以來指責台灣人有種種陋習，並且以此歧視台灣人。結果在台灣人自己正努力革除陋習的時候，怎麼日本人反過來鼓勵台灣人吸鴉片？

就在一片罵聲中，連雅堂站上了逆風的位置，發表了〈台灣阿片特許問題〉。這篇文章用許多極為扭曲的思路，來幫殖民政府的鴉片政策辯護。其中最神奇的論點，就是主張台灣自古以來多瘴厲之氣，勞工需要吸食鴉片才能存活，因此：「台灣人之吸食阿片，為勤勞也，非懶惰也；為進取也，非退守也！」由此論點出發，連雅堂甚至主張台灣之能夠開發繁榮，還應該感謝鴉片：「平心而論，我輩今日之得享受土地物產之利者，非我先民開墾之功乎？而我先民之得盡力開墾，前茅後勁，再接再厲，以造成今日之基礎者，非受阿片之效乎？」既然鴉片這麼好，那殖民政府多發牌照，自然也不是什麼糟糕的政策了。

此文一出，立刻轟動全台知識分子——當然是負面的轟動。連雅堂主要活動的圈子，是日治時期非常活躍的「漢詩」社群。所謂「漢詩」，就是現在我們所稱的古典詩，包含絕句、律詩、古詩等等。日治時期是台灣漢詩的黃金時代，光是目前可考的詩社數量就超過三百八十個。現在你把全台灣大大小小、不分小說新詩散文的文學社團通通加在一起，恐怕也沒有三百八十個。連雅堂在漢詩圈中頗富名望，甚至有「台灣三大詩人」的封號，並非等閒之輩。然而在他發表了〈台灣阿片特許問題〉之後，整個詩壇和文化界一致唾棄他。他被台中的重要詩社「櫟社」開除會籍，也被台北和台南的詩壇排斥。最終，連雅堂實在待不下去，只好黯然離台，遠赴中國。

第二個討厭他的理由，就跟本書主題大有關係了：在「新舊文學論戰」期間，連雅堂是站在「舊文學」一邊，反對「新文學」的陣營。所謂「新文學」和「舊文學」，我們可以先暫時想像成「白話文」和「文言文」（這個想法實際上有點不精準，我們在後面會陸續討論）兩大陣營。而「新舊文學論戰」，就是一批新銳作家要求打倒「舊」的文言文學，建立「新」的白話文學所引發的論戰。如前所述，連雅堂主要的文學修養是古典文學——他連幫殖民政府辯護都寫文言文——，會反對新生的、還沒那麼典雅的白話文學，是完全不奇怪的。

少時研究現代文學、熱愛現代文學的我，當然是完全不能接受他的立場。特別是在我閱讀了論戰期間，連雅堂作為舊文學陣營主將，與新文學陣營主將張我軍的論戰文章之後，我更是覺得這人不但趨炎附勢、道德水準低落，文學思想也十分落伍。要討厭他，是完全站得住腳的吧！

但現在的我，卻發現這裡面可能有點誤會。

「新舊文學論戰」的爆發

在說明誤會之前，我們先回到事情的起點，概略說明一下「新舊文學論戰」到底是怎麼發生的。然後，我們才能有足夠的線索，去理解其中複雜的文學糾葛。

在坊間通說裡，我們會認為「新舊文學論戰」爆發於一九二四年。不管你是研讀台灣文學史的研究生，還是只在通識課聽過一點台灣文學課程的人，都會聽到類似說法：一九二四年十一月，留學於北京的台灣人張我軍，因為有感於中國的「白話文運動」發展得如火如荼，決心將這道文學之火引入台灣。於是從一九二四年的〈糟糕的台灣文學界〉開始，到一九二五年的一年左右，張我軍至少就在《台灣民報》上發表了九篇文章，大聲疾呼要打倒腐敗的舊文學、建立有益於社會改革的新文學。

說張我軍發表了九篇文章，你可能沒什麼感覺，但我們還得考慮以下兩件事：其一，《台灣民報》是當時民間最重要的報刊，號稱「台灣人唯一的言論機構」，因此在上面連續發表文章是非同小可的。其二，一九二四年的《台灣民報》還是「旬刊」，直到一九二五年改為「週刊」，分別是十天一刊、七天一刊。再加上張我軍的論述氣勢磅礡，一篇文章常常要分好幾天連載，因此如果你實際去翻閱舊報紙，你會有一種幾乎每一期都有張我軍、他根本一直洗版的感覺。

張我軍的文章不只數量多，內容也火力強大，毫無疑問是台灣新文學的第一位戰神。他的鋒銳風格，從標題便可略見一二，比如〈糟糕的台灣文學界〉、〈為台灣的文學界一哭〉、〈請合力拆下這座敗草欉中的破舊殿堂〉、〈絕無僅有的擊缽吟的意義〉……都是直接點名整個文學界來挑戰的。當時「新文學」還沒崛起，被點名的當然就是盤據文壇主流的「舊文學」了。一般認為，論戰是從〈糟糕的台灣文學界〉開始的。在這篇文章裡，他對全體古典文人開了地圖砲：

這幾年台灣的文學界要算是熱鬧極了！差不多是有史以來的盛況。試看各地詩會之多，詩翁、詩伯也到處皆是，一般人對於文學也興致勃勃。這實在是可羨、可喜的現象。那末我們也能從此看出許多的好作品，而且乘此時機，弄出幾個天才來為我們的文學界爭光，也是應該的。如此纔不負這種盛況，方不負我們的期望，而暗淡的文學史也許能藉此留下一點光明。然而創詩會的儘管創，做詩的儘管做，一般人之於文學儘管有興味，而不但沒有產出差強人意的作品，甚至造出一種臭不可聞的惡空氣來，把一班文士的臉丟盡無遺，甚至埋沒了許多有為的天才，陷害了不少活活潑潑的青年，我們於是禁不住要出來叫嚷一聲了。

這段頗有時代風味的白話文戰文，若要很簡化地摘要其主張，其實就一句話：「你們在座的古典文人，通通都是垃圾。」

都罵到這個份上了，古典文人焉有忍氣吞聲之理？其實，古典文人多半是地主仕紳出身，並不依靠文學維生，寫作純粹是一種文化教養與傳統的生活方式。大多數報刊也都掌握在古典文人手上，發表版面十分暢通。因此，面對來勢洶洶的張我軍和其他主張新文學的後生小輩，古典文人的基本態度是「冷處理」——幹嘛跟你戰呢？你罵半天也不能改變什麼呀，我們有錢有勢，根本不會被幾篇戰文動搖地位。說是這樣說，人心畢竟是肉做的，就算理智上知道不必回應，還是會有人沉不住氣。於是，沉不住氣的連雅堂參戰了，他在〈台灣詠史．跋〉寫了這樣一段文字：

今之學子。口未讀六藝之書。目未接百家之論。耳未聆離騷樂府之音。而囂囂然曰。漢文可廢。漢文可廢。甚而提倡新文學。鼓吹新體詩。秕糠故籍。自命時髦。吾不知其所謂新者何在？其所謂新者，特西人小說戲劇之餘，丐其一滴沾沾自喜，是誠坎阱之蛙，不足以語汪洋之海也。

以文言文的標準來說，這段可以說是回得很酸了。特別是「丐其一滴沾沾自喜」這句，頗有點打蛇在七寸的味道：張我軍等「新文學」支持者，其主要的理論和模仿對象，確實都以西方世界為根源。然而，這些人是不是真的很懂西方文學？在創作上，是否又真能掌握西方文學的精髓？這都是不無疑問的。對此，張我軍顯然沒有想要在西方文學的認知程度上一較高下，反而回頭去反駁連雅堂前半關於「你們都沒讀過六藝百家等古書」的說法。他接著發表了〈為台灣的文學界一哭〉回擊：

> 請問我們這位大詩人，不知道是根據什麼來斷定提倡新文學，鼓吹新體詩的人，便都說漢文可廢，便都沒有讀過六藝之書和百家之論、離騷樂府之音。而你反對新文學的人，都讀得滿腹文章嗎？

張我軍與連雅堂的這幾個來回，從文學思想上、到筆戰戰術上，都有許多可玩味之處，值得讀者細細品讀。我會在稍後提出自己的想法，暫且先不細說。但可以確認的是，在張我軍與連雅堂來回駁火之後，這場「新舊文學論戰」正式掀開序幕，古典文學方被迫應戰，再也無法冷處理了。雙方陣營都拉起旗號，各有論點、各有隊友，一時之間風風火火，彼此打得好不熱鬧。如果你去閱讀這段文學史，也多半會得到一個印象：這場論戰最大的得益者，絕對是新文學陣營。自此一戰，他們確立了自身的文學地位，開啟了未來一百年，台灣文壇以白話文學為主流的發展方向。至於古典文學，由於觀念顢頇守舊、不符合社會需求，自然慢慢被文壇淘汰，失去了影響力……

但其實，上述主流說法卻存在一些微妙的錯誤。

戰術藏在細節裡

上述對「新舊文學論戰」的通說，主要來自一九五四年廖漢臣的〈新舊文學之爭——台灣文壇一筆流水賬〉這篇文章。廖漢臣是日治時期的作家、記者，在戰後敘寫這段文壇往事，自然讓人覺得有幾分權威性。而他所勾勒出來的故事框架，也很自然而然被後世的讀者採用，成為我們想像這場論戰始末的認知框架。我們上一節所講的「張我軍引戰、連雅堂迎戰」之過程，基本上就是脫胎於廖漢臣的文章。

廖漢臣的這篇「流水賬」記錄了台灣新文學誕生的重要事件，並且穿越歷史的壁障，將本來可能隱沒在故紙堆中的文學回憶帶到戰後，就這一點來說是功不可沒的。但是，如果我們仔細考察張我軍和連雅堂幾篇論戰文章的發表時間，馬上就會發現不對勁了。依照廖漢臣的敘述，兩人的發表順序應是：

1、張我軍〈糟糕的台灣文學界〉引戰
2、連雅堂〈台灣詠史・跋〉回擊
3、張我軍〈為台灣的文學界一哭〉再回擊

但是，這三篇文章實際上的發表時間卻是這樣的：

一九二四年十一月十五日，連雅堂〈台灣詠史・跋〉
一九二四年十一月二十一日，張我軍〈糟糕的台灣文學界〉
一九二四年十二月十一日，張我軍〈為台灣的文學界一哭〉

發現問題了嗎？廖漢臣所敘述的故事，讓我們搞錯了一個時間點：連雅堂〈台灣詠史・跋〉不太可能是回應張我軍〈糟糕的台灣文學界〉，因為他的文章比這篇還要早發表六天！

事實上，〈糟糕的台灣文學界〉並不是「新舊文學論戰」的起點。根據日本學者河原功的研究，其實早在同年四月，張我軍就已經發表了〈致台灣青年的一封信〉。這篇文章並沒有專門論述「新文學」，而是張我軍以一名北京留學生的口吻，向島內青年呼籲要累積自身實力、為改革社會做準備的勉勵性文章。也許是有感而發，他在文章最後突然酸了「舊文學」兩句：

> 不然諸君怎的不讀些有用的書，來實際應用於社會，而每日只知道做些似是而非的詩，來做詩韻合解的奴隸，或講什麼八股文章，替先人保存臭味。（台灣的詩文等，從不見過真正有文學價值的，且又不思改革，只在糞堆裡滾來滾去，滾到百年千年，也只是滾得一身臭糞。）想出出風頭，竟然自稱詩翁、詩伯，鬧個不休。這是什麼現象呢？

這段文字雖然很酸，卻只占全文的一小部分，絕非文章主題。但也許就是這一小段文字，讓舊文學陣營的文人在心頭記了一筆。隨後，這篇文章沒有產生太多迴響。直到同年九月，才有一位張梗寫了〈討論舊小說的改革問題〉，繼續討論舊文學的弊病。

因此，如果我們追隨廖漢臣的框架，把論戰起點訂在一九二四年十一月的〈糟糕的台灣文學界〉，整件事就會變得完全不合邏輯，彷彿那時台灣已經有時光機一樣。但如果把起點訂在四月的〈致台灣青年的一封信〉，不但邏輯會完全合理，也更能窺測作家之間的微妙互動。這便是研究文學論戰的有趣與困難之處，光是起點和終點的認知差異，就能說出完全不一樣的故事。廖漢臣的說法，是將「新舊文學論戰」說成十一月間短兵相接爆發的大戰。然而依照我們排出的時序，狀況或許更像是：張我軍和連雅堂兩人，最早都只是隨口互酸，並沒有拉下陣勢大打一架的計畫。而到了十一月，張我軍才真正想要拉高聲調，把「新文學」這個議題炒起來，因此發表了言詞尖銳的〈糟糕的台灣文學界〉。而〈台灣詠史・跋〉雖然比較早發表，但張我軍寫這篇文章時，顯然還沒讀到連雅堂所發行的那一期雜誌，因此在文章裡並沒有任何回應、也沒有指名道姓。過一陣子，他讀到了連雅堂的那段酸文，才又以〈為台灣的文學界一哭〉重砲回擊，終於釀成大戰。

由此，也就可以解釋連雅堂為什麼會在〈台灣詠史・跋〉這麼奇怪的場合回應張我軍。因為這本來就不是一篇應戰文字。從標題便可知，這是一篇「跋」，跋是在他人完成作品之後，寫在後面的「後記」或「推薦文」。有點像是我現在寫完一篇小說，然後找一位前輩來美言幾句，附錄在書後以吸引讀者的。〈台灣詠史・跋〉是為了詩人林小眉所作，當時林小眉寫了三十首「詠史詩」，發表在連雅堂所主辦的漢詩刊物《台灣詩薈》上。因此，這確實不是一篇參戰文，更像一篇廣告文。如果真要全力參戰，連雅堂大可以在自己的刊物上專門發一篇文章，甚至要每期都發文洗版也沒問題，何必委身於一篇跋文當中？顯然他只是想小酸一下張我軍及其「同黨」，並沒有要應戰的意思。

另外，我們前一節所引述的連雅堂文字，也是張我軍在回擊連雅堂時，所引述的一段著名文字。這段文字往往被人們視為舊文學陣營的代表性論述。然而，這段文字其實是經過剪裁的，如果我們再往前加個兩行，意思可能就會產生微妙的變化：

> 林君身世華膴，英年駿發，介弟六人，皆畢業東西洋大學，各擅專科，而林君讀湛深國故，兼善英文，顧不為時潮所靡，嘗謂文學一途中國最美，且治之不厭，此誠有得之言。今之學子。口未讀六藝之書。目未接百家之論。耳未聆離騷樂府之音。而囂囂然曰。漢文可廢。漢文可廢。甚而提倡新文學。鼓吹新體詩。秕糠故籍。自命時髦。吾不知其所謂新者何在？其所謂新者，特西人小說戲劇之餘，丐其一滴沾沾自喜，是誠坎阱之蛙，不足以語汪洋之海也。

上面畫線的部分，是原文就有、但後世很少徵引的段落。這段文字當然是在誇獎林小眉兄弟幾人有多優秀，但可以注意的是，連雅堂特別強調林家兄弟都畢業於「東西洋大學」，並且林小眉本人的英文也很好。因此，連雅堂想要表達的是：像林小眉這樣喜歡舊文學的人，並不是抱殘守缺之士，反而是在融會中西學問之後，還是比較喜歡古典文學，這是一種有意識的選擇。由此連結，就可以知道他為何會罵許多新文學支持者只是「特西人小說戲劇之餘，丐其一滴沾沾自喜」——因為舊文學陣營所懂的西方文學，很可能是不亞於新文學陣營的。

另一個證明連雅堂並非「迎戰」張我軍、只是在偷酸的細節，在「漢文可廢」這四個字。連雅堂的批評，翻成白話文就是：「你們這些搞新文學的，沒讀過幾本古典文學書，就妄想把『漢文』給廢掉。」然而，如果我們翻遍張我軍的一系列論戰文章，是找不到任何一處「漢文可廢」的論述的。所以，連雅堂一說「漢文可廢」，張我軍立刻反駁：「不知道是根據什麼來斷定提倡新文學，鼓吹新體詩的人，便都說漢文可廢，便都沒有讀過六藝之書和百家之論、離騷樂府之音？」張我軍的立場，一直都是鼓吹新文學，但並沒有真的要消滅舊文學。事實上，張我軍這位出版了台灣第一本新詩集的詩人，本人是會寫漢詩的。

如果我們依照廖漢臣的框架來看，就很容易理解成「張我軍沒講『漢文可廢』、連雅堂曲解張我軍的意思、張我軍精準反擊這個曲解」。但是，如前所述，連雅堂很可能根本不只是在講張我軍，他只說「今之學子」——這些「學子」，也可以是其他支持新文學的青年，但並不特指張我軍。就像我們在網路上酸人，也會故意講得很模糊，讓人知道我大概在講哪一群人，卻無法精準定位是哪一個人。張我軍跳出來說「我哪有要廢漢文」，就頗有一種自己搶椅子坐的意味了。

如此「對號入座」，我認為這正可以看到張我軍的「戰術」之所在。什麼意思呢？相較於當時主流的舊文學，新文學作為「挑戰者」，最害怕的是呼籲半天而沒人理會；舊文學的「冷處理」策略，也確實是保持優勢的最佳解。事實上，早在一九二〇年，也就是張我軍開砲的四、五年前，早已有一些台灣知識分子在鼓吹新文學了，最具代表性的就是陳炘的〈文學與職務〉和陳端明的〈日用文鼓吹論〉。但是，這些文章都沒有造成具體的影響，新文學還是卡在一個要萌芽不萌芽的尷尬狀態裡。因此，張我軍若要打開這個沉悶的局面，就必須掀起一場驚天動地的論戰，最好雙方打成一團、全面交火。如此一來，新文學才能站上舞台，凝結成一股與舊文學分庭抗禮的力量。也就是說，要讓舊文學願意把你當敵人，你才能算個「咖」。比較一下陳炘、陳端明這些早期的新文學倡議者，到張我軍這位一口氣叫戰整個文壇的年輕人，兩者最大的差別是：陳炘和陳端明雖然分析了新舊文學的利弊，但並未強烈辱罵、否定古典文人；然而張我軍一上來就是要翻桌的，在戰術上，或至少是作風上，是完全不一樣的。

由此，我們或許可以揣測一下張我軍的心路歷程：一九二四年四月，他先發表了〈致台灣青年的一封信〉，但如同之前那些鼓吹新文學運動的文章一樣，毫無反應。同年十一月，他再次發表〈糟糕的台灣文學界〉，刻意把語調拉高、全力挑釁舊文學陣營，希望能夠成功引戰。沒想到，在他這一波引戰還沒收到效果時，半年多前隨口的一句話竟然也引出了連雅堂的〈台灣詠史・跋〉的回酸。雖然不是什麼堂堂正正的論文，但已經是一個開戰的契機了。張我軍立刻意識到，這是一次難得的機會：連雅堂是有「台灣三大詩人」稱號的舊文學大將，如果能把他拖入戰場，那就相當於單挑主將，可以引動的文學效應，可不是與隨便哪個路人互罵可以比擬的。因此，同年十二月，他立刻發表了更加尖酸刻薄的〈為台灣的文學界一哭〉，只看結尾的一段，就感覺到他如何努力「咬住」連雅堂了：「我最痛恨的是坐井觀天之徒，夜郎自大之輩。他們只知己而不知彼，一味誇博，甚至捏造事實，瞎說瞎鬧，甚望我台灣的文人不可如此！」

從結果來看，張我軍的戰術是奏效的。不只在於成功拖出連雅堂，也在於他挑到了連雅堂這名「正確的對手」，所以連帶捲入一大批舊文學支持者，論戰規模陡然加大。相應的，當舊文學陣營火力全開，新文學陣營也就被激出更多回應，雙方當然越打越凶，聲量水漲船高。本來就很強盛的舊文學是不缺這一波聲量，但勢力弱小的新文學可就是大賺一筆了。在那之後，不但越來越多人為新文學辯護，以白話文創作的作品也陸續湧出，開創了一九二〇年代到一九三〇年代之間的「漢文新文學」世代，高中國文課本曾經選錄的賴和，以及同時代的楊守愚、朱點人、王詩琅等作家，都是其中代表。

張我軍在「新舊文學論戰」之中的表現，展示了某種「以小搏大」、如何以筆戰為手段去扭轉文壇態勢的戰術。這種戰術成功開啟了新時代，但就人情世故而言，確實算不上溫柔敦厚。他抓住了轉瞬即逝的機會，把一小段文字放大成整個台灣文學界的墮落，再藉此引入已經準備好的種種新文學理論。這不只是「機會是留給準備好的人」，而是「準備好的人在虎視眈眈一次機會」。連雅堂大概也沒想到自己隨手的幾句牢騷，竟然會被挑出來當標靶，因此擔當了一回文學史上的反派角色。

不過，連雅堂及台灣「舊文學」陣營的際遇並不孤單。事實上，早在一九一八年，中國的「白話文運動」初起之際，白話文陣營就用過類似的手段來對付文言文一方了：一名叫做錢玄同的青年，為了激起雙方陣營的論戰，刻意反串扮演文言文陣營，以「王敬軒」為假名辱罵白話文一方。然後，再由編輯劉半農以長文回擊，兩人來回往復幾個回合，終於引戰成功，把雙方的支持者給撩出洞來，最後也成功打出了白話文的聲勢。

張我軍是在這場自導自演的論戰三年後，才到中國進修並且接觸到「新文學」的。他是否從錢玄同的筆戰策略裡得到「啟發」，很難一概而論。不過，相比於中國版白話文運動的引戰手段，張我軍在台灣罵得再凶，也都還算是有點斯文底線的了。

舊文學陣營：維繫斯文於一線

「新舊文學論戰」戰術成功後，新文學便一路發展至今，成為當今文壇的絕對主流。現在，不管是書店、報刊還是文學獎，幾乎很難看見古典文學的蹤跡了。縱然文學讀者在網路等媒體的夾攻下不斷流失，但只要還讀、寫文學的，絕大多數都屬於新文學陣營了。這也導致我們回頭去看這段故事時，很容易用自己的觀念，去檢視論戰雙方的「勝負」。在如此成王敗寇的視角下，舊文學陣營的論述自然被嫌得一文不值，彷彿他們只是一群抗拒時代進步的老頑固而已。

但真的是這樣嗎？連雅堂這類「反派角色」，真的都如張我軍所說，是一群不懂文學的「古典主義的守墓犬」嗎？而在「新舊文學論戰」之後，舊文學真的就此一蹶不振，讓新文學全面宰制文壇了嗎？

翁聖峯教授的《日據時期台灣新舊文學論爭新探》一書，提出了完全不一樣的看法。他從古典文學在台灣發展的歷史說起，讓我們更能瞭解舊文學陣營的想法，也因此對日治時期的台灣文壇有更立體的認識，不會落入「重新輕舊」的後世濾鏡裡。

台灣的「古典文學」，或說「漢文學」，是從明鄭時期移入的。到了清領時期，隨著台灣本土的仕紳家族漸漸成形，許多人開始能夠進入中國的科舉體制，考取功名。伴隨著科舉體制的，就是文化、教育事業的擴張——畢竟每一名能夠考取的進士背後，都是一將功成萬骨枯的文人群體。這些文人不見得人人都能官運亨通，但全部都浸淫於中國古典文學的傳統當中，也有能力結合成為文學社團、出版自己的著作。因此，在清領末期，台灣基本上已經擁有了數量可觀的古典文人，他們孜孜矻矻、吟詠一生，一方面努力擠過科舉的窄門，一方面也產生了為數頗豐的文學創作。

然而，時代巨變斬斷了他們的生涯規畫。一八九五年，清朝在甲午戰爭中戰敗，將台灣割讓給日本。一時之間，台灣的古典文人陷入了兩難：如果留在台灣，則一身技藝將無用武之地，畢竟日本並沒有科舉給你考；如果離開台灣，雖然可以留在熟悉的中國文化傳統內，但必須放棄長年的家族基業，就此離鄉背井。兩種方案都有人選擇，比如台南詩人許南英就選擇離開，此後便在南洋與中國謀生。他有一首〈寄台南諸友之一〉，就寫出了無力逆轉局面的哀嘆：

徒死亦何益，餘生實可哀。
縱云時莫挽，終恨我無才。
身世今萍梗，圖書舊劫灰。
家山洋海隔，鄉夢又歸來。

相反的，選擇留下來的人，則陷入深沉的焦慮：台灣即將被異族統治，長久累積下來的古典文學傳統，想必會被連根拔起吧？我們要做點什麼，才能「維繫斯文於一線」，避免祖宗傳下來的東西通通被洗刷殆盡？

沒想到，他們完全想錯日本人了。

沒錯，日本人占有台灣之後，確實對全島展開掃蕩、鎮壓，也以「陋習」的名義，消滅了許多台灣的民間文化。但是，這些文人最珍視的古典文學，非但沒有被消滅，反而在日治時期進入了空前昌盛的黃金時代。為什麼會這樣？這就可以看見日本殖民政府的治理手段有多細緻了。作為外來政權，日本人不可能立刻掌握台灣社會每一個角落，他們勢必會需要籠絡部分台灣人的配合，才能控制地方、推行政策。要是什麼都靠軍事鎮壓，光是軍費就足以拖垮國庫，絕非長久之計。既然要挑選協力者，自然是優先挑選地方上有錢有勢的人——那些自清領時期以來，就已是仕紳、地主的家族，豈不是上好的選擇？

鎖定了目標，接下來的問題就是：要如何籠絡他們？你當然可以用錢收買。但是，利益是叛服無常的，唯有共同的價值觀，才能讓這樣的政治結盟堅不可破……

漢詩。日本人發現了仕紳們的焦慮：他們害怕漢詩被消滅。

而日本，恰巧也是一個有悠久漢詩傳統的國家。

雖然日語的發音和漢語完全不同，但在古典文學的世界裡，日本文人和中國文人同樣都能用漢字來作詩。秦始皇數千年前所達成的「書同文」成就，一直深刻影響著東亞世界。包含中國、日本、韓國、越南等地，都有一批嘴上說著不同語言，筆下卻能互相溝通的文人群體。

於是，日本殖民政府調派了大量漢詩詩人來台灣當官。他們本身的專業還是其次，重點是他們能作詩，能與台灣仕紳酬酢、唱和。台灣仕紳本來陷入「維繫斯文於一線」的焦慮裡，結果一看：日本人不但沒有扼殺漢詩，反而還大加鼓勵，自然是大喜過望，對日本人的好感度立刻大增。殖民政府於是大量舉辦「饗老典」、「揚文會」，以及更多的詩會等活動，將這些台灣仕紳收攏起來。在詩會裡，他們把酒言歡、吟詩作對，沉浸在共同的文學氛圍裡；走出詩會，殖民政府則透過這些仕紳的人際網路，將控制力伸入台灣每一處社群。在傳統的農業社會裡，還有什麼比這些地主階級的仕紳，更有喊水能結凍的威力？

從這個角度來看，我們就能意識到：連雅堂的「古典詩人」跟「為殖民者辯護」這兩項反派角色，事實上是同一項交易、同一座天平的兩端。為了保護他們心目中的文化傳統，許多仕紳決定在政治上和殖民者合作。如此一來，仕紳的家業能夠保全、利益能夠得到政治掩護，更棒的是，他們還能安慰自己：我至少守住了老祖宗傳下來的東西。這或許也能解釋，為何中國古典傳統明明很推崇「氣節」，但當時許多文人卻能非常直白地諂媚殖民者吧；畢竟他們心中有更重要的目標。再一次，我們可以用連雅堂的詩作〈歡迎兒玉督憲南巡頌德詩〉為例：

將進酒，公飲否？聽我一言為啟牖：
台疆屹立大海中，東南鎖鑰宜堅守。
干戈疫癘繼凶年，天降災殃無奇偶；
若推而納之溝中，萬民溺矣宜援手。
我公秉節蒞封疆，除殘伐暴登仁壽，
揚文開會集英才，策上治安相奔走。

王事鞅掌已靡遑，又舉南巡施高厚；
福星光照赤崁城，冠蓋趨蹌扶童叟。
俯察輿情布仁風，饗老筵張隆壽耇；
尤祈恩澤遍閭閻，保我黎民無災咎。
善教得民心，善政歌民口；
勳猷炳烈銘旗常，立德立功立言三者同不朽！

詩中種種諂媚言詞，我想不需要多作解釋。但畫線的「揚文開會集英才，策上治安相奔走」一聯，便能讓我們很清楚地看到這椿交易：日本人開「揚文會」來籠絡「英才」，而「英才」就會為了日本人的政策而奔走。

不過，一碼歸一碼，雖然許多像連雅堂這樣的古典文人，願意為了保護古典文學而在政治上與殖民者合作，但這並不代表他們通通都是食古不化、沒有新觀念的老古董。或者應該這樣說：確實存在許多老古董，但連雅堂並不是其中最老派的。相反的，他可能還是相對有一點改革觀念的人。前面提過他主辦了漢詩雜誌《台灣詩薈》，在這個刊物的發刊詞裡，連雅堂有如下一段話：

新舊遞嬗之世。群策群力。猶虞未逮。莘莘學子。而僅以詩人自命。歌舞湖山。潤色昇平。此復不佞之所為戚也。〔……〕台灣文運之衰頹。藉是而起。此則不佞之懺也。

開宗明義，他就批評了許多詩人作詩只為博取名聲，而沒有更積極去思考「新舊遞嬗之世」。他認為，如果詩人們繼續以詩歌粉飾太平，那台灣文學絕對會衰頹下去。老實說，除了他使用的文字是文言文、思考以漢詩創作為前提之外，他的觀念與張我軍等新文學運動者並沒有很大的差別。這並不是孤例。在連雅堂的專欄「餘墨」裡，便有一段批評台灣詩人熱衷於「擊缽吟」——一種計時作詩，看誰能寫得又快又好的遊戲——的文字：「（擊缽吟）藉資消遣。可偶為之。而不可數。數則其詩必滑。」意思是：擊缽吟偶爾玩玩可以，寫多了就會傷害到真正的創作，失去創作的真誠。那張我軍是怎麼講擊缽吟的呢？在〈絕無僅有的擊缽吟的意義〉，他說：

我們極力替擊缽吟辯護的結果，遂給它找出二點小美點，這就是我所謂絕無僅有的擊缽吟的意義啦。它的美點在那裡？

1、養成文學的趣味
2、磨練表現的工夫
但是要記得！這二點美點是以根本上沒有錯誤為前提的。可是現在的擊缽吟，已從根本上錯誤了（如前面已說過），所以不但不能獲到這二點應有的美點，反而要加上許多的弊害。

張我軍同樣承認了擊缽吟的文學趣味和表現技巧，只是他更認為，好詩的根本是「有沒有徹底的人生觀和真摯的感情」。在這一點上，批評擊缽吟「數則其詩必滑」的連雅堂，和張我軍真的有很大的差別嗎？我想是未必的。毋寧說，他們的真實立場，遠比他們在論戰時所表現出來的樣子更加接近。這往往是文學論戰的弔詭：真正能打起來的，不是立場差距最大的，因為彼此的距離早已遠到沒有交集；有時候，反而是光譜在你隔壁的人，最容易讓人忽略相同、放大相異之處。

在理解了日本殖民政府和地主仕紳，透過「漢詩」這套文學系統締結而成的同盟之後，我們便能看清很多事情了。比如說，為什麼舊文學的勢力如此穩固，讓張我軍這樣的新文學運動者必須以激烈的挑釁，才能勉強把他們拖上戰場？因為他們背後可是有日本人撐腰的。

另一方面，舊文學陣營也覺得張我軍這些黃毛小子不懂前輩的苦心：如果沒有我們這樣跟殖民者周旋，傳統的漢文化早就滅絕了。現在你們要主張新文學、摒斥舊文學，那我們多年來守護的這一切豈不全都白費？

而也因為舊文學的靠山如此強大，所以「新舊文學論戰」雖然確實催生了「台灣新文學」，但完全沒有動搖日治時期「台灣舊文學」的地位。目前坊間的任何一本台灣文學史，都會把日治時期文學的重點，放在賴和、楊逵、龍瑛宗這些新文學作家身上；但如果實際去比較作品的數量和影響力，你會發現當時的新文學根本就只侷限在一個很小的同溫層裡，真正的文學主流，毫無疑問是古典文學，而且是古典文學裡面的漢詩。這個狀況，甚至到了戰後的「現代派論戰」都還沒完全解決，我們會在後面的章節討論。

總之，在整個日治時代，新文學雖然頗有開創性而被後世的讀者銘記，但要客觀去比較當世的力量，那是與舊文學毫不相稱的。某種程度上，這種不相稱正是新文學最痛恨舊文學之處，也隱隱顯露了新文學雖然取得「戰術」勝利，但在「戰略」上有著難以解決的硬傷。

新文學陣營：改寫「文學」的定義

如果說舊文學陣營的核心理念，是傳承清領時期發展成熟的古典文學，那新文學陣營想要批評和建立的，又分別是什麼？

最粗淺地說，新文學和舊文學最大的衝突，就來自於前者主張以「白話文」來取代「文言文」。這種訴求，在中國叫做「我手寫我口」，在日本叫做「言文一致」，背後的思路是類似的：盡量拉近語言跟文字之間的距離，降低文學讀寫的難度。難度降低了，就有更多人能夠讀寫，就能提升整體社會的知識水準。人有知識了，就不會任人宰割，懂得反抗、懂得爭取權利，於是便能達到改造社會的目的。

因此，更根本地說，「新舊文學論戰」在吵的並不只是「用文言文寫，還是用白話文寫」的問題，而是「文學是什麼、文學要拿來做什麼、文學是為誰而寫」的「定義」問題。在舊文學的觀念裡，文學就是文人自我抒發、彼此交誼的工具。他們不太在意社會大眾能不能讀懂自己的詩，也沒有一定要透過文字來傳達理念。因此，這些作品只要能夠符合一個很小的「同溫層」的品味即可，他們自有一套格律、規則與美感模式，並且有足夠富裕的生活來支撐這種「沒有（也不必有）實效」的文學活動。

然而，新文學陣營提出了全新的文學定義：他們認為，文學是有功能、有效果的，它最大的功能與效果，就是能夠推動社會改革。張我軍〈致台灣青年的一封信〉便明白寫道：「不然諸君怎的不讀些有用的書，來實際應用於社會，而每日只知道做些似是而非的詩，來做詩韻合解的奴隸，或講什麼八股文章，替先人保存臭味。」在這裡，張我軍建立了「舊文學＝無法實際應用於社會」的等式，並且進一步說：「台灣的詩文等，從不見過真正有文學價值的。」這個等式就再擴張為「舊文學＝無法實際應用於社會＝沒有文學價值」了。

沒錯，對張我軍這樣的新文學運動者來說，文學價值之有無，是跟「能否應用於社會」連結在一起的。這個想法，自然是舊文學陣營所無的；但別說是他們了，即使是二十一世紀的我們，也未必會贊同張我軍的想法——當代大多數文學讀者，基本上並不要求文學作品一定要「實用」，認為只要表達了某種美感、情感或創新的表現形式即可。在這個意義上，舊文學反而可能跟當代的我們更靠近。但另一方面，張我軍又批評舊文學拘泥於格律，主張新文學應該自由、真實地表達情感，在這一點上，新文學卻又跟現在的我們更加接近了。由此來看，我們會發現文學並不是線性發展的，靠我們越近的，未必跟我們就越像；離我們遠的，也可能保有某種共鳴之處。

回到「新舊文學論戰」當下，至少我們可以確定：新文學與舊文學對「文學」的定義是完全不同的。雙方都指責對方不懂文學，但他們的指責都是從自己的立場出發，並不見得誰比較優勝，就像是游泳選手和棒球選手指責對方不懂運動，但本質上他們就不是在玩同一種運動。雖然表面上都叫做「文學」，各自的遊戲規則是天差地別的。站在後見之明的我們，當然可以選擇自己比較同意的論點，卻不應該輕易選邊站，去否定「另一種東西不是文學」——因為就事實而言，他們各自都代表了曾領風騷的一套文學定義。在當時的論戰文章裡，也有人非常冷靜地整理了雙方的差異，我認為最公允的一篇，當屬傍觀生的〈駁修正生及高爵袍之謬見〉：

> 舊文學，即文言文舊詩等，其特色是在形式之美，因其過重形式之美，故其長處是在語句之簡潔，文格之高雅，字面之華麗，音韻之美妙，字數之整齊，然因其過於重視形式，拘於韻律之關係，往往輕視內容，沒卻本意，故其短處恆在內容之不實，性靈之喪失也。新文學，即白話文新詩等，其特色是在重視內容之實而輕視形式之美，故其長短處適與舊文學相反，其長處是在內容之充實，情思之真摯，描寫之迫真，其短處則在語句之冗贅，文格之卑俗，字面之樸實，音韻不聽，字數之不齊也。

這一段比較非常精準，整齊到可以直接整理成新舊文學對照表的程度。簡言之：新舊文學各有長短，也各有其重視的文學價值。既然如此，雙方難道不能攜手合作嗎？為什麼非得殺個你死我活呢？

還真沒辦法。因為，雙方的價值觀差異已經大到無法相容的地步了。因此，雙方都想要獨占「文學」的定義權。只要己方能夠成功占領「文學」這個概念，此後所有的文學作品，都會依照己方的喜好來創作；相反的，落敗的一方將被逐出「文學」的世界，只能廁身在極為狹窄的社群間。如果你覺得我這話說得有點太嚴重了，請再次看看現在的書店、報刊和一切文學媒體，你認識多少持續創作的「新文學」作家？「舊文學」作家又認識多少？就算你此前對文學不熟，隨意Google一下都能找出一大堆新文學作家的名字；但你就算非常非常努力，恐怕都很難查到當代最重要的十名古典詩人是誰。這就是搶輸定義權的後果。

而新舊陣營對「文學」定義的差距，遠遠比「白話文VS文言文」還要大。比如說，新文學陣營主張文學應該要「抒發真實情感」，這聽起來沒什麼問題，對吧？但對舊文學陣營來說，文學最重要的不是真實情感，而是「傳承道德理念」，也就是所謂的「文以載道」。因此，我們會發現舊文學陣營不但對「抒發真實情感」嗤之以鼻，甚至認為這是一種人性的墮落。一記者所寫的〈新舊文學之比較〉這樣說：

唯舊文學言情。及於五倫。不專尚本能的性欲衝動。蓋情之進化也。〔……〕新文學多主於自由解放打破偶像及主張個人主義。不言忠孝。無視家庭制度。

在這位舊文學支持者的觀念裡，就算要表達情感，也必須符合倫理道德。新文學主張完全自由的情感表達，只不過是把本能的性欲衝動表達出來，是無視忠孝、無視家庭制度的悖德想法。他只差沒把「淫亂」兩個字寫出來而已。事實上，當時有許多新詩真的被舊文學陣營批評為淫亂之詩。那些詩在寫什麼呢？就是一些普通的思念、失戀之類的題材而已。但在一九二〇年代，光是公開你的戀愛之情，已屬於破壞家庭制度的淫亂之思了。畢竟長久以來的漢人婚家傳統，哪裡有在自由戀愛的。

除了「情感VS道德」，另一個更尖銳的爭點，也發生在「文學到底是不是社交工具」這一點上。文學怎麼可能是社交工具？如果你心中冒出這個想法，恭喜你，你也跟以前的我一樣，被新文學的觀念「占領」得很徹底了。而我是在對「漢文脈」深有研究的作家盛浩偉的提醒下，才注意到其中關竅：在古典文學的傳統裡，文學創作一直都帶有社交的性質。所謂的「酬酢」是什麼？「唱和」是什麼？不就是一群文人贈送彼此寫的詩，並以此締結友誼和關係嗎？

在台灣文學史上有個很有趣的例子，可以讓人看到這種「社交工具」有多強大，那就是清代的澎湖文人蔡廷蘭。蔡廷蘭某次航海，被颱風吹到了語言不通的越南。越南人知道他是「上國」來的，熱情送糧送藥，賓客絡繹不絕。但蔡廷蘭才剛剛遭遇船難，身上沒有錢、也沒有禮物可以回報。這時候怎麼辦呢？贈詩。他寫了一大堆漢詩，歌頌每一位伸出援手的越南官員。就靠著寫詩，他不但獲得當地文人的款待，甚至可以在越南官方的護送之下安全返鄉。從這個案例裡，我們可以清楚看到：文學不但是社交工具，而且是非常有分量、有價值的工具。只要你跟對方都同樣處於舊文學的世界觀裡。

而這也是為什麼，上一節提到的「日本以漢詩籠絡台灣仕紳」之策略會這麼有效。既然漢詩的創作本來就帶有社交性質，那透過寫詩和日本殖民者締結關係，從而形成政治同盟，也就完全可以想像了。這個系統本來就存在，只是日本殖民政府很聰明（或者很狡猾，看你採取什麼觀點）地利用了這種文化。

反過來說，新文學雖然有著強大的入世熱情，希望能透過文學改變讀者、改變社會。但是，他們預設的是一種更為「個人主義」的文學情境：讀者閱讀、讀者思考、讀者改變——這一切，只發生在「讀者」這個個體身上；同樣的，作者也是自己一人在寫作。不管哪一端，都沒有舊文學那種「詩會」或「擊缽吟」那種社交情境。這也是為什麼，你現在會很容易聽到文藝青年說「寫作是孤獨的事業」或「閱讀是一個人的旅程」這些話。這話現在聽起來很合理，但如果你講給一百多年前的古典文人聽，他們一定會滿臉疑惑：你在講什麼？我們常常一群人一起寫作，一起讀詩呀？

再一次，我們會看到舊文學和新文學之間，彷彿游泳選手和棒球選手之間的巨大差異。而這個差異，再與政治議題連結起來之後，更會尖銳到致命的地步。對新文學支持者來說，他們所謂的「改變讀者、從而改造社會」，其背後預設的政治立場是「讓台灣人有足夠的知識抵抗日本殖民者」；相反的，對舊文學支持者來說，文學的「社交性質」卻是讓他們能夠和日本殖民者合作，從而完成「維繫斯文於一線」的目標……

這時候，我們回頭去看張我軍〈糟糕的台灣文學界〉，就更能看懂他在罵什麼了：

> 還有一班最可恨的，把這神聖的藝術降格降至於實用品之下，或拿來做沽名釣譽，或拿來做迎合勢利之器具，而且自以為儒雅文。其實這種器具得來的名利，與用金錢得來的有何分別？實在有比用金錢做器具的老實人更可鄙可恨的！

什麼叫做「迎合勢利之器具」？你現在明白了：他在罵那些以漢詩為社交工具，和日本殖民者勾勾搭搭的古典文人。由此，我們會發現新文學運動者為什麼一提起舊文學就咬牙切齒了。他們真的這麼痛恨文言文「本身」嗎？其實未必，就像前面說過的，張我軍自己也是會寫漢詩的。他們痛恨的，是透過「文言文」的社交性質，而被鞏固的「日本殖民統治」。當他們在要求打倒腐敗的舊文學時，真正想打倒的，正是與舊文學高度結合、糾纏不清的日本殖民政策——那是一切「社會改造」的總目標，也就是文學改革的終極目標：透過文學讓台灣人覺醒，從而掙脫殖民的枷鎖。挑起「新舊文學論戰」的張我軍，從來就不僅僅是意在文學。文學，是一塊他亟欲搶占的戰略高地，這塊高地將有助於解放全體台灣人。至少他和他的同代人是這樣想的。

沒被選擇的方案，與沒能解決的問題

就結果而論，「新舊文學論戰」的勝負似乎很容易判定：舊文學雖然還繼續昌盛了整個日治時期，但人們對「文學」的想像，卻越來越傾向新文學一方。時至今日，即便國文課本裡仍然有極高比例的文言文，但當人們講起「文學」、特別是持續創作發展的「文學」之時，往往都會立刻想到「新文學」（或說「現代文學」），而會把「舊文學」（或說「古典文學」）

當作僅僅存在於文獻當中的古董。即便台灣仍然有少數持續運作的舊文學社群，這樣的想像並不完全正確；但這不正確的想像，正好證明了舊文學陣營在文學定義權上的全面潰敗。

但是，當我回頭去閱讀「新舊文學論戰」當年的論戰文章，我最感興趣的卻不是勝負，而是在激烈爭辯當中，被視為「負方」的舊文學陣營，其實也曾提出一些很有道理的反駁，以及一些令人驚豔方案。這些很有啟發性的想法，卻在後世成王敗寇的視角下，長期受到忽視。

比如許多舊文學陣營的文人，都曾敏銳地注意到：張我軍所引介的「新文學」，其實根本就不符合「言文一致」或「我手寫我口」的理想。因為張我軍所推薦的，是以北京話為主的「中國白話文」，但當時的台灣人絕大多數講台語、其次是客語和原住民各族族語，根本沒有人會講我們現在所習慣的「國語」！如此一來，中國白話文要如何與台灣人慣用的語言「言文一致」？講台語的口，又如何能被寫中國白話文的手表達出來？這正是新文學陣營最大的理論硬傷。陳福全〈白話文適用於台灣否〉、鄭坤五〈致張我軍一郎書〉都質疑這一點，鄭坤五便寫道：

又足下希望通行之所謂白話文者，其實乃北京語耳。台灣原有一種平易之文，支那全國皆通，如三國志、西遊、粉粧樓等是也，只此足矣。倘必拘泥官音，強易我等為我們，最好為很好，是多費一番周折，捨近圖遠，直畫蛇添足耳，其益安在，未卜足下以為然否？

鄭坤五除了點出了新文學陣營強行移植中國白話文，只是從「文言文VS台灣話」的言文不一致，變成「中國白話文VS台灣話」的言文不一致，本質上並沒有解決任何問題之外，更提出了非常有意思的「第三條路」：不如我們以一種「平易之文」來創作如何？這種平易之文既不是「文言文」，也不是「中國白話文」，而是採用「三國志、西遊記、粉粧樓」等通俗小說戲曲的寫法。這些通俗小說戲曲雖然也不是用台灣話寫成的，但在民間流布甚廣，是台灣民眾非常熟悉的文學形式。如果能夠套用這種文學形式來創作，並且在裡面置入新文學陣營想要推廣的知識、思想，豈不是兩全其美之策嗎？

這個想法非常有創意，直接繞過了「言文一致」的難題。新文學主張「言文一致」，不就是希望讓文學成為傳播知識與思想的載體嗎？但台灣的情況與中國不同，一來語言與北京話有頗大差異，實在難以率爾「一致」；二來台灣受到日本殖民，不像中國可以有自己的國家機器和教育體系，一聲令下就能將白話文推廣到全國，台灣人不可能指望日本人推廣以抵抗殖民為目標的新文學。因此，作為手段的「言文一致」，反而本身就是一件難以達成的目標。

既然如此，就跳過「言文一致」，直接找一個可以廣泛傳播知識與思想的文學形式吧。這就是鄭坤五所提出的「平易之文」方案。如此一來，新文學陣營能夠獲得傳播利器，並且也確實降低了文學門檻；舊文學陣營也不至於覺得太過標新立異，保存了部分傳統文化，這或許是兩造之間可以妥協的平衡點。更重要的是，比起艱澀的文言文和拗口的白話文，普通台灣民眾恐怕還更喜歡「話說天下大勢，分久必合，合久必分」的文字風格，也更熟悉「欲知後事如何，請待下回分解」的敘事形式。從這些方面來看，鄭坤五的「平易之文」方案是有其務實之處的。更令人驚豔的是，鄭坤五並不只是說說而已。幾年之後，他創作了長篇小說《鯤島逸史》，便是以章回的形式，撰寫了以清代鳳山縣為主題的歷史小說，具體實現了自己的提案。

然而，這個方案最終並沒有被新文學陣營採納。一方面，張我軍等新文學作家擴大了白話文的定義，認為「三國志、西遊記基本上就是白話文」，因此採取「平易之文」就等於採取「白話文」，並沒有認知到其中的差別。另一方面，新文學陣營希望透過白話文承載的，還包含了自然科學、社會科學等現代知識，這些東西能夠用章回小說、傳統戲曲的形式表達出來嗎？這是不無疑問的。

總之，在種種因素拉扯之下，「平易之文」方案沒有成為台灣新文學的主流，「中國白話文」成為新文學的創作工具。這使得新文學陣營的勝利與新文學的誕生，從一開始就埋下了隱患。在未來幾年內，越來越多作家投入新文學的創作，但也越來越多人發現事情不對勁。陳福全、鄭坤五這些舊文人的警告似乎是有道理的：不管新文學作家如何努力，他們的創作始終都沒能真正擴散到「同溫層」之外，影響到本來所設定的廣大群眾。於是，許多不滿於此一局面的作家們，開始渴求真正屬於台灣人的「言文一致」，試著檢討張我軍所設定的中國白話文路線。

如此，便爆發了接下來的「台灣話文論戰」。

新舊文學論戰

日期	作者	篇名（發表刊物）或事件	立場
一九二〇年七月十六日	陳炘	〈文學與職務〉（《台灣青年》）	支持「新文學」
一九二一年十二月十五日	陳端明	〈日用文鼓吹論〉（《台灣青年》）	支持「新文學」
一九二四年二月十五日	連雅堂	〈台灣詩薈發刊序〉（《台灣詩薈》）	支持「古典文學」
一九二四年二月十五日	連雅堂	「餘墨」專欄（《台灣詩薈》）	支持「古典文學」
一九二四年四月二十一日	張我軍	〈致台灣青年的一封信〉（《台灣民報》）	支持「新文學」
一九二四年九月十一日	張梗	〈討論舊小說的改革問題〉（《台灣民報》）	支持「新文學」
一九二四年十一月十五日	連雅堂	〈台灣詠史．跋〉（《台灣詩薈》）	支持「古典文學」
一九二四年十一月二十一日	張我軍	〈糟糕的台灣文學界〉（《台灣民報》）	支持「新文學」
一九二四年十二月十一日	張我軍	〈為台灣的文學界一哭〉（《台灣民報》）	支持「新文學」
一九二五年一月一日	張我軍	〈請合力拆下這座敗草欉中的破舊殿堂〉（《台灣民報》）	支持「新文學」
一九二五年一月十一日	張我軍	〈絕無僅有的擊缽吟的意義〉（《台灣民報》）	支持「新文學」
一九二五年一月二十九日	鄭坤五	〈致張我軍一郎書〉（《台南新報》）	支持「古典文學」
一九二五年八月十五日	陳福全	〈白話文適用於台灣否〉（《台南新報》）	支持「古典文學」

日期	作者	文章	立場
一九二六年一月三日	一記者	〈新舊文學之比較〉（《台灣日日新報》）	支持「古典文學」
一九四一年十一月一日	傍觀生	〈駁修正生及高[illegible]袍之謬見〉（《南方》）	支持「新文學」

二——「言文一致」的未走之路：台灣話文論戰

明治製菓喫茶店的樓上，近大道的窗前占了座位的他，剛注文了後，突然遠遠地雜在都都地叫的嘈雜裡，嚠喨的軍艦行進曲接近來。假裝軍艦的自動車，約莫有十幾隻由公園方面驀進來。

朗讀比賽的陷阱題

上面這段文字，來自一九三〇年代台灣作家王詩琅的代表作〈沒落〉。王詩琅寫出這篇作品時，台灣的「新舊文學論戰」已經落幕超過十年，也早有許多作家開始創作現代小說。我個人認為，除了新文學的宗師賴和之外，這段期間寫得最好的，就是王詩琅和另一位我們晚點會提及的朱點人了。不過，我引述這段文字，不是要誇讚〈沒落〉寫得多好。這不到一百字的段落，是看不出小說家謀篇布局之功力的。我想問的是一個看似有點笨的問題：

「如果你要朗讀這段文字，應該使用什麼語言？」

我猜，身為二〇二三年的台灣讀者，大多數人應該都會直覺地用華語來讀吧？然而如果你真的用華語讀出聲音，一定會立刻發現這段文字卡卡的，甚至可能還會懷疑我的眼光：王詩琅的代表作，就這樣？代表作的文字這麼不通順的嗎？

——十多年前，我第一次讀到它的時候，也是這樣想的。

那時的我並不知道，若要精確朗誦這段文字，你至少得會三種語言。首先，比例最高的確實是華語，我們大概可以用華語讀出七、八成的字句。其次，你得會一點日語，包含「明治製菓喫茶店」、「注文」、「自動車」等詞彙，都是直接以漢字表記的日語。這些詞彙，在小說創作的一九三〇年代，都是新潮到沒有既定詞語可以表達，只能借用外來語的東西。最後，也是我們這篇文章要討論的主題：你必須會一點台語，才能理解「了後」這樣的詞彙，以及「接近來」這樣的語法。

由此，我們可以發現一個簡單但常被忽略的事實：在「新文學運動」初啟的十多年間，台灣最主流的寫作風格從來不是我們現在使用的「白話文」，而是王詩琅這種三語混合的文字。只是因為這三種語言剛好都能寫成漢字，所以很容易被現代讀者誤讀為純華語。明白了這一點，你才能精確朗讀這短短不到百字、看似簡單的段落，也才能真正理解他們的文學美感。

之所以搞得這麼複雜，自然是與日治時期特殊的文學生態脫不了關係。事實上，「我們的文學該是什麼語言」這個問題，幾乎從台灣新文學一誕生起，就困擾著所有作家。困擾到什麼地步呢？困擾到：在上一場「新舊文學論戰」才落幕不過六、七年的時間，作家們就又動筆打了一場「台灣話文論戰」。王詩琅的〈沒落〉，正是在這兩場論戰之後發表的。

當社運人士退守文學陣地

如果要用一句話講出「台灣話文論戰」在吵什麼，大概就是：「台灣的新文學，要不要以台語來寫作？」當時所謂的「台灣話」，就是現在的台語（台灣閩南語）；而「台灣話文」，就是將台語直接表記下來的文字。就算放在今天，這仍是一個容易激起大戰的話題。但我們先暫且放下此刻的想法，從當年的角度來看看：為什麼在一九三〇年左右，台灣文壇會突然爆發這場論戰？它的前因後果、以及它想解決的問題是什麼？

話說從頭。其實一切的根源，早在上一場論戰期間就開始醞釀了。一九二〇年代，以「台灣文化協會」為核心的一群知識分子，開啟了台灣第一波現代意義的「社會運動」。幾乎我們現在知道的大多數社運手段，百年前的前輩都做過了：連署、集會、在媒體上發聲、以演講等活動傳播理念……甚至，連「文學寫作」也是他們的「社運手段」之一。發展到一九二〇年代末，台灣的社運已經極其蓬勃，不但有「文場」的文化運動，「武場」的罷工、抗議也屢見不鮮，台灣人似乎找到了對抗殖民者的新方法。

然而，隱憂也在此時埋下。隨著社會運動的茁壯，知識分子之間也開始出現路線爭議。部分知識分子認為對抗日本殖民政府的壓迫是第一要務，是社會運動裡的「民族路線」；另一部分則認為幫助民眾脫離資本家的剝削才是第一要務，是社會運動裡的「左翼路線」。兩種路線一開始還能大致團結，畢竟殖民體制裡面有日本人也有資本家。但對於「台灣人資本家」與「日本人非資本家」這些群體究竟是敵是友，是要一律對抗、還是策略性結盟，兩種路線的判斷就完全不同了。

到了一九二七年，雙方的衝突正式浮上檯面，造成台灣文化協會的「左右分裂」。日本殖民政府也抓準時機，以「拉一派、打一派」的策略，讓左的更左、右的更右，不只讓不同路線的社運人士分道揚鑣，甚至連同一路線內部都還再分解成不同的小團體。光是「台灣文化協會」本身，最後就裂解成了「新文協」、「台灣民眾黨」、「台灣地方自治聯盟」等團體。

這個過程十分弔詭：社運組織越生越多，看似分進合擊、一片榮景；但實際上，彼此之間的力量卻越來越小，能讓日本人各個擊破。最終，在一九三一年，日本殖民政府進行全島的大掃蕩，包含台灣民眾黨、台灣共產黨等大量組織都被取締或解散，社會運動就此轉入沉寂。

這一大串社運往事，又和文學論戰有什麼關係？我們可以設身處地想一下：如果你參與了好幾年社會運動，突然之間政策收緊，比較激烈一點的抗爭手段都不能用了，你既想保持理想又不能被抓，還能怎麼做？想必是從過去的種種社運手段裡，找出最溫和、做了暫時不會被逮捕的事情來做吧。因此，許多社運人士把目光轉向了文學——在一九二〇年代，文學本來只是社會運動的側翼，以各式各樣的創作來傳播理念、凝聚民心；但到了一九三〇年代，社會運動的本體被消滅得七七八八，文學側翼就成為他們能死守的最後陣地了。於是，一大票社運人士加入了文學圈，他們帶來許多群眾運動的經驗，也帶來了更激進的想法。

其中一人，便是左翼路線的大將黃石輝。一九三〇年，他在左翼刊物《伍人報》上發表了〈怎樣不提倡鄉土文學〉。此文開場就氣勢磅礴，是任何熟讀台灣文學史的人都能背上兩句的名篇：

> 你是台灣人，你頭戴台灣天，腳踏台灣地，眼睛所看見的是台灣的狀況，耳孔所聽見的是台灣的消息，時間所歷的亦是台灣的經驗，嘴裡所說的亦是台灣的語言；所以你的那支如椽的健筆，生花的彩筆，亦應該去寫台灣的文學了。
>
> 台灣的文學怎樣寫呢？便是用台灣話做文、用台灣話做詩、用台灣話做小說、用台灣話做歌曲、描寫台灣的事物。

就是這篇文章，掀起了「台灣話文論戰」的序幕。也因為黃石輝的標題是用「鄉土文學」一詞，也有人稱為「鄉土文學論戰」——但我不用這個詞，因為一九七七年還有一次更著名的「鄉土文學論戰」，同樣的用詞會造成混淆。而且，講「台灣話文」更能點出此次論戰的本質：黃石輝雖是提倡「鄉土文學」，但其實他最核心的理念，是呼籲作家們以「台灣話」寫作。光是在第二段，他就連續提了四次「台灣話」。顯然對他而言，「鄉土文學＝用台灣話寫的文學」，至於描寫台灣經驗、描寫台灣事物等要素，其實都是比較次要的。或換句話說：只有用台灣話，才能準確描繪台灣的經驗與事物。

黃石輝之所以提倡「台灣話文」，是與社會運動的經驗息息相關的。前面說過，新文學最初的任務之一，是以簡明易懂的文字傳播理念。但張我軍所引入的新文學，卻是以北京傳來的「中國白話文」為主體。於是，當社運人士千辛萬苦寫了文章、印成報刊、發到群眾手上時，就發生了尷尬的狀況：大多數只懂「台灣話」的群眾，還是看不懂這些「白話」的「新文學」！黃石輝就觀察到：「現在所通行的白話文學，用中國的普通話寫的，雖然比古文學好看得多，可是不能了解的地方還不少，而且大多數是能看不能唸的。」如果新文學運動的宗旨，是如胡適在中國提出的「我手寫我口」，那台灣的新文學怎麼能接受一種「能看不能唸」、手口分離的文學呢？因此，黃石輝提倡：「如果用台灣話來寫，則眼睛看著，嘴裡唸著，旁邊的人聽著，用不著那嚕嚕囌囌的解釋，也同演說一樣，很容易了解。」

黃石輝的立論有著強烈的左派關懷，同時也有基於社會運動的「實務考量」。不管作家比較喜歡哪種寫法，事實就是中國白話文沒辦法達成最初預想的傳播效果。也正因為黃石輝以社運的角度出發，他對文學的看法，與許多作家的想法是衝突的。作家畢竟是創作者，再怎樣熱心公共議題，還是多少會考量美感問題。許多作家對台語的文學美感沒有信心，不太相信能用台語寫出好的新文學作品，包括張我軍、朱點人都是這樣想的。黃石輝已經知道這種看法，所以一開始就預作回應：「所謂雅俗，都是由於人們的認識而定的，並不是固定不變的，所以我們便不去管他什麼雅俗了。又且我們為要普及大眾文藝起見，也是不能顧慮到什麼雅俗的。」對一個文學作家來說，「不去、不能顧慮到雅俗」，簡直是背叛文學價值的粗暴發言；但對於社運人士黃石輝來說，「雅俗」或美感再重要，也沒有「向大眾普及」這項任務重要。如果台灣新文學運動搞半天，不但沒有產生一套可以讓大眾輕易讀懂的文學，還為了「雅」而犧牲普及，那當初幹嘛還要跟古典文學開戰呢？古典文學已經很雅了啊。

雙方觀念的差異，從一開始就埋下了論戰的火種。不過，比起全力挑釁的張我軍，黃石輝這篇〈怎樣不提倡鄉土文學〉語調可是溫和多了，只是提案而沒有具體罵誰。因此，這篇文章最初並未引起什麼反應。直到隔年，事態才逐漸升溫。一九三一年七月，文化人郭秋生在報紙上連載了三十三回、長達兩萬字的〈建設「台灣話文」一提案〉，我們採取的「台灣話文論戰」一詞，就是從他的標題來的。郭秋生大力贊同黃石輝的立場，更具體提出該以哪些原則，來將口裡講的「台灣話」整理成手裡寫的「台灣話文」，打造一套台灣式的白話文。

如果說黃石輝擅長以激昂的宣言振奮人心，郭秋生就更偏向學者性格，動輒以長篇文字談歷史、講理論。兩人理念相同、風格互補，可以說是台灣話文運動的絕佳拍檔。因此，當郭秋生文章一出，黃石輝立刻寫了〈再談鄉土文學〉回應，除了延續「如何打造台灣話文」的討論外，更進入了結成組織、擬定推廣策略的階段。幾個月前還在「怎樣不提倡」的理念倡議，現在卻開始想著要編教材、找管道了，黃石輝的興奮之情顯而易見。那時候的他，想必覺得風向已起，可以呼朋引伴、大展身手了吧？

沒想到，一波反對聲浪就在此時兜頭罩下。

在交火中誕生的覺悟

反對「台灣話文」倡議的主將，主要有廖漢臣、朱點人、林克夫等人。第一位撰文批評黃石輝的廖漢臣，我們在第一章已經提過——他將在一九五四年的文章裡記述「新舊文學論戰」，因為把論戰起點定得太晚，差點把文學史寫成穿越劇。但此時的他英年正盛，以「毓文」為筆名發表了許多文章，「台灣話文論戰」正是他活躍於台灣文壇的第一起事件。

在讀到黃、郭的文章之後，廖漢臣發表了〈給黃石輝先生——鄉土文學的吟味〉。這篇文章寫得很聰明，也寫得很「文學」。一出手，他就批評黃石輝用錯了文學概念：如果你要推行的是「台灣話文」，那就不應該用「鄉土文學」這個詞。這個詞來自十九世紀末的德國，最初的用意在於矯治人們重視都會、輕視鄉村之弊病。因此，「鄉土文學」最核心的目標是描寫鄉土的「自然風俗」與「感情思想」，並不能拿來指稱「用某種語言所寫的文學」。我們舉個極端的例子，就可以理解廖漢臣為什麼要糾正用詞了：如果採用黃石輝的定義，則「使用台灣話文去描寫台北」的作品，可以算是鄉土文學；但在德國原本的用法裡，鄉土文學就不可能去描寫繁華的台北，而「使用中國白話文來描寫鄉村地區」也能符合德國最初的定義，因為重點在描寫鄉土事物，不在使用哪種語言。

更重要的是，這種「鄉土文學」在一九三〇年代已經不流行了。為何不流行呢？這就是廖漢臣的後著：因為「它的內容過於泛渺，沒有時代性，又沒有階級性」。這招有什麼厲害的？重點在「沒有階級性」這五個字：黃石輝基於左派理念「提倡鄉土文學」；但廖漢臣以子之矛攻子之盾，直接告訴你，這種「鄉土文學」就是因為沒有左派理想才沒落的，所以——你到底知不知道自己在提倡什麼？

廖漢臣的筆戰風格十分刁鑽，善於找到空隙、精準打擊，面對黃石輝這種大而化之的對手，頗有一點屬性相剋的味道。比如黃石輝說「鄉土文學能夠充分地狀物達意」，原本的意思是台灣話文才能精準表達台灣人的經驗與情感，廖漢臣偏偏反問：「哪一種文學不善狀物？哪一種文學不善達意呢？」黃石輝說「文學是代表說話的，而一地方有一地方的話，所以要提倡鄉土文學」，這其實是「我手寫我口」的延伸，但廖漢臣激問：「一地方要一地方的文學，台灣五州、中國十八省別也要如數的鄉土文學麼？」更嚴重的是，黃石輝在前兩篇文章裡，一下主張「中國白話文台灣人不能讀懂」，一下又主張「台灣話文如果成立，中國人只要稍微解釋就能讀懂，就像台灣人勉強能讀懂中國白話文一樣」，因此不必擔心台灣新文學與中國的脈絡斷離。那請問：中國白話文與台灣話文究竟能不能互通？如果能，則成立台灣話文不必要；如果不能，則台灣新文學就必然與中國脈絡斷離。用廖漢臣的話說，這是黃石輝「說話絲毫沒有思索，而致自己撞著」。

有趣的是，廖漢臣雖然砲火凶猛，但整篇文章都只抓著黃石輝打，而沒有一言提及郭秋生，這就有點挑軟柿子的味道了。黃石輝的論述和用詞不夠謹慎，容易被論戰對手抓到小辮子；郭秋生雖則文字嚴整，但別說網路世代的讀者讀不下去，就是當年的論戰裡，也沒有太多人認真回應他。因此，大多數的砲火，都是往黃石輝身上招呼去的。郭秋生從一開始就避掉了「鄉土文學」的爭議詞彙，改以「台灣話文」貫穿全文，並且在行文上很小心，沒有露出看起來很帥氣、實際上容易挨打的破綻。這是所有文學論戰的兩難：到底要寫快意恩仇但基礎不穩的文章呢，還是要當一個面面俱到但無法引起激情的評論者？從後見之明來看，還真難說清楚哪種風格更有改變文學史的力量。

廖漢臣的一波攻勢，果然成功激怒了黃石輝——應該不會有人認為這種打法，可以成功說服對方吧？在文學史上，「你說的對」絕對是一句比日本製的壓縮機還要稀有的話。黃石輝以〈我的幾句答辯〉回應，指出廖漢臣只是在見縫插針：「因為他不知道為了什麼好像不願意和我討論，只要和我開玩笑？所以他卻只說了些取笑的話。」接著，黃石輝逐點回應廖漢臣，認為他割裂了原文的脈絡，是「讀文太荒略了」。種種細節，讀者有興趣可以找原文來查對，本文在此不贅。但最重要的一點，是回應廖漢臣「難道台灣五州、中國十八省都要有各自的鄉土文學」之說，黃石輝寫道：

台灣是一個別有天地，政治上的關係不能用中國的普通話來支配；在民族上的關係（歷史上的經驗）不能用日本的普通話（國語）來支配，這是顯然的事實，誰叫你去分別五州十八省？

黃石輝在此觸及到一個水很深的問題：台灣到底是中國的一部分，還是必須獨立看待？這個問題，在二〇二三年的我們聽起來很眼熟，這不就是統獨議題？看起來有八七％像，但其實不太一樣。在一九三〇年代的台灣，「統獨」之間的爭論還沒有那麼明確，那是五十年後「『台灣文學正名』系列論戰」才會浮上檯面的話題。黃石輝那個年代的台灣人，絕大多數都認為自己是中國人，如果能夠把日本殖民者趕走，願意重回中國政權的比例是遠遠高於台灣自主建國的比例的。

反對台灣話文的作家，正是擔心台灣文學變得太過獨立。他們不是不明白中國白話文難以普及，但他們擔心的是：如果真的以一套台灣話文取代中國白話文，創造了台灣人能讀懂、中國人讀不懂的文學，台灣文學會不會就因此斷開了跟中國的連結？相比之下，什麼「鄉土文學」用語的辯難，什麼「自己撞著」的邏輯矛盾，通通只是技術上的枝節。林克夫〈「鄉土文學」的檢討——讀黃石輝君的高論〉就呈現了這樣的想法：

……台灣何必這樣的苦心來造出一種專使台灣人懂得的文學呢？若是能夠普遍的來學中國白話文，而用中國白話文也得使中國人會懂，豈不較好的麼？因為台灣和中國直接間接有很密接的關係，所以我希望台灣人個個學中國文更去學中國話，而用中國白話文來寫文學。而且中國白話文本是中國固有的文字，所以台灣人本來是很容易懂的，所有不懂的是那些地方方言而已。這些地方方言又是很容易會的，所以是比較創造一種台灣特殊的台灣字豈不是較為經濟得很麼？

事實上，不只反對者這麼想，即連黃石輝自己在第一篇文章〈怎樣不提倡鄉土文學〉裡，也覺得有必要預先解釋：「何況台灣話雖然只能用於台灣，其實和中國全國都有連帶的關係。」也因此才被廖漢臣抓到小辮子。黃石輝的論點是否正確，可以另說。但能確定的是他所採取的立場：他並沒有一開始就說「台灣與中國本來就是斷開的」，而是去解釋「不會斷開」，顯然他最初也接受台灣與中國必須合併考量的前提。

但是，當黃石輝在〈我的幾句答辯〉寫下「台灣是一個別有天地」這段文字時，顯然溢脫了原有的框架。不管是因為論戰熱度升高，還是黃石輝本有此意，前引文字都踩出了歷史性的一步：他用兩個「關係」來論證台灣的特殊地位——因為被日本殖民，所以政治關係不屬於中國；因為過去從屬於中國，所以民族關係不屬於日本。如此一來，台灣不是中國也不是日本，就在夾縫中形成了「台灣本身」；如此一來，台灣文學不應拘泥於中文也不該採取日文，而該採取自己的「台灣話文」。

黃石輝自己恐怕也沒有很清楚地意識到：他的這段話，將為往後一百年的本土論述奠定基礎。他的這段話，將被引用、換句話說千百次，成為「台灣為何與中國不同」的主要論據。

台灣話文倡議（一）：如何表記台語？

相較之下，「台灣話文論戰」比上一章的「新舊文學論戰」複雜很多。「新舊文學論戰」聚焦於立場問題：到底台灣需要新文學，還是舊文學？除了少數人提出「平易之文」的第三條路之外，基本上就是雙方選邊站然後開火。而「台灣話文論戰」的複雜之處在於，除了敵對雙方的交戰之外，同樣支持「台灣話文」陣營內部也有「如何實行」的爭辯。雖然這些爭辯沒有與「敵人」交手那麼戲劇化，但由於是同志之間的理念探討，因此留下來的文學遺產反而是更有價值的。

我們可以把相關爭論濃縮成兩個重點：一是「要用什麼文字來表記台語」，這是書寫方法的問題；二是「有了這套文字，要用什麼機制推廣給大眾」，這是倡議手段的問題。

本節先講第一點。如前所述，中國白話文沒辦法精準表達台語，達到「言文一致」的理想。因此，他們要創建一套能夠表達台語的文字。在「台灣話文論戰」爆發的時刻，有三種文字是可能的方案，分別是日文、羅馬字及漢字。

為了讓日本警察、公務員有基礎的台語能力來執行公務，日本殖民政府一直以來，都會以「台灣語假名」來標注台語。相對的，在一九三〇年代，許多台灣人已受過公學校教育，學會基本的假名拼寫。因此，從普及性的角度來說，「以日文假名拼寫台灣話」不失為一個可行的選項。巧的是，日本語言學家小川尚義所編纂的《台日大辭典》也在一九三一年到一九三二年間問世，馬上就有現成的教材可用。事實上，現代的學者如果想要追查一個台語詞彙在日治時期是否存在，幾乎都要參考《台日大辭典》。然而，這一條看似潛力十足的路線，卻從一開始就不在台灣話文支持者的考慮之內——他們推動台灣話文，就是為了左派的、抵抗殖民的社會運動，自然不願意主動去使用殖民者的文字。

日文不行，羅馬字可以嗎？事實上，羅馬字可以說是最早的一種「台灣話文」了。早在一八六五年，長老教會的宣教師馬雅各就已經在台南使用「白話字」（pe̍h-ōe-jī、POJ）傳教了。到了一八八五年，長老教會的巴克禮牧師更發行了《台灣府城教會報》（Tâi-oân-hú-siâⁿ

Kàu-hōe-pò），是台灣史上的第一份現代報刊。這種「白話字」便是以羅馬字母拼寫台語，用來翻譯聖經、傳播福音。請注意，它與「白話文」只有一字之差，但意思完全不同，是很容易混淆的專有名詞。總之，以羅馬字拼寫台語早在長老教會的信徒之間十分普及，不但學習簡單而且行之有年，是確定可行的方案。但再一次，「台灣話文」的支持者也沒有考慮這個方案——作為「台灣新文學」的後繼者，他們即使願意承認中國白話文之不足，也還是不願意放棄象徵著漢文化傳承的漢字系統。

於是，他們剩下的唯一一條路，就是用漢字來表記台語了。然而，就功能性而言，假名和羅馬字的表記方式相對精準，畢竟是拼音文字，只要掌握拼寫規則，就大致能夠「我手寫我口」。但是，漢字是以「象形」為基礎的文字，即便有「形聲」的表音要素，字與音之間沒有必然關係；而且它並不全是為了表達台語而設計的，尤其是隨著語言的演變與外來語的加入，許多台語詞彙未必能找出既有的漢字來對應。同一概念，台語與華語的表達方式也不同。黃石輝就曾舉過許多案例，來說明台語和華語的差別。比如華語講「再見」，當時的台語卻是講「慿請」，雖然都是禮貌地道別，但文化邏輯差異甚大，前者強調會再相見、後者則恭送對方離開，兩者難以混用。有些詞語別說內涵有差異，甚至連字數都不同，無法直接替換，像華語的「你們」，在台語就只有「恁」；而台語的「阮」、「咱」，在華語裡都是「我們」，無法區分成兩個詞。

就在漢字無法直接對應台語、卻又堅持要用漢字的前提下，台灣話文支持者便開始了辛苦的修補工作。郭秋生〈建設「台灣話文」一提案〉和黃石輝在〈再談鄉土文學〉都提出了類似的原則：

1、如果有某些漢字已經行之有年，在音韻、意義上能夠共通，那就直接採用。

2、如果音韻或意義有些許落差，基本上就「看著漢字、讀出台語音」。比如「下雨」的「雨」，漢字原來的發音近於「羽」，但台語的發音近於「護」，則依照台語來發音。

3、如果真的有些字，是沒有辦法以上述原則來表記的，則從既有的漢字當中尋找新字、代字，挪來表記台語。黃石輝舉的例子是華語的「這裡」，在台語裡面只有一個音節，顯然沒辦法直接套用兩個字的「這裡」，因此他建議寫成「嗟」，這就是所謂的「代字」。

總之，郭秋生與黃石輝認為「台語」跟「漢字」相衝時，要盡量以台語的需求為先。文字是隨著語言走的，只要大家共同認定「某字在台語唸某個音」，這樣就算該字在華語裡不是那樣唸的，在台灣話文裡也能行得通。而所謂「代字」、「新字」，也通通是把冷僻的漢字挪作台用，像是上段提到的「嗟」，本來是古文裡面「不食嗟來之食」的一個語助詞，音同

「皆」、意義則近乎我們現在說的「喂」。但在黃石輝的提議裡，原本的音、義都不重要，一概可以挪為台語的「這裡」。此一原則，被稱為「屈文就話」——委屈文字，遷就台灣話。

然而，並不是所有人都同意「屈文就話」的原則。另一位台灣話文的支持者黃純青，就曾在〈與郭秋生先生論台灣話改造論〉一文表達了他的顧慮：

> 秋生先生，我兮台灣話改造論受著汝兮切實批評，實哉真有益，不止感服。其中有二項愛與先生斟酌。第一就是另做新字問題，對這款兮問題，先生是主張有話不患無字，設使無字，可以另做新字兮意思，在我兮意見，咱台灣兮鄉音非常複雜，往往有音無字。萬一新字過多，反為不便，不如屈話就文，利用熟字。〔……〕第二就是屈話就文問題，在我兮意見，屈文就話是原則，有時不得已屈話就文是變則。

好的，我知道他的文風很獨特，這點我們留待下一節再說。此處我們先注意他對於「另作新字」的想法：他認為台語的語音繁多，如果一直採用新字，比例高到一定程度之後，可能會寫出包含一堆冷僻漢字的文章，這樣反而會讓人無法讀懂。所以，為了抑止新字的無限增生，黃純青認為偶爾也該「屈話就文」——雖然某個漢字表達台語不太精準，但為了避免生難字太多，有時還是將就著用吧。

「屈文就話」和「屈話就文」兩個原則，此後便成為台灣話文書寫的光譜兩端。雖然在日治時期、乃至於往後數十年間，某些台語詞彙的漢字該如何表記一直吵不出定論，但至少所有人都是在這條光譜上移動的。就此而言，「台灣話文論戰」確實留下了一筆重要的文學遺產。

本文開頭引述了王詩琅〈沒落〉的一段文字，呈現了華語、台語、日語的三聲道混合，便可以視為「台灣話文論戰」之後，諸種勢力拉扯之後的平衡。台灣話文支持者並沒有大獲全勝，讓台灣作家通通採用他們的方案。但是，他們的努力確實沖淡了中國白話文的色彩，讓作家有意識地在行文中注入更多台語詞彙和語法。不只王詩琅，同時代的作家賴和、蔡秋桐等人也大力實驗將台語融入文章的寫法。比如賴和發表於一九三五年的〈一個同志的批信〉，不但從標題就有「批」這個台語詞彙，內文更是充滿了古雅的台語風味：

> 雨紛紛，路滑滑，——
>
> 台灣流行歌，這片可以算是好的。聽了還不至拐斷耳孔毛。
>
> 我不會唱，半題也不會。現在學𣍐來。

永過！永過，現在不流行了。

唱乎你聽？二十多年前的不合時。

你還未出世？是咯，我敢也老了嗎？哈哈！「嘴鬚鬍鬍無合台」囉。

畫線處全都是明顯的台語詞彙，更別說比較隱微的台語語法了。比較王詩琅和賴和的文字，我們也會看到不同作家所採取的「混合比例」是不同的。王詩琅在〈沒落〉裡，描寫的是日本所帶來的新事物在台北街頭耀武揚威，因此有高比例的日文漢字；賴和的〈一個同志的批信〉，則描寫一名不知道要不要接濟獄中同志的前社運人士，焦點集中在敘事者的心聲之上，有大量的台語聲腔也非常合理。當然，也有如朱點人〈秋信〉一般，將中國白話文的比例拉得極高，完全符合他反對「台灣話文」立場的作品。

如此的「語言分工」，遂成為日治時期漢文新文學最大的特色，作家完全可以依照自身的策略或偏好去調整比例，形成風格各異的混合文體。「台灣話文論戰」雖然沒有一統文壇，但確實也在「新舊文學論戰」之後，為台灣文壇帶來了新的文學活力。

台灣話文倡議（二）：如何推廣台灣話文？

現在，我們有一套大致的台灣話文書寫原則了，雖然沒有很完備但還算堪用。於是問題來到新的層次：要怎麼把這套東西推廣到大眾裡去？

在一九三〇年代，最有效率的教育機構當然還是日本人建立的公學校。然而，台灣話文支持者是完全不能指望日本人的。別說是台灣話文了，就是連上一階段的中國白話文，也沒有辦法進入教育體系。日本人確實在學校裡設立了「漢文科」，但教學內容以古典文學為主，繼續貫徹他們「以舊文學籠絡仕紳」的政策。相較之下，批判性強烈的新文學，無論你是中國白話文寫的還是台灣話文寫的，日本人沒有通通查禁已是容忍的極限，當然不可能幫助你「啟迪民智」，養出一堆有知識、能夠反抗殖民政府的刁民。

因此，台灣話文運動者不得不另謀出路。除了日本殖民政府公辦的學校，還有什麼機構是能夠深入民間的呢？黃石輝把腦筋動到了「書房」，也就是教授舊文學的「私塾」之上。第一章說過，台灣從清領時期就有發展成熟的古典文學。承載此一傳統的群體，就是以科舉考試為人生目標的古典文人。但在幾百年間，全台灣也不過就出了三十三位進士，科舉注定是一將功成萬骨枯的。那麼，沒有考上的文人們都去了哪裡？大部分都散布各地，開設「書房」

以賺取生活費了。這些書房在日治時期持續存在，雖然數量和影響力逐漸弱化，但還是有一定的基礎。並且，他們也遭遇困境：現在已經沒有科舉考試了，到底誰還需要讀那些之乎者也呢？家長越來越不願意把孩子送來書房，小說家楊守愚有一系列作品，就是在描寫這個現象。黃石輝在此看到了合作的契機：

如果我們來編出幾種可用白話直讀的課本給書房去教，即做先生的亦免苦於解說為難，做學生的亦歡喜隨讀隨通，做父兄的亦歡喜子弟的進步很快。這樣來，因為學生的成功很快，做先生的給父兄的信賴就愈堅固，做父兄的亦就更加有勇氣給子弟讀。於是一般的學業進步，鄉土文學的勢力擴大，鄉土文學的基礎就堅固起來了。

聽起來很不錯，對吧？只要書房願意改採台灣話文，則學生學了有幫助、家長願意交學費，地方的落魄文人也能賺到錢。但這套想法需要兩個前提：一是必須盡快編出台灣話文課本，這個任務直到論戰打完很久以後，都沒有具體進展；二是根本不願意接受新文學的書房先生們，真的能跳過中國白話文，直接接受立場更激進的台灣話文嗎？這是不無疑慮的。

除此之外，還有一個更嚴峻的問題：沒有人知道，日本人到底會容忍書房多久。由此出發，反對「台灣話文」最凶狠的評論者賴明弘便在〈對鄉土文學台灣話文徹底的反對〉寫道：

我們台灣似而非的胡適先生所精製出來的靈藥，是治文盲症的對症藥嗎？能治好文盲症不能？不，我敢相信絕對的沒有效果。怎麼說呢？試問諸君，台灣人的文盲症其發生的根本原因在哪裡？豈不是現下的台灣的政治、經濟、教育的諸客觀情勢使得如此嗎？假使台灣人把握著台灣的政治、經濟、教育諸機關，我想台灣人可不必患了難醫的文盲症了……舉一個明白的例來說：現在當局已經禁止漢文書房的存在，公學校的漢文科又幾乎要廢止了，設使你新創設台灣話文出來，我想亦要逢著漢文同一運命而被虐殺吧。

好吧，如果問題在於台灣人無法掌握國家機器，因此任何制度都不可倚仗，那還有什麼辦法呢？有的，辦法在郭秋生那裡。郭秋生總共寫了兩篇〈建設「台灣話文」一提案〉，第二篇標題與第一篇完全相同，但篇幅要短得多——謝天謝地。在第二篇裡，他先分析了各種推廣方案，並且推出一個極有創意的想法：

但是普遍化的手段要用什麼？編讀物做公學校的教程自然是無望的，做書房的課本也不是急期的，開講習會也怕是時間上、經濟上不許的，結局只有投合文盲兄弟的「環境不惠」的心理，多能引起他自發的興味地徐徐認識起字，又能使他不知不覺的中間成就一個看得來寫得去的人，這才算得是理想的啦！

然而這種理想在那一處可見嗎？歌謠啦！尤其是現在所流行的民歌啦！所以我想把既成的歌謠及現在流行的民歌（所謂俗歌）整理，為其第一有公效的。

郭秋生的解法是：歌謠。傳統歌謠人人會唱，不分文盲或知識分子，這是已經深入社會每一個角落的民間文學。如此一來，我們只要用台灣話文編寫歌詞本，將之散發到群眾手中，讓他們「以音追字」，口裡唱出來、眼睛同時對照文字，這不就完成掃除文盲、推廣台灣話文的任務了嗎？而且，比起公學校或書房這種小孩子去讀，必須等到第一代識字人口長大才能看到影響力的方案，歌謠完全可以充當「社會教育」，迅速看到效果：

所以吾輩說，當面的工作，先要把歌謠及民歌照吾輩所定的原則整理整理，而後再歸還「環境不惠」的大多數的兄弟。於是路傍演說的賣藥兄弟的確會做先生，看牛兄弟也自然會做起傳道師傳播直去，所有的文盲兄弟姊妹隨工餘的閑暇儘可慰安，也儘可識字，也儘可做起家庭教師。譬如為父母的無聊的時候就念念兒歌、童謠、謎語給兒童聽，及兒童長大，看著那篇兒歌、童謠、謎語的文字，便可即時恍悟到這句話就是這樣寫，那句話就是那樣寫。有事要寫信，就把這句那句寫落紙面，沒有先生教的人，也至於居然做起先生教以上的效力，這豈不是再妙沒有的痛快事嗎？

郭秋生的思考方式頗為前衛：不是把群眾帶進學校上課，而是把每一位群眾都變成教師。如果此計能通，不但可以擴大識字階層，而且傳播效果源遠流長，可以用相對低廉的成本造成很大的效益，確實是聰明的社會運動手法。既然要以歌謠來傳播台灣話文，自然就要整理過去的歌謠，將之文字化了，而這又可以回過頭來，幫助知識分子釐清台語的表記問題。因為，如果一首歌謠能夠廣為流傳，它的用語就有一定程度的代表性，可以「錨定」共通語：

歌謠的產生，自然是各地方都有的，也自然是本各地方現行的言語以表現生活的。雖然過去的歌謠，也有從他處流入散布的，但是在現在各地方對所存在的歌謠裡的言語，若不失為通用語，便無妨當所存在同樣的歌謠的地方，做言語共通的。所以若把各地方所存在的歌謠網羅起來，即時可發見共通語是什麼？若把歌謠裡的共通語來做台灣語，打算不至什麼錯誤才是了。

我個人認為，這是「台灣話文論戰」所有文章中，最為精彩的一個構想。雖然這個構想後來只執行了「整理民間文學」的部分（詳見最後一節），而沒能驗證其效果。但郭秋生的構想，仍然向我們展示了資源匱乏之下，努力尋找解方的強烈信念。並且，他關於「以歌謠錨定台語」之想法，竟爾在往後的戒嚴時代，成為一則令人哭笑不得的預言：當國府戒嚴，打壓台語文創作的數十年間，最大宗的「台語文學」，就是台語流行歌詞了。台語流行歌詞保存了許多語彙、用法，保住了台語文學的一縷生機。郭秋生說得對，歌謠確實有其威力，只是歷史的發展遠沒有他所想的那麼樂觀。

意外的隊友：古典文人

如果依照前面的討論，「台灣話文論戰」看起來很像是「新文學」陣營的內戰：同樣支持新文學的人們，基於不同的運動策略和文學偏好，在「是否支持台灣話文」一事上有了分歧。然而，在這波論戰的內部以及周圍，還有一組奇妙的人，也或深或淺的牽涉到「台灣話文」

的議題。

那就是古典文人。

古典文人會支持哪個陣營？要是我們依照「保守—激進」的二分法來揣測，可能會以為：在「新舊文學論戰」裡，古典文人比新文學運動者保守，所以支持舊文學；而「台灣話文論戰」當中，支持中國白話文的一方又比支持台灣話文的人保守——以這條光譜來看，古典文人最保守、台灣話文支持者最激進，兩者應該不可能有交集吧？

但事情剛好相反，參與「台灣話文論戰」的古典文人，基本上都是支持台灣話文的。哪怕是沒有實際參戰、在「新舊文學論戰」被打得滿頭包的連雅堂，都對台語的文字化有所貢獻。

先講沒參戰的連雅堂。正當一九三〇年到一九三四年間，「台灣話文論戰」雙方打得如火如荼、支持台灣話文派還在討論「屈話就文」還是「屈文就話」的原則性問題時，連雅堂早就於一九二九年開始編纂《台灣語典》，並於一九三三年完成。這部《台灣語典》是連雅堂對台灣文史最大的貢獻之一，重要性不亞於《台灣通史》。他從中國典籍考證台語源頭，整理了一千多個台語詞條。在自序一開頭，連雅堂就說：「余以治事之暇，細為研究，乃知台灣之語高尚優雅，有非庸俗之所能知；且有出於周秦之際，又非今日儒者之所能明。」許多現代人主張「台語很古雅、保留了中國文化的精粹」的說法，可以說正是濫觴於《台灣語典》。

從後世的學術研究來看，連雅堂所考證出來的語源未必能說服每一個人，有些詞彙難免有點穿鑿附會之嫌。但值得注意的是，既然連雅堂能夠編寫《台灣語典》，這就意味著至少有一千多個詞彙，已經過他的整理而「文字化」了。此書之編寫，與台灣話文論戰的時間完全重合，如果支持台灣話文一方能夠與之合作，事態的進展或許會完全不同。可惜的是，這樣的合作似乎並沒有發生；或許是因為新舊文學陣營之間的疏離，也或許是因為一九三〇年「鴉片有益論」之後，連雅堂的聲譽已經受到了影響。但無論如何，古典文人對於台灣話的熱心，其實並不亞於、甚至可能早於新文學支持者。

而實際參與「台灣話文論戰」的古典文人，更有黃純青與鄭坤五兩人。如果你覺得有點眼熟，那是對的，他們兩人之前都出現過了：黃純青就是前兩節和郭秋生探討「屈話就文VS屈文就話」的那位，鄭坤五則是在上一章中提出「平易之文」方案的人。

在前文引述到黃純青之處，我們可以看見他非常特殊的文字風格。比如：「我兮台灣話改造論受著汝兮切實批評，實哉真有益，不只感服。其中有二項愛與先生斟酌。」比起黃石輝、郭秋生等台灣話文支持者的文章，黃純青顯然「更台語」一點。在黃純青最早參戰的〈台灣話改造論〉一文的開頭，他便列了八點聲明，第一點就是：「這篇論文，叫做試作兮台灣白話文。」因此，在整個論戰期間，他不但支持台灣話文，並且身體力行，用自己的一套用字邏輯，來實驗台灣話文的可能性——確實，與其不斷爭論「台灣話文是否能寫出好文章」，不如動手寫寫看。聲明的第三點到第五點，他說明了自己的用字原則，比如以「住在台北市漳泉人兮鄉音來做標準」，並且「有話寫話、無話寫文，自然會變做半話半文」，顯然他也意識到了自己的文體並不百分之百貼合台語。而在聲明的第八條，他還做了一點簡單的統計：「這篇白話文全篇字數七千二百六十三字，基本字數八百十六字。」所謂「基本字數」，指的是他用了多少個不重複的漢字——黃純青的確非常認真在做實驗！

不過，黃純青作為古典文人，雖然在文學立場上可以說是黃石輝、郭秋生的隊友，但在政治立場上，又與這些左派人士有微妙的差異。在〈台灣話改造論〉裡，他除了討論改造台灣話的種種當務之急，更另闢一節來講改造台灣話的功效。不同於左派人士著眼於「掃除文盲、啟迪民智」，黃純青列出的第一項功效，恐怕會讓他的隊友萬分尷尬——他認為，改造台灣話可以協助日本殖民政府的「南進政策」：

直直講一句，內台合作就是促進南進兮捷徑。怎樣呢？第一、就地理上來講，本島西接南華，南控南洋，地位極好，所以販路兮擴張，原料兮獲得，非常有利。第二、就實情

> 上來講，南華是台灣人兮祖國，南洋各地商業死活問題是握在閩粵華僑兮掌中。照這二點講起來，南進事業，日台合作敢不是上策嗎？〔……〕吾人倡言文一致說，取廈門音做標準，就是愛與閩粵祖籍地及南洋華僑聯絡。所以我有確信台灣話改做言文一致得確會促進南進兮國是。另外加講一句大話，內台合作就是日華親善兮基礎。

夠尷尬吧——黃純青把台灣話文支持者打算拿來反抗殖民者的利器，變成了殖民者接續殖民華南、東南亞的武器。在此，我們可以看到文學論戰的複雜性：即使表面上意見相同，實際上也可能基於完全不同的理由。如第一章所說，台灣古典文人與日本殖民者的關係是比較親密的，黃純青能拿出這一套「說帖」並不奇怪。如今的我們，如果稍微跳脫族群本位的框架來看，黃純青的說法倒還真有幾分道理，不失為爭取日本殖民政府支持台灣話文的理由，也有機會讓台灣話文找到體制內的生存空間。在這篇文章最後，黃純青也提出了八項實行方法，第八項就是「請願公學校置台灣語科」，顯然他真的有「讓台灣話文進入殖民體制內」的意圖。

黃純青的構想若能成功，台灣文學如今的面貌或許會很不相同。不過，毫不意外的是，所有人都當作沒看到他的這部分「說帖」，既不表同意、也沒有開罵。畢竟隊友難得，在「支持台灣話文」的大旗之下，社會運動者也知道要稍微容忍異質性的存在吧。

另一位表態支持台灣話文的古典文人鄭坤五，則在《南音》雜誌發表了〈就鄉土文學說幾句〉。《南音》創刊於一九三二年，前述的郭秋生、賴和等人都參與了這份雜誌。它開闢了台灣話文的專欄，固定討論相關問題，也刊登台灣話文的實驗作品，可以說是「台灣話文論戰」爆發之後，最主要的實踐之處。在〈就鄉土文學說幾句〉裡，他延續「新舊文學論戰」裡面的觀點，認為：「現在咱台灣表面上，雖也有白話文，但不過是襲用中國人的口腔，你們、我們、那末、這般等等各地的混合口調而已，不得叫做台灣話文了。」而作為古典文人，他更援引中國古代的民間詩歌，來為台灣話文辯護：

> 雖然我所贊成的鄉土文學，它的範圍似極狹小，中古時孔子所刪的詩經與屈原所作的離騷，這樣代表的作品，本原也是一種鄉土文學，未嘗有人敢排斥，倘咱台灣有人肯鼓吹，奮練得法，那裡將來無有國學的可能性呢？

這個說法從文學史入手，闡明了「不必擔心地方性、所有文學最初都從地方開始」的觀點。鄭坤五的這個觀念，同樣也不是因為台灣話文論戰而生造的。早在一九二七年，他就在報刊上整理、註解了三十多首「台灣褒歌」，並且將這個系列的專欄命名為「台灣國風」。以「國風」命名台灣的民間歌謠，正與他援引《詩經》、《離騷》是思路一致的。

但無獨有偶，鄭坤五和黃純青一樣，也提出了一個有點「政治不正確」的想法。在談到如何表記台語的問題時，他做出了以下的判斷：

所以寫音的字不如羅馬字的利便，但是羅馬字不如五十音的普及，我想五十音外再增加幾音像カキクケコ（讀甲吱啯格果）、ハヒフヘホ（百鰲噗八拔去聲）、タチツテト（搭滴預底卓）更付八音的記號，大概就可以輔助一半字的音了！若有人發明出更好的方法，則台灣鄉土文就可以完成了。但來補助卻好，若全用代漢字，我便不贊成。

鄭坤五發現了以拼音表記台語，會比硬貼漢字更容易。而在拼音的方法中，他又認為日文的五十音比羅馬字普及，所以主張用五十音來「輔助」漢字。前面已經說過，這是現實上可行，但與日本殖民政府勢同水火的新文學運動者不太可能接受的方案。然而，鄭坤五也特別聲明不贊成「全用代漢字」，由此還是能看到他們之間「必須保留漢字」的最大公約數。

這些意外的隊友——至少初次讀到的我頗感意外——不但呈現了文學立場的複雜性，更讓我們看到許多「未走之路」。不同出身、不同經歷的文學人，即便在某一文學理念上有志一同，仍然可能提出完全不一樣的方案。這些方案大多數都沒有成功，甚至沒有機會實踐。但站在後見之明、知道歷史選擇了哪一條路線的我們，卻能從這些「未走之路」得到許多靈感。記住它們，不只是為了欣賞某一平行時空的可能性。也許未來的某一天，它們會成為我們解決某個文學問題的意外資源。誰知道呢？靈活的想法總是多多益善的。

被政治斬斷的文學

如前所述，「台灣話文論戰」嚴格說來沒有任何勝利者。支持者沒能全面推廣，反對者也未能阻止台語大舉滲入文學作品。然而，這場論戰確實催生了台灣新文學草創以來，第一個繁榮的世代。

一九三二年，前面提過的《南音》雜誌創刊，雖然僅僅發行十二期，但上面刊載的論述、小說、散文、歌謠、兒童文學等多樣化的內容，為台灣文學的許多領域打下了基礎。其中，郭秋生實踐了他「以音追字」的構想，蒐集了大量童謠、俚語、歌詞，並且與雜誌同仁往復斟酌如何表記的問題。

而在《南音》的基礎上，台灣新文學的第一個大型作家團體「台灣文藝聯盟」，也在一九三四年成立。「台灣文藝聯盟」成員涵蓋台灣北、中、南，甚至還開設了東京支部，一時之間成為新文學陣營的核心機構，聲勢十分浩大。有趣的是，不管是支持台灣話文的黃石輝、郭秋生，還是反對台灣話文的廖漢臣、朱點人、林克夫、賴明弘等人，通通都加入了這個團體。某種程度上，正是因為彼此打了一場轟轟烈烈的論戰，所以才讓「同屬一個文壇」的實感浮現了出來，頗有一種不打不相識的味道。

一九三六年，李獻璋主編了《台灣民間文學集》，集結了當時最活躍的作家群，投入民間文學的整理。這批作家包含了台灣話文論戰當中的賴和、黃石輝等人，明顯可以看到論戰之後，台灣作家找到了新的努力方向。全書分成「故事」與「歌謠」兩大類，前者是作家整理改寫的民間故事，後者則收錄了近千則民歌、童謠、俚語。可以看到，即使台灣話文的倡議並沒有全面成功，但這場論戰確實成功喚起了文壇對「鄉土文化」的關注。從一九二〇年代張我軍平行移植中國白話文進入台灣，到一九三〇年代搜羅民間文學、挖掘台灣大眾早已蘊藏的文學資源，台灣文壇可說是從語言到內涵，都有了更精煉的成果。至今，這本封面有著可愛貓頭鷹的《台灣民間文學集》（順帶一提，這封面是名畫家陳澄波的手筆），仍然有極高的文學價值和學術價值，並且也是收藏家心中的逸品。*

當然，就像所有論戰一樣，「台灣話文論戰」還是留下了一些沒能解決的問題。比如說，當黃石輝宣稱「文學是代表說話的，而一地方有一地方的話，所以要提倡鄉土文學」時，就有不少論者質疑：如果是這樣，不是講「台灣話」的族群，比如客家人要怎麼辦？這些族群也要一體適用「台灣話文」嗎？如此一來，非台語族群不就也失去了「言文一致」的空間？

對此，黃石輝反詰：「難道日本可以標準東京語；中國可以標準藍青官話，而台灣獨不可採用標準語麼？我們以漳泉語為基礎，其他能共通的可以盡量容納，建立台灣的普通話，這有什麼不好？」平心而論，反對台灣話文者為非台語族群的擔憂不是沒有道理，但這種擔憂雖則能夠質疑台灣話文，卻也不能支持中國白話文的正當性，因為中國白話文是一次犧牲了所有人的「言文一致」。同樣的，黃石輝以東京、中國之例來反駁，雖然邏輯上說得通，卻也沒辦法化解非台語族群心中的疑慮，甚至會招致「倚多為勝」的反感。此中糾結，將在未來近百年內，不斷困擾台灣文壇，使得本土語言的發展屢遭牽制。

但無論如何，至少在一九三〇年代中期、論戰結束後的一小段時間，台灣文壇看起來有了一番新氣象，各種可能性都在萌發……。

然而，文學的努力，往往抵不住政治的輾壓。

一九三七年四月，中日戰爭爆發前夕，日本殖民政府再次收緊了文化管制措施：針對

《台灣新民報》等報刊，殖民者下達了「廢止漢文欄」的指令。也就是說，這些報紙此後必須以純日文印行，不准保留任何漢文版面。首當其衝的，就是以這些漢文欄為發表陣地的台灣新文學。此令一出，台灣新文學的第一世代橫遭斬斷。台灣話文論戰雙方，以及沒有參戰的其他作家，包含楊守愚、蔡秋桐、林越峰、廖漢臣、郭秋生、王詩琅、朱點人等，一夕之間全都失去舞台，紛紛封筆。十幾年來，兩場大型論戰、千百篇文章的累積和努力，彷彿通通都不算數了。

台灣話文的實驗剛剛開始就被終結。而「以台語創作」這件事，也以此為起始，墮入了半世紀以上的壓抑與汙名。

但微妙的是，上述禁令只針對「新文學」的報刊版面。如果是古典文學、或者是脫胎自古典小說、戲曲章回的「漢文通俗小說」，日本人卻睜一隻閉一隻眼。這些出自古典文人之手的作品，反而在新文學的台灣話文實驗夭折之後，默默出現了幾本融混了台語的小說。其

---

*《台灣民間文學集》的書影可參考國立台灣文學館的館藏：

中，最負盛名的當屬以台南神仙打架為主題的奇幻小說、許丙丁的《小封神》。而在兩次論戰裡，其論述都沒有廣被採納的鄭坤五，卻在政治夾縫之中，以作品《鯤島逸史》實踐自己的理論：他以傳統章回小說形式，虛構了「尤守己」這名角色，描寫他和清代台灣名將王得祿等人一同平亂的故事。並且，雖然小說的寫法非常古典，但時不時卻會置入天文、物理知識，證明了「平易之文」也有傳播新知的能力。這些「漢文通俗小說」看似沒那麼激進、沒那麼堅決抵抗殖民，卻反而在肅殺的二次世界大戰期間，保存了新文學運動的某些理念。

然而，鄭坤五的這部小說，卻沒有受到台灣新文學陣營太多的注目。這不只是因為派系差異，更是因為：就在《鯤島逸史》連載的一九四二年到一九四四年間，台灣文壇正陷入更巨大的危機。他們正面臨殖民政府與御用作家聯手，想將台灣文學趕盡殺絕的殲滅戰。

台灣話文論戰

日期	作者	篇名（發表刊物）或事件	立場
一九三〇年八月十六日	黃石輝	〈怎樣不提倡鄉土文學〉（《伍人報》）	支持「台灣話文」
一九三一年七月七日	郭秋生	〈建設「台灣話文」一提案〉（《台灣新聞》）	支持「台灣話文」
一九三一年七月二十四日	黃石輝	〈再談鄉土文學〉（《台灣新聞》）	支持「台灣話文」
一九三一年八月一日	廖漢臣／廖毓文	〈給黃石輝先生——鄉土文學的吟味〉（《昭和新報》）	反對「台灣話文」
一九三一年八月十五日	黃石輝	〈我的幾句答辯〉（《昭和新報》）	支持「台灣話文」
一九三一年八月十五日	林克夫	〈「鄉土文學」的檢討——讀黃石輝君的高論〉（《台灣新民報》）	反對「台灣話文」
一九三一年八月二十九日	郭秋生	〈建設「台灣話文」一提案〉（第二篇）（《台灣新民報》）	支持「台灣話文」
一九三一年八月二十九日	朱點人	〈檢一檢「鄉土文學」〉（《昭和新報》）	反對「台灣話文」
一九三一年十月十五日	黃純青	〈台灣話改造論〉（《台灣新聞》）	支持「台灣話文」
一九三一年十一月二十一日	黃純青	〈與郭秋生先生論台灣話改造論〉（《台灣新民報》）	支持「台灣話文」
一九三一年	小川尚義	《台日大辭典》（以日文假名拼寫台灣話）	

一九三二年一月十五日	鄭坤五	〈就鄉土文學說幾句〉（《南音》）	支持「台灣話文」
一九三三年十月二十四日	賴明弘	〈對鄉土文學台灣話文徹底的反對〉（《台灣新民報》）	反對「台灣話文」
一九三三年	連雅堂	《台灣語典》	
一九三四年五月六日		在《南音》的基礎上，台灣新文學的第一個大型作家團體「台灣文藝聯盟」成立。	
一九三六年六月十三日	李獻璋（主編）	《台灣民間文學集》	
一九三七年四月一日		台灣總督府全面廢止報紙上的漢文欄。	

三 —— 這不是一場論戰，而是一場併吞戰：糞寫實主義論戰

一九四三，「都是無意義的」

如果台灣文學史上的〈一九四三年〉是一篇小說的話，它是從一個極富象徵意義的悲傷場景開始的：一九四三年一月三十一日，台灣新文學運動的領袖賴和逝世了。而就在他逝世前幾天，老朋友楊雲萍剛好才去看他。根據楊雲萍的說法，賴和那天精神很好，他們談了很多關於詩的話題，談了《民俗台灣》上面有趣的文章，還談了魯迅跟連雅堂。本來楊雲萍很擔心他的病況，談著談著竟然也忘了他是個病人。然而，看似心情頗佳的賴和，突然坐起身來，用左手壓著疼痛的心臟，激動地說：

「我們正在進行的新文學運動，都是無意義的。」

這可不是賴和平常的樣子。大家認識的賴和，都是熱情、勇敢、為了理想一往無前的。在賴和的病房裡，楊雲萍聽到這句話，心裡也不可能毫無感觸吧。楊雲萍只能忍住眼淚，急忙地安慰他：「不會的，三、五十年後，人們一定會想起我們的。」

事實上，不管是楊雲萍或賴和本人都心知肚明，這是一句軟弱、沒有任何道理的安慰。因為對台灣作家來說，日子是越來越難熬了。日本殖民政府於一九三七年終結了「漢文新文學」的發表版面，並於同一年全面進攻中國。接下來的幾年，日本的這場「聖戰」席捲全亞洲；直到賴和逝世的一九四三年，都看不出任何終戰的希望——不管是戰勝還是戰敗。而在越來越緊繃的局面下，日本殖民者要求每一個領域都要為戰爭「協力」，就連看似最沒有「戰力」的作家也無法例外。官員的發言、報紙上的評論，一再催促著作家成為「筆部隊」，以自己的文字激勵所有人參戰。殖民地台灣的言論管制，已經從「你不可以寫什麼」轉向「你必須寫戰爭」了。

於是，「戰爭」同時成為了殖民政府控制作家的手段與目的。擺在台灣作家眼前的一九四三年，是一個醒不過來的漫長惡夢。

台灣人離「建立自己的文學」這個夢想越來越遠了。賴和沉痛的斷言看來不無道理：過去二十多年的奮鬥，似乎將在戰鼓聲中煙消雲散。

「日文世代」的崛起與隱憂

當時的文壇，已經與前兩章所描述的樣貌有了很大的不同。以「漢文」寫作的新文學作家，不管是支持中國白話文還是台灣話文的陣營，基本上都失去舞台，退出一線創作的行列。取而代之的，是另一批出生於日治時期，因此接受過完整的殖民地教育，從而嫻熟於日文的作家們，比如寫出〈送報伕〉的楊逵、寫出〈牛車〉的呂赫若、寫出〈天亮前的戀愛故事〉的翁鬧，以及寫出〈植有木瓜樹的小鎮〉的龍瑛宗等人。這些人的共通點，就是「以日文寫作，並且具有在東京文壇發表、得獎的實力」。

可以這麼理解：日治時期的「漢文世代」結束了，代之而起的是「日文世代」。這批「日文世代」的作家，最終還是不得不接受了殖民者的語言，無法像「漢文世代」那樣，從文學的根源之處——「文字」層面——就抵抗著日本人。但是，這一看似「妥協」的轉向，卻反而為新世代的台灣作家帶來更廣闊的空間。當他們能夠直接閱讀日文、並以日文寫作時，也就等於能夠直接取用日本文壇極為豐沛的文學資源。日本文壇將大量歐美文學作品翻譯成日文，也早在十九世紀末就開始了日本自身的文學革新。相較於台灣，「日文」所蘊涵的種種理論、思潮、作品的能量，無疑是先進、巨大的。這些東西，都滋養了日文世代的台灣作家，使他們的作品能創立前輩所難企及的高峰。

即使到了二〇二三年的今日，我們回頭去讀一九三〇年代以後的日文世代作品，仍然會感到他們是很前衛的。比如翁鬧的新譯本《破曉集》，或者「風車詩社」詩人水蔭萍的詩作，都是那種「遮起名字和年代，你完全會以為是當代作品」的例證。

不過，「日文世代」的台灣文壇並不是毫無隱憂。相反地，台灣文壇在作品水準日益精緻的同時，卻也面對著比過往更嚴苛的內憂外患。「外患」自然是前面提到的戰爭因素，而「內憂」則是文壇內部的分裂。為什麼會分裂呢？根源還是與「日文」有關。台灣作家習得了日文，這意味著台灣作家將與日本作家進入同一競爭場域。作為殖民地的人民，誰會與台灣作家競爭呢？當然就是生活在台灣的日本作家了。當時間推進到一九三〇年代，在台灣也出現了「土生土長的日本人」，也就是所謂的「灣生」，其中最具代表性的作家，當屬西川滿。嚴格說起來，西川滿在日本出生，兩歲才來台，不是百分之百的「灣生」；但他的成長歷程，確實跟「在台灣的日本作家」若合符節。不難想像，在「日本人比台灣人高等」的殖民社會裡，「日文世代的台灣作家」與「在台灣的日本作家」之間，想必也會有著尖銳的對抗、歧視關係——說白了，日本人怎麼可能看得起台灣人所寫的「不純正」的日文作品？台灣人又怎麼可能甘心被看扁？

更複雜的是，這些「在台灣的日本作家」，其文學水準也會受到日本內地作家的質疑。於是就形成了歧視鏈：日本內地作家最高等，在台灣的日本作家次之，台灣作家更次之。在這樣的結構裡，「在台灣的日本作家」當然也想力爭上游，被日本內地的文壇肯定。因此，西川滿這樣的灣生作家便發展出了一套策略，被稱之為「外地文學」：簡單來說，台灣作家（主要是在台灣的日本作家）面對日本內地的「中央文壇」，在傳統、資源、技藝上是沒有優勢的，唯一的優勢是什麼？就是台灣作為日本的「外地」，有著充滿異國情調的題材可以寫。這是日本內地作家不可能寫得贏台灣作家的。於是，西川滿等人便主張，所謂「台灣文學」就應該是「外地文學」，是充滿異國情調的、浪漫的文學；比如描寫神祕的鹿港市街、描寫深邃的四合院與漢人廟宇，甚至把媽祖寫成魔法少女——沒錯，這是日治末期的日本人就寫過的，比漫畫家韋宗成的作品早了一甲子以上。

這個策略聽起來很華麗，但在台灣作家心中卻頗不是滋味。一來，台灣新文學的傳統是「現實主義」，主張反映人民困苦的現實；這與西川滿忽視現實議題、把台灣一切事物都美學化成玩賞對象的「浪漫主義」截然對立。二來，以西川滿為首的日本作家，雖然以「外地文學」來標示台灣文學，但這僅僅是美學風格上的差異化策略，在政治立場上仍然與官方同調；這又與台灣新文學「抵抗殖民」的傳統格格不入。這兩股難以相容的力量，偏偏又共享「日文」這個平台，沒辦法裝作沒看到對方。再加上戰爭局勢嚴峻、殖民政策緊縮，兩者之間的衝突也就難以避免了。

於是，日文世代的台灣文壇便逐漸分裂成兩大陣營。一邊是以日本作家西川滿為首，政治立場親近官方、美學風格唯美浪漫、整天喊著要發揚皇民精神的月刊《文藝台灣》；一邊是以台灣作家張文環為首，消極抵抗官方要求、美學風格較為樸實、希望保持自主性的季刊

《台灣文學》。不過，兩邊的陣營並不完全依照族群來分布，《文藝台灣》陣營底下有台灣人龍瑛宗、葉石濤；《台灣文學》陣營也有日本人工藤好美、中山侑、坂口れい子。台灣文壇並不大，即便表面上看來分屬兩個陣營的作家，私底下可能都有很不錯的關係。本來嘛，作家之間就算立場不合，頂多就是打個筆戰什麼，是可以嚴重到什麼地步？

但《台灣文學》諸君並沒有意識到，有一場「併吞戰」已經悄悄在醞釀了。

名單的政治：大東亞文學者大會與台灣文化賞

就在賴和逝世的同一天，《台灣文學》刊出了「大東亞文學者大會特輯」。這個大會舉辦於一九四二年年底，在東京召集了日本、台灣、朝鮮、蒙古、滿洲、中國（汪精衛政權）各地的作家代表，討論一個十分囉唆的主題：「東亞文學者為完成大東亞戰爭及大東亞共榮圈建設的協力方法」。這顯然不是一個會令被殖民的台灣作家興奮的題目，充滿了濃濃的官腔和脅迫感——殖民地內部就不平等了，還談什麼大東亞共榮？

總之，這個特輯收錄了四名台灣代表的感想，分別是西川滿、濱田隼雄、龍瑛宗和張文環。既然是官方活動，那感想自然也是一堆官腔。有趣的是這個代表團的組合和特輯的發表平台。表面上看起來，代表團是兩位日籍作家、兩位台籍作家，十分「平等」，但事實上前三位都屬於《文藝台灣》，只有張文環在各種意義上都是「台灣人代表」。而這個不太有代表性的代表團成果，還必須發表在台灣作家的陣地《台灣文學》上，這就有一點侵門踏戶的味道了。

一九四三年的兩陣營之爭，就從一月三十一日這個極富象徵意義的日子揭開了序幕。大約一週後的二月六日，主持皇民化運動的官方機構「皇民奉公會」頒布了第一屆的「台灣文化賞」，這個獎當然也是以推進皇民化運動、戰爭協力為宗旨的。第一屆的文學類獎項，就頒給了西川滿的《赤崁記》、濱田隼雄的《南方移民村》和張文環的〈夜猿〉、〈閹雞〉等作品。

再看一次這個名單，是不是有點眼熟？

從「大東亞文學者大會」和「台灣文化賞」的名單，我們大致上可以看到日本官方的行事邏輯：《文藝台灣》陣營的日籍作家是主菜，《台灣文學》陣營的領袖張文環是進來當配菜的。而對張文環來說，不管是入選代表團還是入選文化賞，都是一件尷尬的事：官方授予榮銜，似乎是好事；但你接受了榮銜，就必須加入皇民文學的論述體系，你會「被成為」官方代表，而且還無法拒絕。

在這個尷尬的狀況下，台北帝國大學的工藤好美教授掀起了論戰。工藤好美雖然是日本人，但一直同情台灣人處境，支持了許多台灣作家和雜誌。同時，他也像台灣作家一樣，信仰「現實主義」而排斥西川滿的「浪漫主義」傾向。抱持這樣的信念，他在三月初發表了長篇評論〈台灣文化賞與台灣文學〉，詳細評論了三位得獎作家。一起手，工藤好美就對「浪漫主義」一詞磨刀霍霍：

> 我們可以從在台灣一直被濫用或誤用的浪漫主義的詞彙中找到證據。浪漫主義總是有一種脫離現實的態度，但是浪漫主義之所以脫離現實，是為了藉此闡明精神的主體性，為這種主體精神對客體的存在（現實）施以建設性或創造性活動的條件作好準備。所有埋沒在存在的秩序中的東西，是無法對這存在展開新的創造與改造。（……）只有真正擁有夢想的行為才能發揮作用。但是那夢想不是過去的追憶，而是未來的幻想，這就是浪漫主義被認為是夢幻的原因。這樣的浪漫主義反而是與現實主義相通的，必須視為現實主義的建設性與創造性的要素，被包含在浪漫主義本身之中。

這段文字，恐怕是本書目前所談的幾場論戰裡，最難的一篇了。表面上看來，工藤好美好像只是翻來覆去在講一堆抽象概念，但如果你稍微懂一點文學理論和時代背景，就會感覺到他每一句話都是射向西川滿的。一開場就說「浪漫主義在台灣被誤用」，那是誰誤用呢？指的就是西川滿。接下來第一個畫線處，就是工藤好美所謂正確版本的浪漫主義：所有浪漫主義文學，都有一種脫離現實、描寫現實不可能之理想與美好的傾向——西川滿也是這樣的，他之所以描寫媽祖之類的題材，也是因為祂帶有一種超脫現實的美好。然而，工藤好美指出，這種理解是膚淺的。浪漫主義之所以「脫離現實」，並不只是為了吟風弄月、抒發詩情畫意，而是因為「不滿現實」；浪漫主義之所以描寫理想的、美好的東西，是為了指出「應該往哪裡改造現實」。總而言之，只是把漂亮的東西寫下來，心裡想著「好美好浪漫喔」，這是把「浪漫主義」想簡單了。

由此，第二、第三個畫線處的意思就很清楚了，「夢想不是過去的追憶，而是未來的幻想」、「這樣的浪漫主義反而是與現實主義相通的」兩句，都是在強調上述道理。同時，我們也可以看出工藤好美並不只是蛋頭學者，更有著極為敏銳的筆戰才華。全段無一字提及西川滿，表面上沒得罪任何人；但是講到浪漫主義、又講到「夢想不是過去的追憶」，在那時的台灣文壇，除了打著「外地文學」旗號，整天描寫「古老而浪漫的台灣」的西川滿，還能是講誰？

接下來，工藤好美開始點評西川滿、張文環、濱田隼雄三位得獎者。表面上看去，他對三位作家都是有褒有貶，但字裡行間卻隱隱傳達了厚張文環而薄其他兩人的意思。對西川滿，他先說：「在藝術性上整合的最成功要說是〈朱子記〉了吧。〔……〕但是這部作品卻因為它的完整性，而將自身與外在的廣大世界隔離。」也就是說，藝術技巧完足，但還是空中樓閣，與現實脫節。接著又說：「相反的，〈採硫記〉中就可以看出他努力地想要描寫活生生的人。〔……〕當然這並不是完全的成功，但是他對『人』的興趣讓他漸漸受到現實世界的吸引，從那裡開始，文學大道就在他眼前豁然開朗了。」作為對照，工藤好美是這樣評斷張文環的：

> 如果說他的成功作品——例如〈夜猿〉——有漂散著任何一種的情調的話，那不會是來自主觀的情調，而是客觀的情調。也就是說，那只是現實本身所帶來的藝術效果。他是一個現實主義者。恐怕在台灣的作家當中，像張文環這麼徹底的現實主義者沒有第二人了。他的強處就在於那現實主義的韌性與堅強的風範上，這使他的現在令人滿意，也使他的將來更令人期待。

就算我們不細究工藤好美的文學觀，光看這段話的最後一句，就可以看出明顯的厚薄不同了。同樣是「未來可以更好」，他對西川滿的態度是「方向對了，但還不夠好」；但對張文環的態度卻是「已經很好了，令人期待未來」。看似評價沒有差很多，但微調一些字句，就能產生天差地別的印象。我們作為旁觀者都能感覺到，被評論的西川滿、張文環想必體會更深。不過，最有趣的還不只是工藤好美如何褒揚台灣作家張文環，更在於他把批評的火力，都集中到了第三位得獎的日本作家濱田隼雄之上：

〈南方移民村〉就像過去曾侵襲村子的洪水氾濫一樣，以激烈而強大的力量，打動了讀者的心。儘管如此，為什麼讀者會同時覺得那令人印象深刻的整體並不是隨著它本身的必然性集體行動，而是在作者的頭腦中半恣意性或半概念性地組合起來呢？我認為這還是必須從歷史與歷史觀之間的關係著手進行說明。濱田氏的歷史觀——特別是在小說的後半段，大東亞戰爭開始，移民村要往更南方遷移成為問題焦點，故事便急轉直下，我指的就是在這個地方顯現出來的歷史觀——應該至今都還沒有成為作者實際的信念。說起來，這只是外界所給予的官方命題而已，作者卻直接把它強加在過去的事實上。

除了第一句話有「打動讀者的心」這樣比較正面的評價以外，第二句以後通通都是批評。

他說濱田隼雄的小說沒有「必然性」，意思就是「憑著主觀的意志在硬拗」。什麼主觀意志呢？就是「大東亞戰爭」的「歷史觀」。所以把整段話組裝起來，工藤好美實際上是非常尖銳地批評濱田隼雄：你根本只是為了呼應官方的戰爭政策，所以才把小說寫得那麼生硬，特別是小說後半段「大東亞戰爭」出現之後的情節。

這樣一路看來，工藤好美的戰術非常值得玩味：西川滿是文壇裡最大聲支持官方的作家領袖，濱田隼雄的《南方移民村》則是徹頭徹尾「符合國策」的作品，小說的結尾甚至突兀地插入了「到南方去」的呼聲，以呼應官方的「南進政策」，但工藤好美都明確指出他們在文學上有所不足。相反地，作為台灣最高學術單位的教授，工藤好美反而盛讚作品裡面毫無戰爭氣息、筆觸淡遠、政治立場也與官方隱然有隔的張文環，僅是點綴性地提到一些缺點。

這態度是什麼意思，不用說也很清楚了。

對西川滿等人來說，這是令人尷尬的半個巴掌——說是半個，因為工藤好美確實也沒有什麼會落人口實的離譜言詞，即使最尖銳的地方，也都包裝在迂迴的文字裡，表面上頗為溫和。但同一時間，他又把應該是來「陪榜」的張文環標舉得比「正獎」還高，無論從政治上看、還是從「文壇之內的和氣」來看，譏諷之意都非常明顯。要怎麼激怒一個得了獎的人呢？很簡單，說你不夠格、或說有人比更夠格就可以了。工藤好美則更進一步：我以一個日本人、台北帝國大學文學教授的身分來教訓你們這些日本人，有個台灣人比你們更夠格。

接下來一個月，是一九四三年罕見的平靜時光，文壇上沒什麼大事發生。但從後見之明看起來，此時此刻的西川滿陣營應該已經開始醞釀下一波反擊了。這波反擊，就是台灣文學史上著名的「糞寫實主義論戰」。

兩層次的實力懸殊

「糞寫實主義論戰」是一場實力懸殊的論戰。「實力懸殊」有兩層意思：一是從論理的角度來看，西川滿陣營表現得非常差，主要的幾篇文章發出之後，立刻陷入公關危機等級的文壇圍剿，連大多數的日本文化人都看不下去。但另一方面，西川滿一方發起的這場論戰，恐怕本來就不是要以論述取勝，而是一套併吞《台灣文學》陣營的組合拳。因此，在政治層面上，反而是張文環一方被打得毫無還手之力。

有些論述認為，「糞寫實主義論戰」是從四月濱田隼雄發表〈非文學的感想〉一文開始的。但我們如果依著前面的時間序看來，就會很清楚看到該文其實是對工藤好美的第一招反打。工藤好美的〈台灣文化賞與台灣文學〉也不是無差別亂打，讚美張文環可以，攻打西川滿的力道可不能太重，畢竟後者是領袖級人物，那還可以用力打誰呢？當然就是年輕、資歷最淺的濱田隼雄了。所以工藤好美的評價，大致就是「張文環 > 西川滿 > 濱田隼雄」。反過來說，《文藝台灣》陣營的反擊，自然也是先派「受了委屈的」年輕作家濱田隼雄為前鋒。

濱田隼雄的〈非文學的感想〉發表於《台灣時報》，是「皇民奉公會」旗下的刊物，「官方背書」的意味很強。這篇文章比工藤好美更直接、強硬，雖然沒有明著說是回應工藤好美，但很有針對性。比如他批評有些作家受到歐美「自然主義」的影響，沒有好好思考戰爭的問題；而「自然主義」，正好就是張文環的正字標記。這種流派認為，作者在寫作時應該完全隱身，不要隨便介入去評價角色；同時，他們也希望可以更真實的描寫人類生活，而不要為了戲劇化去誇張情節，要把觀察到的東西忠實寫下來。因此，這種手法常常帶有一種冷靜的、知性的批判，能夠凸顯角色所面對的社會困境。

「自然主義」可以說是前述「現實主義」的延伸。用這種手法來寫日治時代，很自然就會看到台灣人被殖民的困境。也就不意外，為什麼濱田隼雄接著說台灣作家太過沉溺於「否定性的現實」，專挑現實中醜惡的、不好的一面來寫。這不但是針對張文環，更是針對《台灣文學》和工藤好美的文學理想而來的。《台灣文學》站在台灣人立場，認為文學必須批判現實，表達台灣人在殖民生活會遇到的困境，自然看起來都是「否定性的」。

這就給了《文藝台灣》陣營借力打力的縫隙：你看看你，都什麼時節了，還在擾亂民心、說政府壞話？「自然主義」的寫法不鼓吹任何理念，不敲鑼打鼓激勵大家加入大東亞戰爭，是想袖手旁觀嗎？更何況，日本正在對美國、英國作戰，這時候還鼓吹來自歐美的文學流派，又是何居心？濱田隼雄直白地把「戰爭」當作一切文學的前提，他這樣寫道：

> 我們現在總是把文學掛在嘴上，只以文學為題目，卻不太思考創作文學之前應具備的東西。〔……〕然而，在如今這個時局，內心不曾思考著戰爭的事而動筆為文，胸無點墨而談文學報國，我無論如何都不認為這是文學人應有的態度。
>
> 我認為這就是台灣文學教養的出發點。

這個說法，已經是赤裸裸的政治審查了。他並未回應工藤好美的批評，反而以圍魏救趙之姿，攻擊張文環等台灣作家：你們這些政治忠誠度有問題的作家，有什麼資格跟我談文學？

對此，張文環也不得不在〈台灣文學雜感〉隔空回應：

我認為並不是只有描寫勞務奉公隊的才是台灣的文學，描寫它所產生的背景也是台灣文學。簡單的說，我認為我們不能不去理解今日的生活。因此，我們必須從文學成形之前的要素開始學習，那就是要有人情味，就是要成為一個可以向全世界誇耀的徹底的日本人。

張文環回得很有技巧。他並沒有直接否定「描寫戰爭」這個命題，畢竟直接衝撞殖民政策，是注定粉身碎骨的。但他換個說法：如果「描寫勞務奉公隊」這樣協助戰爭的組織是官方所鼓勵的文學，那「描寫之所以產生勞務奉公隊的台灣」，不也可以是文學嗎？這就好像有人說：「你必須描寫番茄，才是我們認可的文學。」張文環卻回答：「番茄也要有人來種植吧？那我去描寫『讓番茄長出來的土地、人民』，也就等於是在描寫番茄了吧？」這個小小的滑移，就為「不寫戰爭的台灣文學」爭取了正當性——就算台灣作家通篇沒有一字鼓勵戰爭，但只要他寫了台灣的生活，而台灣又事實上參戰了，那當然就等於寫了戰爭！由此，我們可以看到身處殖民地的台灣作家領袖張文環，是怎樣動用一切文字、理論與身段，來設法獲得一點點「不屈從」的空間。同樣的身段，我們還將在未來的論戰裡面看到。

雖然交鋒已經開始，不過由於雙方都只是隔空喊話，一時之間也並未爆發太大的衝突。

台灣作家的文學活動還是如常運轉。四月二十八日，《台灣文學》策畫了賴和的紀念特輯，邀請朱點人、楊逵等作家撰文，回憶了賴和在台灣新文學運動草創期的貢獻。其中，朱點人還提出了建議，希望能出版賴和的文學全集，以及創設「懶雲紀念文學獎」。可想而知，如果真有這麼一個文學獎，那必然會與皇民奉公會所辦的獎項有完全不同的標準吧。

但這個願望並沒有實現。三天之後，西川滿所主持的「台灣文藝家協會」改組，從一個普通的民間文學社團，搖身變為「皇民奉公會」旗下、帶有官方性質的「台灣文學奉公會」。這一改組，等於是讓西川滿瞬間「升官」成為全島文學體制的領導者。而也在這一天，新一期的《文藝台灣》出刊，西川滿發表了〈文藝時評〉一文，激烈地批評台灣作家寫的是「糞寫實主義」：

> 大體上，向來構成台灣文學主流的「糞寫實主義」，全都是明治以降傳入日本的歐美文學的手法，這種文學，是一點也引不起喜愛櫻花的我們日本人的共鳴的。這「糞寫實主義」，如果有一點膚淺的人道主義，那也還好，然而，它低俗不堪的問題，再加上毫無批判性的生活描寫，可以說絲毫沒有日本的傳統。

注意，他說什麼東西是「糞寫實主義」呢？是以「歐美文學的手法」，進行「毫無批判性的生活描寫」。

嗯，不就是在講我們的老朋友張文環，和剛剛提到的「自然主義」嗎？

所以，西川滿此文是呼應濱田隼雄而來的。西川滿此文唯一的新意，就是用「大便」來辱罵對手，用「糞寫實主義」取代濱田隼雄文謅謅的「否定性的現實」。這樣的罵戰水準，即便發生在網路鄉民之間都會引人恥笑了，更何況是堂堂《文藝台灣》的主編。因此，該文一出之後，不分台籍、日籍，大量作家一齊出手批駁西川滿，參戰者至少就有世外民（邱永漢）、吳新榮、伊東亮（楊逵）。除了正面交鋒的，也有些作家會在主題無關於「糞寫實主義」的文章裡面找地方偷酸西川滿，如寶泉坊隆一、垣之外、辻義男等。而在另外一方，除了濱田隼雄、葉石濤之外，基本上沒有人公開支持西川滿的說法，就連最傾向皇民化的評論者也只能重申官方論述，很少人願意去蹚這攤渾水。

天才少年的論戰初登板……嗎？

對台灣文學稍有涉獵的人，可能會在上一節末尾注意到一個位置有點奇怪的名字：葉石濤。

葉石濤支持日本人西川滿，辱罵台灣作家？可是，他不是一向被台灣文壇視為耆老，有著「南葉北鍾」稱號的重要地位？

沒錯，就是這位葉石濤。但是，我們現在所尊敬的那位本土文學耆宿，其實是戒嚴時期的葉石濤。但在日治時期，他還只有十多歲，他此時的文學思想與後來完全不同。「糞寫實主義」論戰當下的葉石濤，是西川滿剛剛才收的「徒弟」。這位徒弟在幾個月前，也曾投稿給《台灣文學》，但被退稿。他因此覺得自己跟張文環等人的路線不合，改投《文藝台灣》，因而加入了西川滿陣營。當他「代師出征」，寫出完全擁護西川滿論調的〈給世外民的公開信〉時，《台灣文學》諸君想必哭笑不得吧，誰也沒想到幾個月前退稿的「果報」這麼快就來了。年輕氣盛的葉石濤，如此批判台灣作家的作品：

> 譬如，在張文環的〈夜猿〉、〈閹雞〉中到底有什麼世界觀呢？而且，張氏用台灣式的日語所寫的那種他獨家的、非現實的文章，真令人難懂，害得我重複讀了好幾遍才懂；讀後，讓我感受到的是，它只不過是一個回不來的夢——一個只有殘存在紀錄中的往昔的台灣生活罷了。這果真是世外民所稱的現實主義嗎？至於呂赫若的〈闔家平安〉、〈廟

庭〉，也的確像鄉下上演的新劇。只要想到這些作品居然會在情面上被稱譽為優秀作品，就覺得可笑。

嘲笑前輩日語很爛、像「鄉下上演的新劇」，並以「可笑」作結，出手確實很重。而更明顯能看到他與西川滿同氣連枝的說法，則來自如下段落：

我十分榮幸得以參加日前舉行的「台灣文學奉公會」的成立大會；世外民呀！你對山本真平會長的訓辭以及會員的誓詞是怎麼看待的呢？大會不單只是一種儀式呀！你一面在大會上宣讀了誓詞，另一方面卻還在大談自然主義的亞流的東西，這樣行嗎？我不想再多說了；的確，時間將會是比什麼都正確的審判者吧！

這裡的政治審查路數，與西川、濱田兩人如出一轍；不僅如此，對「自然主義」的批判，更是扣緊了西川、濱田所設定的文學路線。

葉石濤此文引起了文壇大地震。西川滿講話雖然難聽，但礙於他的勢力與輩分，大家多少敢怒而不敢暢所欲言。但葉石濤可就沒有那麼硬的情面可講了，一時群情激憤，甚至有人差點找上門去算帳。並且，年輕人畢竟是年輕人，出手雖然鋒銳，但在政治修辭的鬥爭上畢竟稍欠火侯。同是台南作家的吳新榮，便以非常有趣的手法，反控葉石濤才有政治問題：

對於葉石濤把張文環、呂赫若的作品說成好像是用日本語寫的外國文學一樣，真百思不解；像這樣的故意的蔑視，絕對不是如葉石濤自己所說的「實現遠大的理想」的方法，更不是「八紘一宇」的真精神。眾所周知，張文環是因為〈夜猿〉、〈閹雞〉的成就而得到了「皇民奉公會」的「台灣文化賞」的；然而，葉石濤卻質疑它的世界觀或它的歷史性有這樣那樣的問題，好像說這些作品是不正當的一樣；很明顯的，他的批評已經侮辱了「皇民奉公會」的權威；因此，倒是他本身首先應該被質疑到底有沒有「皇民意識」。現在的台灣是日本的重要的一部分，過去的台灣也依日本而存在，所以，否定過去的台灣的人也就是否定現在的台灣，不得不說是相當「非國民」的。

再怎麼說，張文環也是拿到官方認證的文學獎了。現在，葉石濤把張文環講得一文不值，你這是不是「妄議中央」了呢？你的意思是「皇民奉公會」看走眼了？接著，吳新榮還把火引到西川滿身上：「如果張文環的作品記錄了台灣的過去的生活是不應該的話，那麼西川滿的

〈赤崁記〉或〈龍脈〉應該如何去評價呢?同樣被指責為『回不來的夢的故事』，那也是當然的吧!」如果張文環寫「過去」是不好的，那熱愛歷史題材，以之作為「外地文學」核心的西川滿……抓到了，葉石濤同學，你是不是在偷罵自己的恩師?

葉石濤的〈給世外民的公開信〉，可以說是繼西川滿的「糞寫實主義」一語之後，激起第二波大戰的文章。然而，更耐人尋味的還不是論戰當下，而是數十年後，葉石濤晚年的自述。他說：當年的〈給世外民的公開信〉並不是他寫的，是西川滿自己寫，掛葉石濤之名投書的。他隱忍幾十年不說，是因為尊重恩師西川滿，所以一直都沒有拆穿，直到西川滿逝世之後才說出來。但也因為這樣，這篇〈給世外民的公開信〉到底是誰寫的，也就成為死無對證的一樁文壇公案。我們再也無法證明真偽了。不過，不管這篇文章是誰寫的，至少有一件事情是確定的——

當時的西川滿，在文壇裡真的沒什麼盟友了。

亮出併吞戰的底牌

毫無疑問，「糞寫實主義」一說給西川滿留下了無盡的罵名。但我們重新檢視時間點，就會發現這場「論戰」並沒有那麼單純：西川滿在自己主導的《文藝台灣》發表文章，是可以控制時間的；西川滿也一定會預先知道「台灣文藝家協會」改組為「台灣文學奉公會」之事。

這兩件事湊在同一天，是巧合嗎？我不這麼認為。這看起來更像是「新官上任三把火」。從一開始，「糞寫實主義論戰」就不是來跟你研討自然主義文學理論的，而是一連串「以政逼文」的操作：先扣你政治的帽子，取得官方的大義名分、形成論述之後，再用這套說法把《台灣文學》陣營併吞掉。

如果從這個觀點來看，我們就能看到一九四三年下半年的綿密攻勢，究竟所為何來了。七月底，台灣作家楊逵發表了〈擁護糞寫實主義〉。此文巧妙地生出了一套說法，將「描寫台灣的現實」與「體會日本精神」結合起來，以此反駁西川滿陣營。文章一開篇，楊逵就盛讚「糞便」的用處：

> 糞便可不是浪漫的——我這麼寫著。
> 人人別開臉，人人摀著鼻子躲開的糞便——我是這麼寫的。
> 但是，這樣並不是事實的全部，這是只有看到片面，只看到表象的說法而已。
> 看看施肥以後，那閃著光澤的蔬菜，那欣欣向榮的各色植物！豈不是充滿了浪漫風格

嗎？

這段話全是比喻，其用意在於反駁「否定性的現實」之說。西川、濱田兩人攻擊台灣人「只寫黑暗面」，楊逵則借力使力，試圖闡明：寫黑暗面並不是為了詆毀政府，而是為了幫助政府施政。就好像「糞便」的髒臭，終究會成就「閃著光澤的蔬菜」一樣。忽略糞便的人，是得不到蔬菜的；也就是說，拒絕「否定性的現實」的西川與濱田，是沒辦法獲得他們宣稱的文學效果的。除此之外，楊逵還刻意以日籍作家坂口れい子和立石鐵臣兩人的文章當作例證，其中也有微言大義——一來是用日本人的案例，顯示自己沒有台日對抗之心；二是選擇了同情台灣人的日本文人，隱微地表達了自己的意志。在文學史上，楊逵多半是秉筆直書、不願妥協的左派文人代表。但即便是他，在這場「糞寫實主義論戰」裡，也得用婉曲的戰術爭取空間，由此可見戰爭壓力之下，殖民統治之酷烈。

然而，這種字裡行間的小巧騰挪，最終還是敵不過粗殘的政治力量。一九四三年八月，第二回「大東亞文學者大會」召開，這一次的口號比上一次更激進了，變成了「決戰精神昂揚、擊滅美英文化、擁立共榮圈文化」。也就在這段期間，本來屬於《文藝台灣》一員的台灣作家龍瑛宗辭退了該社同仁的位置，轉而投稿給《台灣文學》，這樣的人事變動，多少也反應了「決戰」態勢底下，西川滿所主持的《文藝台灣》是怎樣嚴峻、而令台籍作家窒息的氛圍。

從時間來看，第二回「大東亞文學者大會」距離第一回只有九個月，顯示官方催促作家加入戰線的節奏已極為緊迫。沒想到短短三個月後，西川滿主導的「台灣文學奉公會」竟然又召開了一個大型會議，這次叫做「台灣決戰文學會議」。官方把用詞從「戰爭」、「協力」升級到「決戰」，這是催促到不能再催促的意思了。而就在這個會議上，西川滿提出了非常陰毒的提案，他稱之為〈文藝雜誌的戰鬥配置〉：

> 如今已處於決戰的態勢之下，對於那些玩票性質的，或以玩樂心態寫出來的自我安慰式的文學作品，今後已不能再容許它們的出現。必須讓文學發揮思想戰砲彈的偉大作用，這是理所當然的事。
>
> 〔……〕
>
> 在此我建議，應該由台灣文學奉公會來編輯一本，能反應今天諸位文學人集結於此所發表的崇高理念，並集結了整體力量的強而有力的雜誌，以作為今天會議的一個成果展現。〔……〕但是在今日，要由文學奉公會發行一部新雜誌，這在出版管制之下仍是甚

> 為困難的一件事。為了解決這個問題，唯有靠我們這些會員們把正在發行中的雜誌獻給奉公會，以這些篇幅的實績做基礎發行新的機關誌，除此之外別無他法。於是，我們文藝台灣社全體同仁決定拋磚引玉，首先將《文藝台灣》獻給台灣文學奉公會。容我說一點心聲，《文藝台灣》現在總共發行了七卷三十七期，老實說，雖然我個人非常的珍惜，但我願以這次的會議為契機，拋棄所謂「小我」，希望能做到滅私奉公。

〈文藝雜誌的戰鬥配置〉僅千餘字，但全文的謀畫非常綿密。西川滿先從這大半年論戰烘托出來的「戰爭協力」氛圍起手，以「決戰」的急迫感，要剔除所有不合官方需求的作品，「不能再容許它們的出現」。接下來，西川滿提出要讓「台灣文學奉公會」發行一本機關誌，這聽起來順理成章，但雜誌不可能說辦就辦啊，怎麼辦呢？於是話鋒一轉，提出要「獻上《文藝台灣》給台灣文學奉公會」的說法，並且以「拋磚引玉」一詞暗示其他人也應該跟進，否則就是缺乏「滅私奉公」的精神了。

西川滿不愧是掌握台灣文壇半邊天的領袖級人物，並不是只會用大便罵人而已。這套組合拳是一箭多雕，穩賺不賠：一來首先對政府表達忠誠，先馳得點；二來把自己的雜誌獻給自己主導的組織，西川滿根本沒有任何損失；三來「獻上」雜誌，就可以先作一個姿態去脅迫其他雜誌屈從（當然，主要是針對《台灣文學》），為官方消滅不聽話的作家陣營；四來由自己發動這個提案，往後再加入的所有雜誌都等於是進入西川滿的主場了，拿什麼跟他鬥？諂媚政府、消滅對手、擴張勢力——還有比這更好的買賣嗎？

這招既狠又準，在「台灣決戰文學會議」猝然提出，使得與會的《台灣文學》諸君全部措手不及。如果此案一過，包含《台灣文學》在內的所有雜誌都要收攤，收攏在西川滿所代表的殖民政府麾下。而就像是說好了一樣，幾位日本編輯紛紛呼應西川滿：齋藤勇願意獻上短歌雜誌《台灣》、田淵武吉獻上文學雜誌《原生林》……在會議紀錄裡，我們可以看見在如此逆風之下，台灣作家的勉力掙扎：

黃得時說，自從開戰以來，管制學會一個一個地成立，卻沒有順利的例子，完全沒有統合的必要。廣告越多越顯眼，雜誌也是越多越好。

針對這一點，濱田隼雄從事務局的位子站起來，告誡他不要把物資的經濟管制與文化的統合指導混為一談。

楊逵贊成黃得時的意見，認為抽象性的皇民文學理論和雜誌的統合問題全然是兩回事。

神川清憤然主張理解與具體案不應該分離，假設這在政策上分離的話，國家肯定會滅亡

> 的。喚起了大家的注意。
>
> 黃得時再次起身，堅決地說，並不是反對獻出《文藝台灣》這件事，要是想要獻出《文藝台灣》就自己獻出吧！其他雜誌又沒有義務協助。
>
> 張文環毅然地站起身，陳述自己的意見。沉痛地辯解說，台灣沒有非皇民文學。假設真的有寫非皇民文學的傢伙存在的話，當然應該處以槍決。

這一段紀錄非常簡要，但已經足夠傳達出十分不妙的氛圍。台灣作家黃得時、楊逵紛紛提出了反對的理由，而日本作家濱田隼雄、神川清卻好像已經做好了準備，立刻針對性地「殺球」。你說物質統合沒有效率，他就說「文化跟物質」不同；你說「理論統合就好、雜誌不用統合」，他就說「理解與實行不應分開」，甚至拉高分貝說「這樣國家會滅亡」。這麼大一頂政治帽子扣下來，如果台灣作家繼續反對，豈不就成了導致國家滅亡的叛徒？

唯有看懂了如此危急的局面，也才能理解張文環最後那句非常突兀的「沒有非皇民文學，否則通通都該槍殺」背後的心思。多年以後，有些不明就裡的評論者，就拿著這句話去質疑張文環那一代台灣作家，說他們已被日本人奴化。然而仔細看上下文，明明是在討論「獻上雜誌」的問題，為什麼張文環突然要跳出來講這句話？看似牛頭不對馬嘴，實際上可能是為了保全台灣作家安危的最後手段了。張文環以台灣作家領袖之姿，做出如此激烈的表態，一方面確實是向官方低頭，另一方面也是對同伴丟出了「鳴金收兵、不要作無謂犧牲」的信號吧。如果沒有張文環這一番終止辯論的發言，台灣作家可能會繼續為了保護《台灣文學》而爭辯。如此一來，作家們難保不會落入更加綿密的政治陷阱，因而有更慘痛的後果——誰知道西川滿陣營還預做了哪些布置？在激昂的情緒下，要是說錯一句話，是完全有可能以「非國民」罪名論處的。這可是極為高壓的戰時體制。

反過來說，除了《台灣文學》主編張文環，誰又有足夠的分量，來做出「不要抵抗了、為了雜誌犧牲大家並不值得」的決定？在場沒有一個人，會比他更在乎這份雜誌。

因此，主將張文環的一席話，實際上就是承認了「糞寫實主義論戰」的全面挫敗。這場論戰從他的得獎開始，最終也以他的雜誌被消滅結束。台灣作家一敗塗地，不是輸在創作，不是輸在理論，不是輸在任何一方面的文學表現。而是輸在政治，輸在自新文學運動以來，始終都無法突破的壁障：這座島嶼的命運，並不由我們自己做主……台灣新文學的使命與它的困境，始終是同一件事；它因抵抗殖民而生，終究也因為無法擊敗殖民者而被消滅。

於是，長達三年多的《文藝台灣》、《台灣文學》兩大陣營對立的態勢，就在一九四三年年底畫下了句點。《台灣文學》於十二月二十五日出版終刊號，《文藝台灣》則在隔年的一月一日終刊。五個月後，所有文學雜誌通通合併，改組為官方管制的《台灣文藝》。

至此，事件的全貌才清晰了起來：從一開始，這就不是一場論戰，而是一場併吞戰。是殖民政府以親官方陣營的作家為打手，利用作家之間文學信念的差異來生事。當親官方的日本作家把台灣作家逼入必須澄清「忠誠度」的角落後，再以政治手段突擊、消滅民間陣營。這是一個官方狡猾地利用文壇的內部矛盾，來「統一」文壇的故事。

再一次，終刊號的《台灣文學》刊出了侵門踏戶的〈記「台灣決戰文學會議」〉一文。文章的最後引述了會議的「決議文」，最後一段如此寫道：

> 我等乃是為追求大東亞戰爭之勝利，而以筆代劍，奮起抗敵之戰士。我等歃血為盟之同志，以皇道精神之神髓為本，奉行文學經國之大志，破除任何險阻，在此團結一致，竭盡全力建設台灣文學。

「破除任何險阻」。

「在此團結一致」。

台灣人只能選擇「被團結」，或者成為「被破除的險阻」。

而這個時候的西川滿，則已漸漸不是當年那個純粹熱愛媽祖、對台灣文化充滿浪漫想像、以「外地文學」進軍中央文壇的文藝青年了。他和張文環的分歧，本來或許還只是文學路線之爭，但超過了一個臨界點之後，有些事就再也無法回頭了。

一九九四，「人們一定會想起我們的」

走到了論戰結束的一九四四年，台灣作家眼前展開的是一幅完全絕望的圖景。戰爭不知何時才會結束，日本殖民統治更像是沒有終期一樣。楊雲萍從賴和口中聽到的那句話，而今看來似乎一語成讖了：

「我們正在進行的新文學運動，都是無意義的。」

什麼都要沒有了。這篇小說似乎只能有一個悲傷的結局了。

然而，歷史並不是小說，它沒有在一九四四年停下來。

一九四五年，日本戰敗投降。殖民統治戲劇性地結束，台灣有了一段難得樂觀的日子。

一九四七年，二二八事件發生，台灣人開始意識到：自己似乎又落入了另一個殖民者手中。

一九四九年，國民政府迫遷來台，隨之開始了漫長的戒嚴時期和白色恐怖。在這之後的三十多年，「台灣文學」四個字成為禁忌，誰要是敢提起，那就要冒著被特務盯上的風險。這使得日治時代的台灣新文學運動完全被隱沒，像是被冰封起來一樣。這樣的壓抑至少要等到一九八七年解嚴之後，才有一點冰雪消融的跡象。

而這一切，賴和都沒有看到。

張文環看到了。龍瑛宗看到了。葉石濤看到了。楊逵看到了。他們之中有的人中途離世，沒能看完整齣劇。而活下來的人，則在冰層裡看著外面的世界，懷抱著不為人知的文學記憶。

直到一九九四年。

那一年的十二月二十七日，清華大學辦了一個研討會。這個研討會的名字有點饒舌，但沒有日治時代的那幾個「文學者大會」那麼肅殺。它叫做「賴和及其同時代的作家——日據時期台灣文學國際學術會議」。在這個會議當中，長年研究台灣文學的各路學者進行了一次大型火力展示，向外界證明了「台灣文學」這個領域有足以自立的學術價值。也在這一次研討會中，奠定了往後成立「台灣文學研究所、台灣文學系」的基礎，使得台灣人的文學，第一次有了自己的學術建制。這是張我軍、賴和、黃石輝、郭秋生、朱點人、王詩琅、張文環、楊逵、呂赫若、龍瑛宗……等人，在最夢幻的夢想裡，可能都沒有出現過的。

而開啟了這一切的會議，就是以「賴和」為名的。

距離那令人絕望的一九四四年，剛好就是半世紀。

楊雲萍安慰賴和的那句軟弱的話，竟然真的應驗了：「不會的，三、五十年後，人們一定會想起我們的。」

而一九九四年的楊雲萍，已經走到人生中的最後幾年了。但他沒有錯過這個會議。八十八歲的他，當時就坐在台下，聽著「賴和及其同時代的作家——日據時期台灣文學國際學術會議」的與會學者，輪番討論他們年輕時熱烈地活過的時代。

現在開始，將不只有他們幾個人記得這些事了。

糞寫實主義論戰			
日期	作者	篇名（發表刊物）或事件	立場
一九四二年十一月三日至十日		「大東亞文學者大會」在東京召開，台灣四位代表：西川滿、濱田隼雄、龍瑛宗、張文環。	
一九四三年一月三十一日		賴和逝世。 《台灣文學》刊出「大東亞文學者大會特輯」。	
一九四三年二月六日		皇民奉公會頒布第一屆的「台灣文化賞」：西川滿《赤崁記》、濱田隼雄《南方移民村》、張文環〈夜猿〉、〈閹雞〉。	
一九四三年三月五日	工藤好美	〈台灣文化賞與台灣文學〉（《台灣時報》）	維繫新文學傳統、逃避戰爭協力
一九四三年四月八日	濱田隼雄	〈非文學的感想〉（《台灣時報》）	支持殖民政府、以文學協力戰爭
一九四三年四月二十八日		《台灣文學》策畫賴和紀念特輯。	
一九四三年五月一日	張文環	〈台灣文學雜感〉（《台灣公論》）	維繫新文學傳統、逃避戰爭協力

一九四三年五月一日		「台灣文藝家協會」改組，變為「皇民奉公會」旗下、帶有官方性質的「台灣文學奉公會」。	
一九四三年五月一日	西川滿	〈文藝時評〉（《文藝台灣》）	支持殖民政府、以文學協力戰爭
一九四三年五月十日	世外民／邱永漢	〈糞寫實主義與假浪漫主義〉（《興南新聞》）	維繫新文學傳統、逃避戰爭協力
一九四三年五月十七日	葉石濤	〈給世外民的公開信〉（《興南新聞》）	支持殖民政府、以文學協力戰爭
一九四三年五月二十四日	吳新榮	〈好文章·壞文章〉（《興南新聞》）	維繫新文學傳統、逃避戰爭協力
一九四三年七月三十一日	伊東亮／楊逵	〈擁護糞寫實主義〉（《台灣文學》）	維繫新文學傳統、逃避戰爭協力
一九四三年八月二十五日		第二回「大東亞文學者大會」在東京召開。 龍瑛宗由《文藝台灣》轉投《台灣文學》。	
一九四三年九月十五日	張文環	〈我的文學心思〉（《台灣時報》）	維繫新文學傳統、逃避戰爭協力

一九四三年十一月		「台灣文學奉公會」召開「台灣決戰文學會議」，西川滿發表〈文藝雜誌的戰鬥配置〉（後刊於《文藝台灣》終刊號）。	支持殖民政府、以文學協力戰爭
一九四三年十二月二十五日		《台灣文學》發出終刊號，刊出〈記「台灣決戰文學會議」〉。	
一九四四年一月一日		《文藝台灣》發出終刊號。	
一九四四年五月		所有雜誌合併為官方刊物《台灣文藝》。	

四——在政治絕壁之間，有人試圖架橋：「橋」副刊論戰

破壞之後還有更大的破壞

一九四五年八月十五日，全台灣的每一台收音機都被打開，旁邊圍滿了人。收音機放送出來的聲音模糊而充滿雜訊，大多數台灣人聽不太懂那奇怪的腔調和古奧的文句。然而，當放送結束，台灣人看著身邊日本人或嚎啕大哭、或崩潰失神，絲毫沒有過往趾高氣昂的殖民者姿態之時，大家才意識到：戰爭結束了，殖民時代也要結束了。

這一通廣播，是日本天皇親自唸出了「終戰詔書」，要求日本軍民放棄抵抗、投降於盟軍。在殖民地教育裡被形塑為「神」的日本天皇，向來是神祕得不沾凡塵的存在，沒想到第一次現「聲」，就是以「玉音」宣布投降。

突如其來的變局瞬間席捲台灣。受到殖民者壓迫半世紀的台灣人，幾乎毫無例外陷入了狂喜的情緒。而除了極少數堅持頑抗的好戰人士，絕大多數日本人也迅速理解了自己的立場。為了避免被報復，日本人開始減少社會活動；如果必須外出，也全都變得謹小慎微。權力的逆轉如同魔法，一切人事物似乎都還跟昨天一樣，但在某個肉眼不可見的關鍵之處，已經讓世界的秩序全面重組。

上一章提到的葉石濤，這時候將滿二十歲。他在恩師西川滿「一統江湖」之後辭去了助理編輯一職，回到台南老家。根據他後來的說法，他似乎也覺得西川滿的手段太過分了，於是回鄉擔任國小教師，直到「終戰」。雖然此時他已經在文壇出道、也經歷過一場文壇大戰，但畢竟還是那個地主家庭出身的文雅少爺。因此，他對「終戰」那段時期最深的印象，也非常文青：他在市街上，看到許多準備被遣返回國的日本人，正在賤價拋售無法帶走的各式物品，包含了以前他買不起的唱片。喜愛古典音樂的他，回家跟母親要了一筆錢，殺到街邊大買特買。當晚，他在唱盤邊聽了一整夜。他說，那是他人生中第一個「平安夜」。

葉石濤的經驗很可以讓我們一窺當時藝文界的氛圍。長久以來，包括但不止於文學領域的創作者們，努力與殖民者周旋、共舞，縱然因為抵抗殖民的信念而催生出不少作品，但被壓抑的苦悶始終揮之不去。現在，殖民者要離開了，台灣人熱烈期盼的「祖國」中華民國即將到來。能夠發揚興趣與才華，解開束縛、大顯身手的時代就要到了吧？因此，一九四五年到一九四六年間，可以說是台灣數百年來，第一個自信、樂觀的時期。所有人都在談「建設」：建設台灣文學，建設一個更好的台灣，乃至於建設一個更好的中國……。為了這些「建設」，張文環、龍瑛宗、呂赫若、楊逵……上一章提到的、沒提到的台灣作家都在努力學習「國語」，想要甩開殖民者的日文印記。

然而，這個自信樂觀的時期卻只持續了不到兩年。一九四七年二月二十七日，「二二八事件」爆發。台灣人在終戰後所有熱烈的期盼，都被中華民國政府的腐敗逼成了尖銳的憤怒。一時之間，本來被「回歸祖國」之歡欣所掩蓋的文化衝突通通浮上檯面：「外省人」和「本省人」不同的生命經驗，最終被不公平的政治制度激化為族群衝突——前者認為後者「奴化」，不能忍受台灣島上濃厚的日本文化遺留；後者則認為前者野蠻無知，連水龍頭都沒見過，毫無現代知識可言。再一次，爭論最終是以殺戮來決定勝負：一九四七年三月，國府軍隊登陸台灣，開始了名為「三月清鄉」的大屠殺。許多沒有死在第二次世界大戰的台灣人，反而死在了他們一年多前搖旗歡迎的祖國手上。

如果說一九四三年的「糞寫實主義論戰」，是殖民者以政治手段強制消滅了台灣文學的組織存在；那一九四七年的二二八事件，則是從肉體與精神兩個層次打碎了許多作家的文學夢。日本人殘暴，中國人也殘暴，台灣文學還能何去何從？因此，二二八事件除了有形的屠殺之外，對台灣文學還有另一重無形的屠殺，許多作家因而封筆、噤聲、轉換方向——呂赫若、朱點人投入了更激進的反抗運動，最終被殺；張文環、龍瑛宗、王詩琅自絕於文壇之外，此後封筆數十年。這些人都還在頭腦清楚、創造力旺盛的壯年，他們如果能夠再寫二十年，台灣文學會是什麼樣子？我們永遠沒機會知道了。

然而，就在如此強烈的反挫、如此恐怖的氛圍裡，還是有人沒有放棄文學。他們鼓起餘勇，凝聚在「橋」副刊的版面上。

屠殺之後的修補行動

關於「二二八事件」，我們常聽到一種說法：國民黨屠殺了一整個世代的台灣菁英，並且讓倖存者因為恐懼而噤聲。然而，這種說法並不完全正確：因為菁英並沒有死絕，而且還有許多勇敢的人，在屠殺發生的那一年，就開始思考、檢討這件事了。

一九四七年十一月，劇作家陳大禹創設的「實驗劇團」，上演了《香蕉香》這齣戲。「實驗劇團」從創設之初，就帶有濃濃的「族群和解」味道。陳大禹出身於福建省漳州市，當地的語言跟台語是相通的，因此他是少數可以跟本省人直接溝通的外省人。為了解決語言帶來的隔閡，「實驗劇團」的演員和劇本，都會分成「台語版」和「國語版」。畢竟看戲不像是讀小說，讀漢字還勉強可以猜猜看，戲劇對白聽不懂就是聽不懂。也在這種溝通族群、消除隔閡的理念下，陳大禹編導了《香蕉香》，又名《阿山與阿海》，「阿山」指的是外省人、「阿海」指的就是本省人了。這齣戲，就是以「二二八事件」為主題。陳大禹如此自述創作動機：

打算溝通過去的「本省人」與「外省人」的情感隔膜問題，事實上只是想說明一種語言不通、生活習慣不同，所引起性格上異同的誤會，而希望彼此能在愛的理解底下把偏執拔掉。

在距離大屠殺半年左右的時間，就直接碰觸敏感議題，陳大禹的勇氣與信念毋庸置疑。不過，這齣戲演出之後的反應卻讓人有點無奈：《香蕉香》於台北公會堂首演，全場爆滿。戲演到一半，觀眾席開始傳來爭吵聲。隨著劇情的推進，爭吵聲越來越大，最終演變成群體鬥毆，劇場大亂，演出被迫中斷。顯然，族群之間的裂痕已經大到無法用一齣戲來修補了。因為這一風波，《香蕉香》第二場以後通通都被禁演。這部戰後最早以二二八事件為主題的劇作，也就從人們的記憶裡長久消失了。

除了戲劇界，文學界也有自己的努力。一九四七年八月，外省作家歌雷於《台灣新生報》旗下創設了「『橋』副刊」這個版面。「副刊」是戰後文學界發表、評論、刊登文學情報的重要平台，幾乎每一個主要報紙都會有自己的副刊，並由知名文人擔綱主編。「橋」副刊特別之處，在於歌雷一開始就定調了這是一個「促進本省、外省作家互相理解」的版面。「橋」副刊的創刊語是這樣寫的：「橋象徵著新舊交替，橋象徵從陌生到友誼，橋象徵一個新天地，橋象徵一個展開的新世紀。」也就是說，歌雷意識到了巨大的族群裂痕，於是試圖以這塊文學版面，來促進彼此的交流和理解。

然而，口號說起來容易，實際上卻有很多困難要跨越。一來如前所述，許多本省作家在二二八事件之後已經遠離文壇，如何能夠重建信任，讓他們願意再到公開版面發表意見？二來，在一九四六年後，台灣省政府已經下令所有報刊版面不許以日文刊登作品，這使得日文世代作家全部失去了發表能力——就算他們再怎麼認真學中文，也很難在一、二年之間，把中文練到可以進行文學寫作的程度。

如果不解決前述兩個問題，「橋」副刊再怎麼有理想，最終也只能像其他副刊一樣，逐漸淪為外省人自說自話的版面。為此，歌雷增添了一道編輯手續：他大力歡迎本省作家投稿，就算直接用日文寫也沒關係，因為他會找專人幫忙翻譯！如此一來，至少能把本省作家投稿的技術門檻拿掉，剩下的，就是累積信任感，讓本外省雙方都感覺自己能在此暢所欲言了。

幾個月後，效果慢慢浮現了。一九四七年十一月，差不多就是《香蕉香》首演釀成群毆那一陣子，一位以歐陽明為筆名的作者，發表了〈台灣新文學的建設〉一文。這位歐陽明是誰，至今我們仍不太清楚。有研究者認為可能是參與過「台灣話文論戰」的賴明弘，或者是後來死於白色恐怖的藍明谷，但無論是哪一位，大致都可以看出他是熟悉日治時期台灣文學的本省人。這篇文章為後來的論爭建立了框架，可以代表整場論戰裡，本省作家大致的立場：

1、他們認為，台灣文學有自己的脈絡和特色，不能直接套用外省作家的想像。

2、但他們並不因此認為，台灣文學是獨立於中國文學之外的。相反的，他們認為「建設台灣文學，就是在建設中國文學」。

3、他們都是左派，相信文學應當更努力貼近現實社會。

這三點立場當中，後世讀者最容易混淆的當屬第一點和第二點。我們可以不同意他們的判斷，但不能用自己的統獨觀念去想像當時的知識分子。即使經歷了二二八事件的屠殺，許多作家仍然沒有產生「台獨」的思想，他們認為問題在「國民黨」而不在「中國」。這也是為什麼他們的論點很容易混淆：因為他們會一面說「台灣如何如何特殊」，一面說「台灣是中國的一部分」，在我們看來很矛盾，但他們是用一種「同中有異」的框架在思考這件事情的。

如果檢視本外省作家在論戰中的言論，我們會發現只有第二點是沒什麼爭議的。第一點和第三點，都分別衍伸出了規模不一的爭論。不過，這些爭論還要再過好幾個月才會漸漸浮現。就如同之前的許多次論戰一樣，歐陽明的這篇文章本身並沒有引燃戰火，甚至沒有什麼迴響。隔年三月底，有兩個事件讓「橋」副刊的討論溫度逐漸上升：第一是副刊舉辦了「作者茶會」，廣邀過去幾個月曾經投稿的作者前來一聚，並且留下了彼此的發言紀錄。這可以說是當時少有的、各方齊聚一堂交換意見的場合，會中當然免不了談到「台灣文學未來該往哪裡走」之類的問題。第二則是日治時期作家楊逵出手了。這位在「糞寫實主義論戰」曾抵抗過日本人的作家，發表了〈如何建立台灣新文學〉一文。這篇文章的標題跟歐陽明的關鍵字完全相同，可以看見那個時期作家們關切的議題頗為集中。但此文的重要性不在論點，而在一段頗帶情緒的文字：

> 我們目前瀕於飢餓，特別是精神上的飢餓，這就因為台灣文藝界不哭不叫，陷於死樣的寂靜，如果這樣的狀態再繼續下去，我們除掉死滅之外是沒有第二條路的，為什麼我們一直在沉默著等待死亡。

這裡所說的「死樣的寂靜」，自然是前面說過的，種種因素使得本省作家遠離文壇一事。楊逵的沉痛與激昂似乎觸動了不少人，與作者茶會帶起來的氣氛相結合，越來越多本省作家開始在「橋」副刊上露面。光是接下來的四月，就有林曙光、葉石濤、朱實等本省作家發聲，談台灣文學的過去與未來。這些文章幾乎都提到同一件事，那就是呼籲外省作家不要把台灣文壇當作什麼都沒有的蠻荒之地，台灣文學有自己的傳統和成果，早在日治時期就有艱苦奮戰的經歷——如同我們前三章所講的那些故事——，絕非從零開始。歌雷創設「橋」副刊所期望的溝通功能，似乎正在漸漸發生。

然而，歌雷可能沒有想到，更多的溝通未必會帶來更多的和諧。就像《香蕉香》失控的觀眾席一樣：它也可能帶來一場論戰。

論戰兩大主軸（一）：「台灣文學」有特殊性嗎？

環繞著「橋」副刊的一批文人，就如同日治時期的幾次論戰一樣，大多數都是採取「以文學改造社會」的左派立場。然而，跟日治時期相比，卻出現了「省籍」這個全新要素。以「左派—本省作家」與「左派—外省作家」為核心，加上少數親國民黨的作家，構成了「『橋』副刊論戰」主要參戰者。也因為論戰主要發生在「左派—本省作家」和「左派—外省作家」之間，論戰便聚焦在兩大主軸之上：

（一）「台灣文學」這個詞適當嗎？有需要在「中國文學」之外另立一個分類嗎？

（二）在一九四八年的局面下，怎樣的文學才能實踐左派的理想？

第一大主軸，是因為本省作家經歷過日治時期、外省作家對此所知甚少，所產生的經驗落差。第二大主軸，則是左派作家內部的路線之爭——我想你讀到這裡應該很習慣了，左派作家很常有路線之爭，因為他們相信「一定要找到一個最正確的文學路線」，所以總是為此吵得你死我活。

左派的文學路線爭議，我們留到下節再談。本節先從「台灣文學特殊性」這支主軸談起。

溝通本省人與外省人之間的歧見，本來就是「橋」副刊創立的宗旨。主編歌雷設法讓本省作家重回文學版面，說出自己的意見，這本來是一件好事。但是，這也讓本省人與外省人之間最尖銳的心結浮上檯面。當楊逵、葉石濤等本省作家，依循著日治時期以降的傳統，開始大談「台灣文學如何如何」時，外省作家聽來卻覺得很刺耳：一來，外省作家沒有經歷過本省作家的一切文學奮鬥，而且內心深處也覺得台灣不過是一個偏遠省分，文學成果怎能與中國文學相提並論？二來，外省人與日本人浴血奮戰十多年，對日本文化的一切深惡痛絕，來到台灣，卻發現本省人好像「不夠恨」日本人，甚至不斷提起殖民時代的種種經驗，心裡更加不舒服。於是，他們得出了一個結論：台灣人都被「奴化」，台灣文化都被日本文化汙染了。既然如此，奴化的台灣人所發展出來的「台灣文學」，還有什麼保留的必要嗎？通通清洗掉，以中國文學取而代之不就好了？

粗暴一點說，許多外省作家的看法可以簡化成一句話：台灣過去沒有文學，如果有，那也是奴化的、沒有價值的文學。

而對本省作家來說，外省作家所流露的這些想法，一方面讓人感到強烈的歧視，一方面也否定了本省人與日本殖民體制周旋的努力，也是忽視歷史事實的——台灣明明就有文學，而且並不都是奴化、沒有價值的。再加上二二八事件傷痛猶新，雙方的「溝通」反而迫使彼此無法迴避尖銳的差距。在這種氛圍下，任何一點微小的摩擦，都會迅速激化。比如外省作家雷石榆的一番隨感〈女人〉，就引起不小的爭議。雷石榆其實是外省作家中，比較親近、同情本省人的一派了，他的妻子正是台灣舞蹈家蔡瑞月。然而，即使是這樣的背景，他還是在評論一樁社會新聞時，把一切問題都歸咎於「台灣人被日本遺毒汙染」：

> 然最可悲的是，日本的倫理意識倒把本省部分的男子毒害了，本省光復以來，我們不斷從社會新聞上讀到男子如何蹂躪女子的消息，最近的王明毅遺棄的陳彩雪母女一案，因為糾葛的時間較長成為顯著的一例吧了，而做過日治時代的辯護士，現在兼王家法律顧問的周議長，其威脅陳彩雲的語氣，也十足表現了遺毒於殖民地的那種買辦的性格「無

非是錢的問題，你要多少？兩萬元總夠了吧？」

沒錯，這樁新聞裡面的王明毅、周議長確實都是爛人。但是，這樣的爛事可以通通歸咎於日本遺毒嗎？聽在本省青年彭明敏耳中，這是非常荒謬的說法，於是為文反駁：

> 既已經日本半世紀的統治，台灣社會的確相當程度受到的種種影響乃至同化，但同時我們知道，在任何社會，除開有少數它特異的事以外其大部分的現象都是跟其他社會共通的。台灣當然也不是例外，所以對於這種事象，應從它與世界（或東洋）整個社會的關聯上，來考察和解釋。若把在各國社會中很容易發現的平平無奇的事象拿來大吹大擂地叫做「台灣特殊現象」，那麼只不過是證明視界的狹窄而已。
>
> 過去日本統治的歷史確是了解台灣社會的一重要關鍵，但並不是「萬能藥」。倘將「日本的影響」一流的說法盲目濫用，其結果真會令人啼笑皆非。這種武斷，不但妨礙對於現實真正的瞭解，且可能產生空洞的近視眼的作品。

此外，在這篇〈建設台灣新文學，再認識台灣社會〉裡，彭明敏也以發生在中國的若干社會新聞反問雷石榆：如果這種爛人爛事是日本遺毒，是台灣人被汙染的證明，那怎麼同樣也會發生在中國呢？彭明敏以此引申：「所以陳彩雪案與其說是『日本的遺毒』，毋寧說是中國一般社會風氣所致的。」這話說得非常尖銳：如果無分中國、台灣，此時此刻都有類似的案件，那顯然「日本遺毒」就不是唯一的變因——搞不好「你們中國人」才是問題所在呢？

這位彭明敏，將在十多年後起草《台灣自救運動宣言》，鼓吹台灣獨立自主而被捕。此時此刻的他，還只是一名二十多歲的青年。但他的父親彭清靠，已經在高雄目睹了國民黨軍隊的屠殺。種種經驗與思想歷程，讓他對外省人的歧視十分敏感。對此，雷石榆寫了〈再申辯〉回應，堅持「日本遺毒說」。他認為陳彩雪母女案裡面的男性都受過日本教育，「日本遺毒」是其來有自：

> ……他受過日本的淺薄的教育，也難免不受了日本鼓勵殺人的法西斯精神的影響。日本法西斯為了實現侵略的目的，為了訓練殺人的工具，其殘酷是無所不至的。〔……〕我在第一戰區時，我親自審問過三個被日軍征用做軍妓的朝鮮女子。湖南是中國西南的倉庫，這一省分日軍人蹂躪最慘，無論進攻或退卻，都大規模的姦淫，燒殺，老百姓的牲畜被砍去大腿，所以戰後該省無家可歸及餓死的人最多，還沒有吃過觀音土、草根、樹

皮的彭先生是不可想像的。

雖然雷石榆筆調苦口婆心，看得出來沒有刻意要貶低本省人，但他的論述策略卻還是頗為傷人。不說別的，把「受過日本教育」等同於「法西斯精神」，豈不是一概罵倒了所有本省知識分子？彭明敏在日治時期讀過高雄中學、在日本讀過慶應大學預科與東京帝國大學，所以……這是在說他也受到「鼓勵殺人的法西斯精神的影響」嗎？縱然雷石榆言者無心，聽者大概不能通通無意吧。不過，後世的我們也可以從雷石榆的「湖南經驗」，理解雷石榆為何如此「不理智」，畢竟他曾經見過日本人所創造出來的地獄。與其說「日本遺毒說」是一種分析或批判，倒不如說是外省人宣洩感情的需要；只是這樣的宣洩，傷害到的並不是已經離開的日本人，而是必須共同相處的本省人。

而這樣的「日本遺毒說」或「奴化論」，也在本省作家想要談論「台灣文學」時，時時發揮牽制作用。每次有人談「台灣文學」，就會被質疑：那些奴化的東西有何價值？為此，楊逵在〈「台灣文學」問答〉一文裡如此回應：

> 奴化教育是有的，因為主子要萬世一系，日本帝國主義者要台灣是他們的永久的殖民

> 地，奴化教育當然是它的重要國策之一。但，奴化了沒有，是另一個問題。

從楊逵的回答裡，我們可以看到本省作家非常艱困、尷尬的姿態。雖然本省作家沒有外省作家的對日戰爭經驗，但要說他們多喜歡日本人，那也是完全不正確的。如果台灣作家都是媚日、奴化的，前三章那些論戰又是所為何來？因此，楊逵既要承認「日本有奴化教育」，但又必須說明「奴化沒有成功」，這種細微的分別，本省人是冷暖自知，但外省人卻不見得有餘裕能領會。

更尷尬的是，楊逵等本省作家講「台灣文學」一詞時，也帶有一種外省作家難以理解的曖昧情感。對外省作家來說，這些本省作家很奇怪：為什麼一定要強調「台灣文學」呢？難道不能只講「中國文學」就好嗎？本省作家抱著「台灣」不放，這就讓外省作家不得不懷疑，你們是不是在政治上別有用心、想鼓吹台灣獨立、從中國分離？最能代表外省人疑慮的說法，來自台大文學院院長錢歌川：

> 文學之地以地域分如南歐文學北歐文學者，蓋以其民族氣質相異，語文及生活觀念不相同，而影響及於其作風（題材處理之不同與表現手法之不同）之故。語文統一與思想感

> 情又復相通之國內，而欲建設台灣文學某省文學實難樹立其分離之目標，然日本控制台灣半世紀來，此間文學運動早經停頓，吾人固宜戮力耕耘此一荒蕪地帶，以圖重新積極而廣泛展開是項運動。又於推行是項運動時，鼓勵於創作中刻劃地方色彩及運用適當方言無不可，然不可謂即為台灣新文學，可與中國文學日本文學對立。

觀察畫線的幾處重點，我們可以看到外省人的典型想法：台灣與中國已是一國，那就不必有一個「分離」的「台灣文學」概念；更何況，在日本控制之下的台灣哪裡有文學呢？「此間文學運動早經停頓」呀！錢歌川顯然也像大多數外省人一樣，對日治時期台灣文學完全無知，事實上台灣新文學反而是在日治時期創建的，而不是什麼「早經停頓」。他也同樣不能理解，本省作家追求的是一種更細緻的「同中有異」架構——沒錯，在論戰當下，台灣已是中國一省，因此「台灣文學VS中國文學」並不是國與國的分離關係，但即使如此，台灣文學還是有自己的脈絡與歷程，是不能一概抹消的。楊逵如此回應：

> 所謂某省文學，譬如江蘇文學、安徽文學、浙江文學這樣的名字，正如錢歌川說：實難樹立其分離的目標。在台灣我們雖並未想樹立其分離的目標，但可有其不同的目標更

需要「台灣文學」這樣的一個概念。在「語文統一與思想感情又復相通之國內」，譬如江蘇、浙江等沒有需要，而獨在台灣卻有需要，是因為台灣有其特殊性的緣故。

如果錢歌川的前提是「語文統一與思想感情又復相通」，就不需要另立名目，那恰恰證明了「台灣文學」有必要另立名目，因為從歷史事實來看，台灣長年以來跟中國的語文並不統一、思想情感也未必相通。楊逵說：

自鄭成功據台灣及滿清以來，台灣與國內的分離是多麼久，在日本控制下，台灣的自然、政治、經濟、社會教育等在生活上的環境改變了多少？這些生活環境使台灣人民的思想感情改變了多少？如果思想感情不僅只以書本上的鉛字或是官樣文章做依據，而要切切實實的到民間去認識，那麼，這統一與相通的觀念，就非多多修正不可了。這，不僅我們本地人這樣想，就是內地來的很多的朋友都這樣感覺到的。

因為歷史的緣故，台灣的語文、思想與情感，是不可能百分之百與中國相通的。這幾乎是第二章黃石輝那句「台灣是一個別有天地」的翻版。楊逵認為，如果真要讓雙方「相通」，那首先得承認「差異」，才能知道如何修正。如果沒有認識到彼此的差異，就粗暴地說「本來就是一樣的」，那只是用一種文化掩蓋另一種文化而已。所以，對楊逵而言，主張「台灣文學」這個名詞，並不是要跟「中國文學」分離，反而是以此來追求合理的共融。這樣的共融策略，在「二二八」之後更顯必要：

> 所謂內外省的隔閡，所謂奴化教育，或是關於文化高低的爭辯都是生根在這裡。這是很可悲歎的事情，但卻是無可否認的現實。「台灣是中國的一省，台灣不能切離中國」！這觀念是對的，稍有見識的人都這樣想，為填這條隔閡的溝努力著。但這條澎湖溝（台灣海峽）深得很呢！為填這條溝最好的機會就是光復初初的台灣人民的熱情，但這很好的機會失了，現在卻被不肖的貪官汙吏與奸商搞得愈深了。對台灣的文學運動以至廣泛的文化運動想貢獻一點的人，他必須深刻的瞭解台灣的歷史，台灣人的生活、習慣、感情，而與台灣民眾站在一起，這就是需要「台灣文學」這個名字的理由。

楊逵在此的說法，非常精要地總結了「『橋』副刊論戰」當下，本省作家的心聲：中國跟台灣之間本來可以沒有問題的，但戰後初期的政治亂象毀掉了最好的契機。現在，如果再繼續蔑視本省人的經驗和情感，反而會把「澎湖溝」越挖越深。可以注意的是，楊逵說服外省作家的方法，也是帶有濃厚左派色彩的，有一種「針對同溫層來擬定策略」之感。比如楊逵強調「台灣的環境不同、文學風貌自然就會不同」，這是來自馬克思主義的「下層建築決定上層建築」；當楊逵強調「切切實實的到民間去認識」、「與台灣民眾站在一起」，這更是左派作家無法拒絕的訴求。縱然本省、外省的經驗和認知不同，但只要他們都是左派，就不會有人說「我不要認識民間」、「我不要跟民眾站在一起」。因此，楊逵可以說是採取了一種「以左派共識掩護省籍分歧」的策略。這樣的論述方式，顯然收到了不錯的效果。包含雷石榆、陳大禹等外省作家，也都在論戰後半，逐漸接受了「台灣文學」這個用詞。

這是非常罕見的「以論戰達成共識」的時刻。在其他日治時期作家灰心喪志、紛紛退出文壇之際，見證過、活躍過的楊逵竭力守住了台灣新文學的一塊陣地；而在外省作家普遍不理解台灣脈絡的氛圍下，歌雷的「橋」副刊也確實成功架起了幾座珍貴的橋。

有趣的是，楊逵在文章裡反覆強調自己並沒有主張「分離」，也就是沒有要主張台灣獨立，這固然呈現了作家本人的政治立場，但也反證了本來幾乎不存在的「台獨」或「本土派」立場，已經在此時萌芽了，否則他沒有自清的必要。「台獨」在「『橋』副刊論戰」的時代還非常弱小，遠非主流，即便像楊逵這樣的本省知識分子，也不支持這條路線。但是，這條路線卻在種種歷史因緣之下，漸漸成為一股不可忽視的政治力量，也變成戰後台灣文壇的一股伏流，並終於在一九八〇年代的另一次論戰全面爆發。

論戰兩大主軸（二）：左派的文學路線之爭

一九八〇年代的事情，我們留待幾章之後再說。讓我們再把視線拉到「『橋』副刊論戰」的另一個戰場：左派的文學路線之爭。

這個主軸，其實是這場論戰裡最有文學深度的部分。但很可惜的是，它並沒有為後世留下太多影響，是曇花一現的討論。原因無他：因為在這次論戰之後，台灣很快進入了戒嚴時代，所有左派文學的觀點，都無法光明正大拿上檯面討論了。

前面說過，左派作家往往相信「一定要找到一個最正確的文學路線」，所以很容易為此爆發論戰。這源自於左派作家「以文學改革社會」的信念。他們把文學當成一種社會運動，而不是純粹的情感抒發或藝術創造。既然是「運動」，就得有目標、有方法、有綱領，因此必須討論「路線」。但這些「路線」的爭辯，對於不認同他們文學理念的人來說，可能會覺得莫名其妙，不知道為何要在這些地方吵來吵去。但對於他們來說，如果一場社會運動沒有明確的「路線」，那就沒辦法真正改變社會。所以，相較於我們現代人「自由創作」的觀念，他們更像是一支「創作部隊」，認準了方向就要齊步走。而這在外人看起來，往往會覺得他們很教條，很缺乏彈性。

因此，我們在討論左派文學的路線問題時，可能要暫時放下「自由創作」的觀念，試著去理解他們「認準方向」的過程。在「『橋』副刊論戰」的左派路線爭論裡，也有兩個戰場：

1、「五四運動」的文學路線，還有延續的價值嗎？

2、左派的「現實主義」文學當中，應當容許作者展現「個性」嗎？

先從第一個戰場開始。在前面的討論裡，我們說過，不管本省還是外省作家，他們基本上都同意台灣文壇必須融入中國文學，學習中國新文學的歷史與傳統。但一個共識的出現，往往就是下個分歧的開始：說到要學習中國新文學，那到底什麼是值得學的？這裡就分化出兩種看法，一派以孫達人為主，認為包含台灣文學在內的中國文學，應該「重回五四」，學習五四運動的精神；另一派則以揚風、胡紹鍾等人為主，認為時代已經變了，「五四運動」雖然很重要，但已經不能照本宣科。

兩派人馬背後，有一個共同的邏輯，那就是「每一種特定的社會條件，都會產生相應的文學」。所以，雖然表面上吵的是「五四的文學觀是否適用於當代」，但真正的核心問題是：

「五四時代的中國，跟當代的中國是同樣的社會條件嗎？」

對此，孫達人的〈論前進與後退〉認為社會條件沒怎麼變：

「五四」當時的中國社會，是一個半封建半殖民地的社會，所以當時提出「個性解放」，是針對「封建」而發，提出「民族解放」的「反帝」，是針對帝國主義淪中國為半殖民地的奴役社會而發（……）然而三十年來，文藝工作者雖不斷地循此方向前進，終因封建勢力的根深蒂固，與夫帝國主義壓迫的變本加厲，這個任務沒有全面達成，及至現在，中國社會背景依然沒有變，至多祇能說，反掉一個日本帝國主義而已。

在此，我們可以看到左派文人的思考方式。孫達人認為「五四」的兩個社會條件，是「封建」、「殖民地」，於是五四時代的文學，就是「以個性解放解決封建」、「以民族解放解決殖民」。「兩個解放」構成了五四時代的文學核心；在這裡，你可以回憶一下課本裡說過的「五四」，你就會感受到國民黨版本與共產黨版本的差別。孫達人接著追問：中國還是封建社會嗎？想必還是，畢竟一九四八年的中國社會，恐怕還沒有真正掃清所有封建體制與思想——二〇二三年的現在有沒有掃清都很難說了。那，中國社會還是「殖民地」社會，還被帝國主義侵略嗎？孫達人認為，侵略中國的帝國主義勢力很多，一九四八年只趕走了一個日本，並沒有真正脫離「殖民地」的困境。既然社會條件都沒變，那「重回五四」自然也沒什麼問題。

但是，揚風並不這麼想。他在〈五四文藝寫作——不必向「五，四」看齊〉舉了種種例證，來說明一九四八年的中國已經與五四時代大大不同了：

至於那時中國社會的本質和形式上，都已有改變。第一，是帝國主義者在第一次世界大戰後，在本身的元氣恢復後，又積極的在國外爭取國外市場，特別是對華侵略的加強。第二，是一九二五至一九二七年爆發的中國資產階級性的大革命。（即所謂大革命時代）這充分說明了，中國民族資本家對外經濟侵略的反抗，對內要求統一圖強，而且國內的工商業的努力和進步都很大。第三，中國產業勞動者意識上的自覺和團結，如一九二三年的「二、七運動」京漢鐵路工人反對吳佩孚的大罷工。這更說明了中國國內人民已普遍的覺醒了，反對軍閥的割據殘殺。此後的中國文藝界更走上了一條新的堅實的道路。

揚風舉出的各種案例，對於台灣讀者來說恐怕會很陌生，因為這是徹頭徹尾的左派史觀。總之，揚風認為，中國已經從「本國資本家對抗外國資本家」，進展到「勞動者對抗資本家」。從左派的觀點來說，這是很大的進展，所以他才會說「中國國內人民已普遍覺醒了」，這是以前沒有的。既然如此，社會條件怎麼會跟五四時期一樣呢？社會條件改變了，文學上又怎麼能再「重回五四」呢？

老實說，這樣的爭論是很難有結果的。因為雙方對「社會條件」的討論，其實都沒有具體的數據或證據支持。他們說的都是中國社會部分的現實，但也都無法有力反駁對方。這是閱讀早期左派論述最需要留心之處：他們看起來好像都在談論社會科學，但往往談論的是他們眼中的社會、未必真的有什麼科學依據。如前所述，他們在爭論的是「路線問題」，說白話了就是「怎麼做才對、到底要聽誰的」。因此，他們各自都會擷取對自己有利的歷史細節來當作證據，來發展一套「假裝是科學理論的政治論述」。

而對我們當代讀者來說，更難習慣的恐怕是這種「社會—文學」之間的強硬連結。社會條件確實會影響文學，比如我們知道「同志婚姻通過前後」的同志文學會有不一樣的風貌。但是，社會跟文學卻又不可能一個蘿蔔一個坑，很多創作者可能會寫出跟他所處的時代沒什麼關係的東西。就拿上述左派作家自己的說法來看：當孫達人說五四運動是「兩個解放」時，同時代的中國難道沒有「兩個解放」以外的作品嗎？或者揚風說「中國人民普遍覺醒」之後，難道中國文藝界就沒有左派以外的文學作品嗎？顯然不是的，至少生在台灣的我們，國文課本裡面選錄的民國文學作品，就幾乎都跟這些左派作家的描述不太合拍——當然，他們可能會不屑一顧，說那都是落伍的、水準不高的文學。但那也就是他們自己的判斷而已。

這個戰場，最終以駱駝英〈論「台灣文學」諸論爭〉一文作結。在這篇文章裡，駱駝英展現了左派作家當中難得的彈性，出來各打五十大板，然後再通通揉成一團：

> 現在既是面臨著空前偉大的艱苦的反帝反封建的革命鬥爭，作為這個鬥爭的有機構成部分的文藝，必然而且應該空前有效地負起它的使命。當然不但是要繼承五四的精神和五四以來一切優良的傳統，而且要提高那種精神，克服三十年來的缺點，配合著現實的要求，才能負擔得起這個使命，才能開拓文藝自身最合理的發展的道路。孫達人先生提倡「回到五四再開步走」，固然是嚴重的錯誤，但揚風先生認為應該超過五四雖屬正確，由此就忽視了五四的優良的傳統（包括五四精神），就把五四的一切都踢開了，也是矯枉過正而違反了現實。

所以結論是什麼？結論是「五四」裡面的好東西要留著，但不該沉溺於「五四」。這句話說得很正確，但也正確得與廢話沒什麼差別。然而就文學發展的觀點來看，駱駝英至少把論爭從非此即彼的泥淖中拖出來，就算沒有實質推進什麼，避免討論卡在水溝裡也是功德一件。如果在「『橋』副刊論戰」裡，你只打算讀一篇文章，我最推薦的就是駱駝英這篇〈論「台灣文學」諸論爭〉，因為它不但立場相對持平，而且也非常詳細地整理了論戰當中的每一個軸線和各方說法，是高品質的懶人包。

談完「五四」，我們再來看看左派路線爭論的第二戰場：文學可不可以展現作者的「個性」？這個問題，聽在我們當代人耳中應該是莫名其妙，文學怎麼可能沒有作者的個性？但別忘了，左派文學的理念是「創作部隊」，既是部隊，那就是有制服、要聽號令的，有個性的軍人還是好軍人嗎？說是這樣說，但左派作家畢竟也都是文人，並不是每個人都同意這種泯滅個性的寫法。其中，雷石榆、阿瑞就主張可以把「個性」融入左派的「現實主義」裡；但更加激進的左派青年揚風，就認為所謂「個性」只是資產階級的情調，並不符合文學改革的任務。

其中，阿瑞的〈台灣文學需要一個狂飆運動〉便是引發論爭的關鍵文章之一。這篇宣言式的文字，提出了他對文學發展的看法：

> 我仿「狂飆運動」的精神，提出三個意見。
>
> 第一，排除一切歷史的重壓（……）
>
> 第二，開放個性，尊重感情（……）
>
> 第三，打破所謂「台灣文學」的狹隘觀念（……）
>
> 我並不是說，我們要脫離一切時空的束縛，而逍遙於夢幻的仙境，我只指出幾點時空束縛的弊害，而為了避免這種弊害，主張暫時忘記社會及歷史的積累，盡力發揮個性的創造精神而已。我相信由這一條路，我們才可以把台灣文學脫離狹隘的地域文學而進入世界文學之一環。

這是一名求新求變的文學青年。他第一項就要求掙脫歷史的束縛，第三項要求「打破『台灣文學』的狹隘觀念」，在在都顯示了他不想被時空背景限制住創作方向的想法。不要歷史也不要台灣，那要什麼呢？就是第二項的「個性」與「感情」了。這個說法，放在二〇二三年的現在，應該會得到不少文學創作者的支持吧？但揚風〈「文章下鄉」談展開台灣的新文學運動〉卻認為這是非常「過時」的想法：

另外有些先生，主張台灣需要個「狂飆運動」。理由是歐洲文藝復興後在十八世紀時也有過這個時代，要求個性解放。〔……〕這似乎台灣的文學運動的展開，是「捨此莫屬」的了。每一個時代，有它一定的時代背景和社會要求，一個文藝之工作者絕不能背著時代的發展向後走，去鑽牛角尖，歷史不應重複，而且決不會重演，「狂飆運動」是歐洲文藝復興後，一個必然的要求個性奔放的時代，在中國反對舊文學，反帝反封建反舊禮教，已從「五、四」開其端，而且這二三十年的努力和進步，已將這個「古典」的腐瘤早割去了。

揚風的回應方式，又回到「社會—文學」的連結裡了。歐洲的狂飆運動要求「個性解放」，那是歐洲當時的社會條件；中國在五四運動時期，反對古典文學時也有「個性解放」，那是中國當時的社會條件。而現在的中國（與台灣）是當時的歐洲嗎？跟「五四」時代的社會條件一樣嗎？如前所述，揚風是認為社會條件大不相同的，因此既不用「重回五四」，也不應該追求個性解放。

關於這個問題，前面因為「日本遺毒」問題而與彭明敏爭辯的雷石榆，發表了〈台灣新文學創作方法問題〉一文，可說是繳出了他在此次論戰中的代表作。他是這樣說的：

不過，為了「開放個性，尊重感情」，及「打破所謂『台灣文學』的狹隘觀念」而提倡「狂飆運動」還是不夠的，不管我們所提倡的「狂飆運動」與過去歐洲所發生的有其不相同之點（中國的「五四」運動也叫做狂飆運動，也與過去歐洲所發生的同義不同質）但偏向於浪漫主義的創作方法，是必然的。我們固然需要開放個性，尊重情感，解說思想，打破狹隘的觀念，藉以剷除存在於台灣社會下層的傳統的封建意識及殘留於市民層中的被資本主義的意識形態歪曲了的觀念；同時更需要涵養更高的人生觀（提高浪漫主義的個人中心到群體中心），宇宙觀（提高浪漫主義的精神超越到科學的認識），更深刻地觀察現實，分析現實的特異，氛圍，動向，沒入生活，使用生活的鍊金術；從民族一定的現實環境，生活狀態，把握各階層的典型的性格，不是自然主義的機械的刻畫，不是浪漫主義架空的誇張，而是以新的寫實主義為依據，強調客觀的內在交錯性、真實性；強調精神的能動性、自發性、創造性；啟示發展的辯證性、必然性。新的寫實主義是由自然主義的客觀認識面與浪漫主義的個性，情感的積極面之綜合和提高。

這段論述比較難，值得細細思考一下。首先，雷石榆同意社會條件不同、文學風格也不同，台灣現在確實不能照搬歐洲的「狂飆運動」和中國的「五四運動」，但是有一件事是確定需要的，那就是「偏向於浪漫主義的創作方法」。什麼叫做「偏向於浪漫主義的創作方法」，那就是他後面講的一大串東西。如果你看得頭昏眼花……那很正常。但你可以先注意我們最後畫線的那幾行，他的意思可以簡單表述為：左派的「寫實主義」，必須要有兩個成分，一個是「客觀的」掌握社會現象，另外一方面也要強調「精神的」力量。如果只有客觀描繪，描繪完了就什麼都沒有了，如何改變社會呢？既然我們左派要改變社會，那就要在客觀描繪以外，再去強調人類是有創造力、是自發的、有能動性的，這樣的人的「個性」，就是改變社會的力量了。

看到這裡，如果你覺得眼熟，沒錯，這說法跟「糞寫實主義論戰」裡面，工藤好美論「浪漫主義」的說法一模一樣。文學思想比較複雜的人，往往能把各種考量整合起來，最終達成殊途同歸的境界。雷石榆跟工藤好美應該不認識彼此，但他們卻都寫出了類似的看法；或者我們也可以推想，雷石榆曾經留學日本，所以與工藤好美有著類似的學術訓練。

但揚風同學仍不買單，他在〈五四文藝寫作——不必向「五，四」看齊〉寫得尖酸：

尊重天才的作家和洋場才子的文豪們，是很膜拜「個性」和「情感」的。他們坐在洋樓裡的沙發上，只要左手摟住女人，右手提著酒瓶，待醉眼朦朧，「靈感」一來時，就會洋洋萬言，倚馬可待的。如中國「五、四」以後的「新月派」的詩文豪及「創造社」前期的才子們，他們那時也打著一面「浪漫主義」的大旗，也是膜拜著「個性」、「情感」的，認為文學的本身，就是作者「個性」的發展，「情感」的奔流，他們沒有看見在他們那棺材似的斗室外的世界那麼大，人還那麼多，而且還自覺的發出了求解放的怒吼，社會變動得像一鍋滾水似的在沸騰著呢。

揚風認為，過度強調「個性」和「情感」，就會變成右派的、資產階級的、腐敗的文學。或者更直接一點說：國民黨的文學。某種程度上，這也可以解釋為何二〇二三年的台灣讀者，可能會更接受阿瑞的說法，而覺得揚風的講法怪怪的，畢竟我們從小就是讀國民黨版本的民國史與國文課本長大的。揚風所講的也不是完全沒有道理，他認為這種文學最終會忘記外面還有很多需要關心的人、需要面對的社會問題，這也確實是戒嚴時期、國民黨控制之下的許多文學作品所具有的弱點。但是，他對此提出的文學解方，恐怕就很難說得上是持平之論了，他認為：

因為新寫實主義是社會主義的現實主義，是主張階級文學的（即文學階級性）根本就拒絕雷先生裝在紙袈裟裡的「浪漫主義」的「個性」和「情感」的。新寫實主義的「情感」，也只是廣大勞動人民求民生、反專制、求解放、反獨裁的積極的行動和怒潮。新寫實主義的「個性」是廣大勞動人民的「群眾性」。決不是雷先生所高喊的「浪漫主義的創作方法」的「個性」和「情感」。

時代已變了，已進步了，我們決不可還將那已被進步的文藝理論所遺棄的「浪漫主義的創作方法」搬到台灣來，以致讓殭屍擋住了才在萌芽中的台灣新文學運動的路。

也就是說，「個性」與「情感」是不重要的，重要的是「群眾性」。個人的小情小愛、個人的煩惱與憂鬱，怎麼比得上廣大群眾的痛苦呢？又怎麼比得上工人、農人所展現出來的特性呢？與其寫一些奇奇怪怪的人，不如去寫「群眾普遍的樣子」。因此，在文學裡消滅「個性」與「感情」，把這些東西講成「殭屍」，也是理所當然的。這種說法，只要稍微知道一點中國共產黨的文藝理論，就會覺得萬分眼熟。揚風的論點，是不是跟下面這段文字有八七％像呢：

比如說，馬克思主義的一個基本觀點，就是存在決定意識，就是階級鬥爭和民族鬥爭的客觀現實決定我們的思想感情，但是我們有些同志卻把這個問題弄顛倒了，說什麼一切應該從「愛」出發。就說愛吧，在階級社會裡，也祇有階級的愛，但是這些同志卻要追求什麼超階級的愛，抽象的愛，以及抽象的自由、抽象的真理、抽象的人性等等。這是表明這些同志是受了資產階級的很深的影響。

我們只要把「愛」換成「個性」或「情感」，把「階級的愛」換成「群眾性」，結構就完全相同了。而這篇文章，正是鼎鼎大名的毛澤東寫的，這是他的〈在延安文藝座談會上的講話〉，是中國共產黨文藝政策的最高綱領。揚風並不是自己想出這一套東西的，而是追隨著中共官方的「路線」而來。

然而，同樣作為左派文人，雷石榆還是看得更透徹。他直接以魯迅的小說為例，說明「群眾性」的不足：

但揚先生所謂「群眾性」還是籠統的說法，這「群眾性」不但包括勞動階級、農民階級、進步的智識階級，連揚先生本身也大概可以包括在內，可是「個性」或「感情」不是抽象的「群眾性」或「廣大的人民」性，而是具體地被抽出自某一階層的共通的特性，即如揚先生的「個性」或「感情」不是無產階級的，而是屬於資產小階級的智識分子的。文藝的描寫對象不是這麼簡單，「阿Q正傳」不但寫出阿Q的典型性，還寫出趙大老爺、吳媽、小D等等的個性和感情。

終於，我們從理論層次的爭論，回到了具體的作品。雷石榆用《阿Q正傳》的案例表明了，就算我們要描寫某個階級的「群眾」，也不可能用一種「群眾性」代表同一群人。《阿Q正傳》裡面，同是無產階級的阿Q、吳媽、小D，難道都是一樣的性格嗎？差多了。這裡面，就有「個性」與「情感」。而當魯迅鮮活地描寫這些人物的「個性」與「情感」，是否就讓他的作品成為資產階級的無病呻吟，失去了社會批判的力道？顯然不是的，否則中華人民共和國怎麼會把魯迅奉為左派文學的大宗師呢？

至此，這場論戰大多數的戰場都已經展開了。雖然沒有明確的結論，但確實有所進展，至少他們為台灣文壇注入了一些新想法，也深化了一些原有的議題。「『橋』副刊論戰」的珍貴之處，在於它短暫地撐開了一個空間，在殖民時期與戒嚴時期的夾縫間，談論了一些不被前後任統治者允許談論的問題。但這也是它的悲傷之處，因為在日本人與國民黨人打造的兩座政治絕壁夾殺之下，它難以承先，更無法啟後。歌雷為一眾本省、外省作家搭起了橋，讓他們能在上面熱鬧爭辯一番，甚至在某些議題上達成共識，但這座橋其實很脆弱，隨時都是要斷的。特別是，當話題已經蔓延到中國共產黨的文學理論，連毛澤東的說法都滲透進來時，歷史的刀鍘已幾乎無法避免了……。

一同被冰封的「台灣」與「左派」

一九四七年開始，在一九四八年喧騰一時的「『橋』副刊論戰」，最終在一九四九年的四月六日煙消雲散。

這一天，發生了「四六事件」。

在這之前，以台灣師範大學為中心，台灣的大學生開始了一波「反飢餓鬥爭」的學生運動。國民黨政府因此提高警惕，認為這是共產黨滲透的跡象。一九四九年三月下旬，警察取締一名師大學生與台大學生違反交通規則，並將學生毒打一頓。這件小事引爆了學生的怒火，數百人包圍警局，迫使警察釋放兩名學生。以此為發端，學生運動更加激烈，國民黨政府決定全面鎮壓。於是，在四月六日，警備總部包圍師大與台大的宿舍，指名要逮補周慎源、鄭鴻溪、莊輝彰、方啟明、趙制陽、朱實六人，其中的朱實就曾在「橋」副刊上發表文章，這便是「四六事件」。

以此為起點，國民黨開始在全台灣搜捕左派的知識分子。一般人所稱呼的「白色恐怖」，就是從這個事件開始，綿延了數十年。「『橋』副刊論戰」的重要作家們，幾乎通通遭殃。就算只考慮上本文所提及的作家，也足足可以列成一張表：

歌雷：四六事件後被逮捕，家人營救後出獄。

楊逵：因「和平宣言」案件被捕，入獄十二年。

林曙光：四六事件後，從師大輟學返鄉。

葉石濤：一九五一年以「知匪不報」罪名入獄三年。

朱實：四六事件被指名追捕，後潛逃中國。

雷石榆：一九四九年被捕後驅逐至中國，與妻子蔡瑞月分離至一九九〇年。

陳大禹：四六事件期間潛逃回中國。

駱駝英：一九四八年潛逃回中國。

然而，遭殃的不只是個別作家，也是整個文壇。「『橋』副刊論戰」不是自然結束的，而是因為參與作家紛紛被政治清算，因而被迫斬斷的。這也意味著，論戰當中的兩大主軸「台灣文學」與「左派文學」問題，並沒有討論出完整的共識，就一同被斬斷了。

而這兩大主軸，就像兩道一直沒有癒合就被覆蓋的傷口，將不斷在未來數十年裡反覆發炎，在好幾次論戰裡隱隱作痛。「『橋』副刊論戰」的這批文章，與作家們一起被白色恐怖長期冰封。因此，他們討論出來的所有成果，並沒能影響後世的作家。但是，他們的影響，卻以一種「不存在」的方式存在著：正是因為他們的文學成果沒有被繼承，所以這些問題一直無法好好處理，而在戒嚴時期的文壇裡揮之不去。

如同楊逵所暗示的，國府的政治腐敗與「二二八事件」，錯失了第一次彌平「澎湖溝」的機會。而「四六事件」之斬斷「『橋』副刊論戰」，也錯失了最後一次本省人與外省人彼此理解、和平相處的機會。本來外省人可以不必歧視本省人；本來本省人可以不必仇視外省人。本來省籍之間的分歧，可以不必持續發炎到二十一世紀。雙方需要的，只是一座長久、穩定、可以暢所欲言的橋。

但是，橋就這麼斷了。

沒有說清楚的問題，並不會自然解決。就像沒有癒合的傷口，只會隨著拖延而化膿得更嚴重。

每次我重讀這批文獻，就會想起馬克思〈共產黨宣言〉的經典開頭：「一個幽靈，共產主義的幽靈，在歐洲遊蕩。」

把這個句型借用到「『橋』副刊論戰」，也完全說得通吧：「兩個幽靈，『台灣文學』與『左派文學』的幽靈，在台灣遊蕩。」

在這之後的整個戒嚴時代，「台灣」跟「左派」都是不能明言的文學關鍵字了。沒有「台灣文學」，只有「懷鄉文學」；沒有「左派文學」，只有「反共文學」。國民黨所設定的「反共懷鄉」鋪天蓋地，遮掩了一切。

但是，被遮掩的文學不會就這麼消逝。

它們只是隱忍，並且等待下一次更激烈的爆發。

「橋」副刊論戰

日期	作者	篇名（發表刊物）或事件	立場
一九四七年八月一日	歌雷	於《台灣新生報》創設「橋」副刊。	
一九四七年十一月一日		陳大禹的「實驗劇團」於台北公會堂演出《香蕉香》。	
一九四七年十一月七日	歐陽明	〈台灣新文學的建設〉（《台灣新生報》「橋」副刊）	「台灣文學」有特殊性
一九四八年三月二十八日		「橋」副刊舉辦「作者茶會」。	
一九四八年三月二十九日	楊逵	〈如何建立台灣新文學〉（《台灣新生報》「橋」副刊）	
一九四八年四月七日		第二次「橋」副刊「作者茶會」。	
一九四八年五月三日	雷石榆	〈女人〉（《台灣新生報》「橋」副刊）	台灣受到日本奴化
一九四八年五月十日	彭明敏	〈建設台灣新文學，再認識台灣社會〉（《台灣新生報》「橋」副刊）	「台灣文學」有特殊性
一九四八年五月十二日	雷石榆	〈我的申辯〉（《台灣新生報》「橋」副刊）	台灣受到日本奴化
一九四八年五月十四日	阿瑞	〈台灣文學需要一個狂飆運動〉（《台灣新生報》「橋」副刊）	文學仍應學習五四精神＋文學應有情感與個性

一九四八年五月十七日	彭明敏	〈我的辨明〉（《台灣新生報》「橋」副刊）	「台灣文學」有特殊性
一九四八年五月二十四日	雷石榆	〈再申辯〉（《台灣新生報》「橋」副刊）	「台灣文學」無特殊性
一九四八年五月二十四日	揚風	〈「文章下鄉」談展開台灣的新文學運動〉（《台灣新生報》「橋」副刊）	文學不必學習五四精神＋文學不應有情感與個性
一九四八年五月二十四日	胡紹鍾	〈建設新台灣文學之路〉（《台灣新生報》「橋」副刊）	文學不必學習五四精神＋文學不應有情感與個性
一九四八年五月二十八日	孫達人	〈論前進與後退——「建設新台灣文學之路」讀後〉（《台灣新生報》「橋」副刊）	文學仍應學習五四精神＋文學應有情感與個性
一九四八年五月三十一日	雷石榆	〈台灣新文學創作方法問題〉（《台灣新生報》「橋」副刊）	文學仍應學習五四精神＋文學應有情感與個性
一九四八年六月七日	揚風	〈五四文藝寫作——不必向「五，四」看齊〉（《台灣新生報》「橋」副刊）	文學不必學習五四精神＋文學不應有情感與個性

一九四八年六月十四日	錢歌川（中央社訪問）	〈所謂「建設台灣新文學」 錢歌川說有語病 展開文學運動則有必要〉（中央社）	「台灣文學」無特殊性
一九四八年六月二十五日	楊逵	〈「台灣文學」問答〉（《台灣新生報》「橋」副刊）	「台灣文學」有特殊性
一九四八年六月二十七日	楊逵	〈現實教我們需要一次嚷〉（《中華日報》「海風」副刊）	「台灣文學」有特殊性
一九四八年六月三十日	雷石榆	〈再論新寫實主義〉（《台灣新生報》「橋」副刊）	文學仍應學習五四精神＋文學應有情感與個性
一九四八年七月三十日	駱駝英	〈論「台灣文學」諸論爭〉（《台灣新生報》「橋」副刊）	
一九四九年四月六日		四六事件爆發，論戰結束。	

五——如何確立新品種的美感：現代派論戰

新詩的殘酷二選一

從我小時候接觸「新詩」以來，就一直有種深深的困惑：為什麼那些看起來只是隨意排列的清淡文字，可以自稱「詩」？它們不像古典詩，一讀起來就能感受到「這不是日常語言、確實特別美」，有些新詩的文字甚至淡如清水，比如吳晟的名作〈甜蜜的負荷〉：

阿爸每日每日的上下班，
有如自你們手中使勁拋出的陀螺，
繞著你們轉呀轉；
將阿爸激越的豪情，
逐一轉為綿長而細密的柔情。

當然，課本和老師會告訴我：新詩就是為了改革古典詩艱澀難懂、格式僵化的問題，才往這種自然、平淡的方向發展。聽起來很有道理，我被說服了。這大概就像是大魚大肉吃慣了，偶爾也會想吃清粥小菜吧？但「好景不常」，我接下來又讀到了洛夫〈石室之死亡〉：

祇偶然昂首向鄰居的甬道，我便怔住
在清晨，那人以裸體去背叛死
任一條黑色支流咆哮橫過他的脈管
我便怔住，我以目光掃過那座石壁
上面即鑿成兩道血槽

吳晟的文風清淡，幾乎看不出有什麼文字技巧；洛夫這首相反，初讀此詩之時，除了「好像很有技巧」，我完全看不懂。等等，不是說好了新詩不要艱澀，崇尚自然平淡嗎？洛夫這樣的詩，比「床前明月光，疑是地上霜」之類的古典詩還要艱澀得多，這顯然跟前面的說法矛盾。更矛盾的是，這兩首詩還都是名詩人的名作，也就是說，新詩的專家們認為兩種詩風都很好——所以新詩到底想怎樣？是寫得簡單易懂，還是寫得詰屈聱牙？

「困難」或「平易」的殘酷二選一，一直是人們討論新詩時最關心的問題，在文學史上的各個論戰也不例外。一般文學讀者更是有一種矛盾心態：如果新詩寫得太平易，就會被譏笑為「分行的散文」、沒有詩意；如果新詩寫得太困難，就會被指責是詩人在假鬼假怪，無法引起共鳴。老實說，如果我是詩人，可能也想反問讀者「到底想怎樣」。然而，我們現在所看到的這種「新詩現象」，其實也是在文學論戰中形成的，特別是發生於一九五〇年代的一系列「現代派論戰」。

一九五〇年代：「新詩」的困境

在上一章的「『橋』副刊論戰」結束後，台灣正式進入戒嚴時期。這個時期的台灣文壇，發生了一組連鎖的現象。首先，國民黨政府敗退來台，好不容易在美國人的支援下站穩腳跟。站穩之後，他們開始反省自己為什麼會輸給共產黨，得出了一個頗有國民黨風格的結論：一定是因為我們沒有網軍……更正，一定是因為共產黨控制了所有作家，讓我們在輿論上大逆風，所以才會大失人心。因此，退守台灣的國民黨決定加強「文藝政策」，推出「反共懷鄉」的文學方針。凡是寫「反共懷鄉」題材的，就容易得獎、發表、出版；而如果違逆這套方針的作家，就永無出頭之日。

「反共懷鄉」的方針，在國民黨人聽起來很符合邏輯，但卻等於是給本省作家致命一擊。前一章說過，本省作家從「日文」強制轉換為「中文」，語言上已經適應不良了（而且少數願意幫他們翻譯的「橋」副刊還被殲滅）；現在你要求的題材，又是本省人完全沒辦法寫的——說要「反共」，但台灣的知識分子就算再怎麼左，一輩子也沒見過幾個共產黨，更別說和共產黨打仗的經驗遠遠不如外省人；說要「懷鄉」，本省人的家鄉就在台灣呀，是要懷到哪裡去？

因此，一九五〇年代的整個文壇幾乎都成了外省人的天下，本章要談論的新詩社群也不例外。不過，有一批微妙而頑強的本省人，還是爭取到了一點點空間，那就是古典詩人。沒錯，又是古典詩人。在日治時期，他們靠著一手詩藝，與日本殖民者周旋勾搭，保住了自己的家業與政治影響力。而到了戒嚴時期，他們還是靠著一手詩藝，與國民黨內的古典詩人交陪，再次保全家族。當然，就像日治時期也有古典詩人選擇抵抗日本人一樣，戒嚴時期也有古典詩人拒絕跟國民黨合作，甚至遠走他鄉。比如在日治時期大力資助各種新文化運動的霧峰林家家主林獻堂，最終移居了他對抗一輩子的日本，不管國民黨派了多少人「招降」，他都以「危邦不居、亂邦不入」的典故拒絕。

然而，更多的古典詩人還是選擇留在台灣，並且以其深厚的文化資本向國民黨政府輸誠，證明自己如何「心向祖國」。比如這幾年選入課本的才女詩人張李德和，就在二二八事件後寫了〈民國三十六年三月十二日夜感賦〉，前半段把反抗的民眾說成暴徒：「何來暴黨與蠢徒，禍起蕭墻遠近呼。招邀逐隊煽民眾，學子茫然為所愚。」後半段更是大力讚揚上岸屠殺的國民黨軍隊：「忽見街頭徬徨勢緊張，旋看國軍銃劍揚。舉市已行戒嚴令，挽回淑氣保禎祥。」

這樣的畫面，跟連雅堂歌頌日本總督相差無幾，可以清楚看見台灣古典詩文化的「彈性」與「生命力」。這些本省籍的古典詩人，與國民黨內的于右任等古典詩人合流，在戰後的詩壇仍頗有威勢。

相較之下，本省籍的新詩詩人陷入沉默，活躍於文壇的外省籍的新詩詩人，則必須呼應「反共懷鄉」，去寫很多反攻大陸的口號詩。兩相比較之下，許多讀者就覺得新詩作品平淡如水，遠遠不如古典詩那麼饒富興味。本來應該「平民化」的新詩，反而漸漸失去了讀者基礎。這樣的現象，引起了詩人的危機感。其中最努力突破此一困境的，當數外省詩人領袖紀弦。他在一九五六年的〈戰鬥的第四年．新詩的再革命〉一文寫道：

> 標語口號絕非詩。而衝衝衝殺殺殺之類的實在一點也不起作用。而「歌詞」與新詩則必須有所區別。

這個說法，明顯是針對新詩的「反共化」而來的，他認為這樣的寫法不但沒有美感，而且也無法真正產生宣傳作用。有趣的是，他還提到了「歌詞」與「新詩」的差別，這點也為未來的論戰埋下伏筆，我們容後再敘。在這篇文章的其他段落裡，他更是直接點名向古典詩叫戰：

> 有的因襲古人意境的「語體的舊詩詞」因為他不知道除了一個使用白話一個使用文言之外「新詩」與「舊詩」之在特質上的區別；有的死抱著十八世紀的「韻文即詩觀」專門在「韻腳」上作詩人的「可哼的小調」，因為他不曉得「詩」與「歌」、「文學」與「音樂」的分野；還有的是把寫詩這件事看得太容易的「偽自由詩」，因為他不清楚「詩」與「散文」的本質究竟有什麼不同。

這段文字非常濃縮，但句句都是關卡。他所提出的「三個區別」，幾乎可以解答一般大眾對於「現代詩為何寫這麼難」的疑惑。簡單來說，他提出的新詩標準有三：新詩有不同於舊詩的「特質」；新詩不是「歌」，與音樂無關；新詩自由，但不能「簡單」，尤其是不能跟散文一樣簡單。

他的想法以及隨後引起的爭論，我們會在下一節裡討論。但在這段文字裡，我們可以發現一件事：他所講出來的「三個區別」，其中有兩件是針對古典詩而來的。這是一個側面的線索，讓我們看到新詩詩人面對古典詩人的「危機感」或「競爭心」。而這也是新詩詩人，特別是台灣的新詩詩人，為何會傾向寫出艱澀難懂之詩句的原因：如果我不遵守押韻格律，又不能跟散文一樣平淡，我要怎麼彰顯出自己「有別於古典詩」甚至是「更勝於古典詩」的特色？

由此，許多詩人有了一個念頭：我們來建立專業門檻吧。只要讓新詩「難」到一個程度，而且是跟古典詩不一樣的「難」法，新詩就不會再被看不起了。而紀弦更進一步思考，這「獨特的難」要如何建立起來？一九五六年，他給出了自己的答案。他發表了從此改變台灣新詩史的〈現代派的信條〉：

1、我們是有所揚棄並發揚光大地包含了自波特萊爾以降一切新興詩派之精神與要素的現代派之一群。

2、我們認為新詩乃是橫的移植，而非縱的繼承。這是一個總的看法，一個基本的出發點，無論是理論的建立或創作的實踐。

3、詩的新大陸之探險，詩的處女地之開拓。新的內容之表現；新的形式之創造；新的工具之發見；新的手法之發明。

4、知性之強調。

5、追求詩的純粹性。

6、愛國。反共。擁護自由與民主。

紀弦所提出的這六大信條，便是隔年「現代派論戰」的根源。其中，第六條是政治正確的口號，純粹是喊喊而已，沒有人會（也沒有人敢）講什麼。大家都心知肚明，紀弦及其他「現代派」詩人的重點不在這裡。真正有爭議的，是第二條與第四條，以及前面提到的「詩與歌」問題。這三項爭議，構成了主要的戰場：

一、新詩必須是「橫的移植」（學習西方文學），不能是「縱的繼承」（繼承中國文學）嗎？

二、新詩必須完全「知性」，不能「抒情」嗎？

三、新詩必須完全拋棄「音樂性」，不能歌唱嗎？

在上述三個問題裡，紀弦選擇了「偏向西方」、「強調知性」、「否定音樂性」的路線。這些路線，確實讓他開創了有別於古典詩「偏向中國」、「強調抒情」、「要求音韻格律」的路線，同時也開創了新詩的新類型——那種一般讀者覺得「很難」的「現代詩」。

爭點一：新詩必須完全「橫的移植」嗎？

然而，紀弦為新詩設定的新路線，並沒有獲得詩壇所有人的同意。其中最核心的爭點，就是六大信條第二條的：「我們認為新詩乃是橫的移植，而非縱的繼承。」這句話說得非常強硬，等於是全盤否定中國過去的整個詩歌傳統，無論是古典詩還是已經發展了半世紀左右的民國新詩。既然所有「前輩」都不值得繼承，那要學習什麼呢？學習信條第一條所提到的：「自波特萊爾以降一切新興詩派之精神與要素的現代派。」用現在流行的文學術語來說，就是來自西方的「現代主義」。

主張這種全盤西化的現代主義的，是紀弦為首的「現代詩社」。除了他以外，還有一位滿特別的社員也支持這種主張，那就是本省籍詩人林亨泰。林亨泰在日治時期就開始以日文寫詩，戰後初期加入了本省詩人的詩社「銀鈴會」，直到「四六事件」同時斬斷了銀鈴會的活動為止。到了一九五三年，林亨泰結識了紀弦，接觸到紀弦關於「現代派」的想法，兩人一拍即合——原來林亨泰在日治時期的寫作，本來就深受日本的現代主義影響，早有類似的詩觀。因此，「現代派六大信條」雖然由外省籍詩人紀弦主導，但在後續的論戰裡，也多多少少融入了本省籍詩人的文化脈絡。林亨泰作為一九五〇年代少數活躍的本省籍詩人，不但把日治時期的文學記憶引渡到戰後，更參與了戰後「現代詩」成型的重要時刻。

而站在「現代詩社」對立面的，則是以覃子豪、余光中等人為首的「藍星詩社」。嚴格說起來，「藍星詩社」並不反對「橫的移植」這個說法，但他們認為紀弦的論調過於激進，不應當完全拋棄「縱的繼承」。作為折衷派，他們認為學習西方是好的，但中國詩歌傳統也並非一無可取，應當以適當比例融合。一九五七年，針對紀弦的「六大信條」，覃子豪在〈新詩向何處去？〉中，發出了「六大原則」以回應：

1、詩的再認識
2、創作態度應重新考慮
3、重視實質及表現的完美
4、尋求詩的思想根源
5、從準確中求新的表現

6、風格是自我創造的完成

相較之下，覃子豪提出的「原則」遠遠不如「信條」尖銳，幾乎都是採取一種「我們可以再想想」的態度。但其中幾條原則，確實可以感到他不同意紀弦之處。比如「信條」第三條強調「新」，這是現代主義的核心；「原則」第五條則說要「準確中求新」，意思就是，不是「新」的東西就一定好，還是要以「準確」的表現為前提。而「信條」大力強調的「只要橫的移植、不要縱的繼承」，覃子豪也以「原則」第四條回應：如果你都學西方的東西，你自己的思想根源在哪裡？

在「原則」以外，覃子豪也表達了自己的疑慮：

> 若全部為「橫的移植」，自己將植根於何處？外來的影響能作為部分之營養，經吸收和消化之後變為自己的新的血液。新詩目前亟需外來的影響，但不是原封不動的移植，而是蛻變，一種嶄新的蛻變。

這一段文字很清楚表達了覃子豪的折衷派立場。不過，這裡要特別注意的是，覃子豪是外省籍詩人，所以他說的「思想根源」或「自己」，指的都是中國文學的傳統，而不是日治時期以降的台灣新文學傳統。如果我們用今天的眼光來理解他們「植根」的地方，很可能會有所落差。這也是為什麼我會不厭其煩提及省籍，因為這真的會影響我們如何理解每一位作家的論點。

覃子豪的這些挑戰，紀弦早已在一九五六年的〈現代派信條釋義〉就有所預想了。平心而論，紀弦的「信條」雖然寫得轟轟烈烈，但他的「釋義」卻反而沒有那麼激進。有趣的是，他在這篇文章解釋為什麼要提倡現代派時，竟然生出了一個「國家隊」的理由來：

既然科學方面我們已在急起直追，迎頭趕上，那麼文學和藝術方面，難道反而要它停止在閉關自守，自我陶醉的階段嗎？須知文學藝術無國界，也跟科學一樣。一旦我們的新詩作者獲得了國際的聲譽，則那些老頑固們恐怕也要讚我們一聲「為國爭光」的吧？

這段文字很淺白，但資訊量很大。首先，紀弦認為提倡「現代派」的新詩，就跟科學方面的「現代化」是一樣的；既然科學日益昌明，文學又豈可單獨守舊？其次，紀弦想像新詩「現代（派）化」之後，就能夠跟上世界文壇的腳步，因而贏得國際聲譽、「為國爭光」。這兩個想法破綻頗多，不知紀弦是真的認識不足，還是為了推廣運動而硬生出一套「說帖」。幾乎沒有一種文學理論，會告訴你「現代派＝現代化＝比較進步的文學」，文學並非科技，我們沒辦法去論證哪一種文學一定比較「進步」，只能去思考我們需要或想要哪一種文學。並且，文學也沒有奧運會——雖然有諾貝爾文學獎——，並不會因為某國採取了某種文學流派，就一定能「爭光」，重點還是在文學成就的高低。

既然如此，紀弦為何還會講出這麼天真的論點呢？我認為關鍵應當在「老頑固」三個字。誰是「老頑固」？或者，問得更清楚一點：誰是那些又老、又頑固地排斥新詩的人？嗯，如果紀弦的「假想敵」不是古典詩人，我會非常驚訝。所以，這整段說詞，應當再次放回「對抗古典詩、證成新詩正當性」的脈絡來看。古典詩不管怎麼寫，終究都是漢字文化圈內的產物，不可能與世界文壇接軌。但「現代派」就不一樣了，它採取了西方人能夠理解的文學手法，比古典詩更有機會參與世界文壇。你看，我們又找到一個新詩優於古典詩的地方了！

而林亨泰更延續紀弦的想法，寫了〈中國詩的傳統〉：

在方法上論，即形成了「橫的移植」，而在本質上論，即形成了「縱的繼承」。然而，「中國現代派」的目的並不限於此，而它的最大的抱負，乃是在於復興古中國文學的光榮，以及爭回世界文壇的領導權，所以，我們才提出「現代派第二高潮」的這個想法。

這段文字的後半段也是「國家隊」的論述，與紀弦若合符節。但我們仔細看看，就會發現林亨泰採取的立場是「既要橫的移植，也要縱的繼承」，與「信條」的說法不同，更近於折衷派的覃子豪。否則怎麼會在「爭回世界文壇的領導權」之前，還有一句「復興古中國文學的光榮」呢？更神奇的是，在這場論戰中，紀弦從頭到尾都同意林亨泰的說法，屢屢推薦林亨泰的論點。由此得證：雖然「信條」講得凶巴巴，但紀弦其實沒那麼討厭「縱的繼承」。

雖然大家最後都變成折衷派，不過紀弦異想天開的論點，還是免不了遭到覃子豪的反駁。同樣在〈新詩向何處去？〉裡，覃子豪質疑紀弦的「現代派＝現代化」之說：

> 現代主義的精神是反對傳統，擁抱工業文明。在歐美工業文明發達至極的社會，現代主義尚且不能繼續發展；若企圖使現代主義在半工業半農業的中國社會獲得新生，只是一種幻想。

這段文字的思考方式，與前一章「『橋』副刊論戰」的作家們很像，都是主張「有某種社會條件、才能有某種文學」。西方是先有了現代工業文明，才有了現代主義。如此說來，紀弦是本末倒置了——中國社會並沒有西方那麼現代的工業文明，又哪裡可以滋養現代主義呢？並且，覃子豪更進一步，帶出了「現代主義在西方國家已經退流行了」之事實，這不但是要說「即使有現代工業文明都不足以支撐現代主義」，更是隱然反駁了現代派「以現代主義奪回世界文壇領導權」的「國家隊」論述：你學人家已經退流行的東西，是還能領導什麼？

不過，這畢竟不是左派作家之間的內戰，不是人人都接受「有某種社會條件、才能有某種文學」的前提。紀弦甚至倒反這套論述，在〈從現代主義到新現代主義〉說：

> 至於我們所提倡的革新了的，健康的，積極的新現代主義，這不只是為今天這個貧血的詩壇所渴需，而且也正是從農業時代向工業時代大步邁進中的中國社會之一精神上的前導力量。

這段話如果讓「『橋』副刊論戰」諸君看到，應該會集體翻白眼。紀弦的意思是：沒錯，中國社會還沒工業化。所以，我們文學更應該擔當先鋒，文學先現代化了，就可以透過精神力量加速中國的現代化。也就是說，不是「文學呼應社會條件」，而是「文學創造社會條件」。

這個說法聽起來很帥氣，但我其實不知道要如何做到。無論詩人寫了幾百首歌詠現代文明的新詩，也不太可能催生一家軸承工廠、或者發明ＡＩ技術，這顯然是誇大了文學的力量。更何況，紀弦對西方現代主義的吸收，也是選擇性的——有許多現代主義作品根本就非常痛恨現代文明，極力描寫工業化之後，人類的疏離、孤獨與荒謬。如果你對那些現代主義作家說「我們學習你們，是為了要讓我國現代化」，他們大概會氣到再寫一本詩集吧。

爭點二：沒有「抒情」的新詩，存在嗎？

「信條」另一個引起爭辯的論點，在於第四條「知性的強調」，以及與之配合的第五條「追求詩的純粹性」。

我們有必要先來解釋這兩條是什麼意思。這兩條深深改變了中文新詩的風貌，但卻不是很容易理解，因為它們與一般人對詩歌的想像有很大的差別。我們先看看下面兩種新詩，比較一下有何差別：

1

那河畔的金柳
是夕陽中的新娘；
波光裡的豔影，
在我的心頭蕩漾。

軟泥上的青荇
油油的在水底招搖：
在康河的柔波裡
我甘心做一條水草！

2

潮來潮去
左邊的鞋印才下午
右邊的鞋印已黃昏了

第一首，是民國初年徐志摩的〈再別康橋〉。第二首，則是洛夫的〈煙之外〉。兩者發表的時間相差三十多年，中間就隔著一份「現代派六大信條」。我們可以看到，兩首詩的感覺完全不同。沒有經歷過「信條」洗禮的徐志摩，會在寫出意象（金柳、青荇、康河）的同時，也把自己的感覺寫出來，直接表明「我甘心做一條水草」。但是經歷過「信條」洗禮，深受現代派影響的洛夫，他雖然同樣寫出了意象（潮水、鞋印、黃昏），但我們看不到任何直接寫出感覺的句子。

我想大多數讀者都會同意，〈再別康橋〉不太需要特別解釋，只要讀得懂中文就知道它在講什麼。但〈煙之外〉就不同了，它顯然意有所指，但又不講清楚。如果你遇到善於文本分析的人，可能會告訴你：鞋印有左有右，這代表「敘事者正在海灘上行走」。而兩個鞋印就經歷了「下午」到「黃昏」，或許意味著，敘事者感覺到「時間好快就過了」。人在什麼時候，會覺得時光倏忽即逝？也許，他有心事，想得太專心？

你可以完全不同意我上面隨手寫的「文本分析」。重點不是我的分析是否正確，重點在於：〈再別康橋〉這種新詩不需要分析，讀者只要直接感受作者的情感就好；〈煙之外〉這種新詩需要分析，你不分析根本不知道它在說什麼。也就是說，讀〈再別康橋〉這種新詩，可以純粹只是感性活動。但讀〈煙之外〉這種新詩，你必定要動腦，要推測，要拆解與組合，它是一種「知性活動」。

這就是紀弦在信條裡面主張的「知性的強調」。在新詩裡面講「知性」，意思不是塞入天文地理、自然人文的種種知識（雖然要塞也可以），而是透過跳躍、剪接、留白，邀請讀者一起動腦。每一首新詩，因而都成為一連串的謎題。在理想狀態下，讀者會在解謎完成之後，拼湊出那首詩真正的主題，並且因為經歷了辛苦的解謎過程，而感受到一種徐志摩所無法給你的、巨大的閱讀快感。當然，如果讀者完全沒有意識到這是個解謎遊戲，就會一直抱怨看不懂、不知道詩人想表達什麼。這就是紀弦在〈現代派信條釋義〉裡說的：「知性之強調。這一點關係重大。現代主義之一大特色是：反浪漫主義的。重知性，而排斥情緒之告白。單是憑著熱情奔放有什麼用呢？讀第二篇就索然無味了。」他所排斥的「情緒之告白」，就是以徐志摩為代表的這類民國早期新詩，以及熱血地喊著戰鬥口號的反共文學。更進一步，他還以〈詩情與詩想〉來區分這兩者：

> 凡以「詩情」為詩的本質的，都是廣義上的抒情主義，屬於浪漫主義的血統；凡以「詩想」為詩的要素的，都是廣義上的理智主義，以徹底反浪漫主義為革命的出發點。

對此，覃子豪並不完全反對。但他認為紀弦矯枉過正，就算追求知性，沒有必要、也不可能完全去除新詩的感情成分。他在〈新詩向何處去？〉說：

尤為愚妄的，竟有人以極放肆的語調，圖逐抒情於詩的領域之外。近代詩有強調古典主義的理性和知性的傾向，因為，理性和知性可以提高詩質，使詩質趨於醇化，達到爐火純青的清明之境，表達出詩中的含意。〔……〕最理想的詩，是知性和抒情的混合產物。

畫線的那一句，跟我們上面所解釋的「知性的強調」不謀而合，顯示覃子豪和紀弦之間是有交集的。雙方在此的觀點差異不大，只是紀弦為了駁斥過去那種充滿「情緒之告白」的新詩，所以對抒情的寫法罵比較凶，引起了覃子豪的不滿。但事實上，紀弦在「信條」裡的用詞是「知性之強調」，既然是「強調」，那就不會是獨占，只是哪一邊比例多、哪種成分主導的問題。由此，站在紀弦一方的林亨泰以〈談主知與抒情〉打了圓場：

最近有些人以為我們所主張的「打倒抒情主義」就是「打倒抒情」，這是一種誤會。一般的說來，所謂「打倒抒情主義」，只不過不承認「抒情」在詩中的「優位性」而已。……

任何一首詩都有或多或少的「抒情」，不過在百分比上有不同而已。而如果有首詩竟有了百分之六十以上的「抒情」，這就是所謂「抒情主義的詩」而我們加以反對之。

這個說法清清楚楚，「知性之強調」並不等於「揚棄抒情」，只是希望「知性壓倒抒情」。有趣的是，紀弦在自家的雜誌刊載這篇文章時，還在後面加了一段按語：「（本文）有非常卓越的見解；對於那些強調不知以為知而又慣於歪曲現實的論客們，不啻是當頭一棒。」這段話雖然是在偷酸覃子豪，不過既然他認證了林亨泰的折衷派說法是「卓越的見解」，也就意味著他跟同樣折衷派的覃子豪是沒什麼差別的。

好，搞定了「知性之強調」，那第五條「追求純粹性」又是什麼意思呢？我們再次回頭看徐志摩和洛夫，他們之間還有一個差別：你有沒有發現，徐志摩的新詩裡，因果關係很清楚？敘事者是「因為」看到了河畔柳樹的畫面、看到了柔美的河水，「所以」甘心做一條水草。這樣的寫法，讓徐志摩的詩非常簡明易懂，一切都解釋得清清楚楚。

可是對於紀弦來說，這種因果關係明確、充滿解釋性文字的寫法，是散文的寫法。這些「解釋性文字」本身並沒有詩意，就好像我跟你解釋「晚餐吃錯東西所以肚子痛」，這些資訊內容本身沒有詩意一樣。紀弦認為，真正的「詩意」，必須是一種經過濃縮的文字，我們要把「雜質」通通刪除掉，才能產生「濃純香」的詩意。因此，所有因果關係、所有解釋性的文字都要刪掉。這就是為什麼〈煙之外〉絕對不會解釋「為什麼左邊的鞋印才下午，右邊的鞋印就黃昏了」。要是套用徐志摩的寫法，〈煙之外〉恐怕得寫成這樣：

潮來潮去
我在沙灘上獨行
我緩慢地沉思
所以左邊的鞋印才下午
右邊的鞋印竟已黃昏了

你可以比對一下，兩種寫法的高下如何？在紀弦之後的現代派詩人，顯然會比較喜歡〈煙之外〉原版。紀弦也是。他在〈現代派信條釋義〉說：

排斥一切「非詩的」雜質，使之淨化，醇化；提煉復提煉，加工復加工，好比把一條大牛熬成一小瓶的牛肉汁一樣。天地雖小，密度極大。每一詩行，甚至每一個字，都必須是純粹「詩的」而非「散文的」。

由此開始，紀弦創造了一個專門激怒新詩詩人的術語：散文化。你只要跟任何詩人說「你的詩有點散文化」，那簡直就是指著他們的鼻子罵髒話。我高中開始學到這種罵人法，但直到閱讀「現代派論戰」的文獻，我才明白散文如何成為詩人心中的髒字。

當我們把「知性之強調」和「追求詩的純粹性」兩個條件結合起來，就能夠回答文章一開始的問題：所以新詩到底想怎樣？是寫得簡單易懂，還是寫得詰屈聱牙？

答案是：早期的詩人想寫得簡單易懂，紀弦及同意「現代派」理念的詩人，則完全不介意寫得詰屈聱牙。他們一方面不想簡單表露情緒，又希望拿掉所有解釋性文字，自然會讓讀者陷入困難的詩謎之中。由此開始，台灣的新詩日趨晦澀難讀，也是理所當然了。這種比較困難的新詩，就延續紀弦「現代派」的用語，被稱為「現代詩」——許多國文課本會說「新詩」跟「現代詩」是同樣的名詞，這講法其實不太精確。事實上，「新詩」包含各種各樣的白話詩，可以簡單、可以困難，是比較大的集合；「現代詩」則是追隨「信條」路線，帶有「知性」與「純粹」風格的那些新詩。只是後來「現代詩」幾乎席捲了台灣詩壇，所有詩人幾乎都受到影響，因此喧賓奪主，導致「現代詩=新詩」的假象。

紀弦所開創的「現代詩」也確實殺出一條血路，讓新詩能與古典詩分庭抗禮。此後，誰敢說新詩是隨便寫寫、沒有深度的？我們現代詩可比什麼「床前明月光，疑是地上霜」要困難百倍，專業壁壘非常高。並且，現代詩也成功做出品牌區隔，創造了一種有別於古典詩的美學。古典詩或許優美、或許能讓人發思古之幽情；但現代詩卻能尖銳、奇險而充滿哲思。不但「困難」，而且「新穎」，證明了新詩足以自立為一種「新品種的文學」。

不過，這麼做的壞處也很明顯：大多數的讀者都看不懂詩人在幹嘛。而當大家都看不懂時，大家不免就懷疑：詩人真的不是隨便撇撇，就拿來唬爛我們的嗎？覃子豪在〈新詩向何處去？〉就表達了這樣的疑慮：

> 第一，要考慮作者和讀者之間存在的密切的關連。就是要考慮讀者的感受力及其理解的極度。〔……〕這並非遷就讀者，迎合讀者，而是要作品本身具有較讀者的抗拒力更大的吸引力。詩人在創作上的困難，是使這種力量達到一種平衡的狀態。〔……〕第二，難懂是近代詩的特色，難懂是基於詩中具有深奧的特質，有些屬於哲學的，甚至玄學的。中國有不少難懂的詩，並無這些因素存在，而是外觀的，不是本質的。〔……〕即是作者未曾在本質上去作深刻的理解；因而形成了表現上的乖戾。

在這兩點裡，我們能再次看到覃子豪的折衷派色彩。第一、覃子豪認為不是不能「困難」，但你還是得在「讀者的極限附近」去困難，並且製造更大的吸引力來引誘讀者克服困難。否則，讀者一讀詩就毫無頭緒，不知道怎麼讀也不知為何要讀，純粹只是被惡整而已。第二、覃子豪也質問他的詩人同行：寫得困難不是問題，但你們真的有這麼深奧的東西要講嗎？如果你要表達的東西本身很簡單，卻只是用斷裂的文字技巧來製造艱難，這樣只是為難而難，並沒有什麼意義。綜合起來，覃子豪支持的是「有條件的難」：提供讀者足夠的誘因，考量讀者的極限能力，以及確定你要講的內容真的值得這麼難的形式。

從後見之明來看，紀弦雖然是發起「現代派信條」的革命者，但覃子豪的折衷派修正，卻也是這套理念能夠影響台灣詩壇半世紀的關鍵。在此，我們又看到了兩種改變文學進程的人：激進地引起注意，雖然論理有漏洞但成功促成變革的人；溫和地平衡各方需求，讓文學理論穩健地符應創作實務的人。只有後者，文學變革可能根本不會開始；只有前者，文學變革也走不遠。但當紀弦和覃子豪這樣的人同時出現，即便他們是彼此的論敵，他們還是成功改變了台灣文學的樣貌。

爭點三：不能唱的詩，可以用「心靈」來「聽」嗎？

前面我們討論的論戰，主要是發生在一九五六年到一九五七年之間的「現代派論戰」。但事實上，從一九五六年到一九六一年之間，台灣詩壇正是多事之秋，有許多大小論戰不斷進行。比如一九五九年的「象徵主義論戰」和「新詩閒話論戰」，以及一九六一年的「天狼星論戰」。這些論戰，幾乎都環繞著紀弦開創的新路線。

有趣的是，在「現代派論戰」裡，以「藍星詩社」為陣地的覃子豪、余光中，是「現代詩社」紀弦的主要對手。但在後面的幾場論戰裡，當外界也有人質疑「新詩寫得太晦澀」的問題時，覃子豪和余光中反而會採取和紀弦極為類似的立場，來為新詩的存在價值辯護。比如「象徵主義論戰」，就是由散文家與學者蘇雪林挑起的，批評當代詩壇風氣，隨後引起覃子豪的回應。同一年的「新詩閒話論戰」，則由言曦、門外漢挑起，也是反對現代派以來的新詩風格；而這次領軍回擊的，竟是余光中與黃用、夏菁、陳紹鵬等藍星詩社同仁。

這種微妙的立場挪移，可以讓我們看見「信條」的許多理念早已漸漸內化到詩人心中。即使他們表面上沒有承認，實際上卻吸納了彼此的看法。

在「新詩閒話論戰」裡，則有一個爭點也是至今困擾許多新詩讀者的，那就是新詩的「音樂性」問題。我們在課本和許多討論新詩的場合，常常討論到某首詩的「音樂性」如何如何。但這「音樂性」到底是什麼？在新詩裡，音樂性真的存在嗎？新詩顯然不像古典詩一樣，有明確的抑揚頓挫。「新詩閒話論戰」的一些討論，正好可以讓我們看看當時的人是怎麼想的。

「新詩閒話論戰」的起源，來自於言曦的一系列專欄文章。這些專欄文章，基本立場是否定當時的新詩美學，認為他們沒有走在詩歌的正道上，「失去音樂性」就是言曦的批判角度之一。〈新詩閒話之一：歌與頌〉說：

> 群眾與詩接觸的程度，亦視其音樂的成分而定。最低的層次是「可讀」。再上是「可誦」。最上一層樓是「可歌」。〔……〕詩原即起源於語言與音樂的結合。故音樂的成分越多亦越能感動更多的人。

這段話先將「可歌」當成詩歌影響力的來源；換言之，「不可歌」的詩，註定是無法感動大眾的。接著，他又在〈新詩閒話之三：奇與正〉這樣批評新詩：

> 象徵派的詩論認為凡是詩，都是不應該「歌」的，凡得以盡情矯造，無需顧慮詩句組織時的音樂成分。〔……〕十九世紀以後廢除韻腳已經是大膽的嘗試，但如果再使詩句冗長艱澀，非惟不可歌，亦不可誦；非惟不可誦，亦不可讀；非惟不可讀，亦不可看。

最後一句，基本上就是在說「新詩一無是處」了，不但沒有音樂性（不可歌、不可誦），而且很難看（不可讀、不可看）。而這一切是怎麼來的？從「象徵派」開始的。這裡的「象徵派」，指的也是紀弦的「現代派」，雖然他們之前還是有點不同，不過在討厭新詩的外部人士看來，他們通通是一丘之貉，所以常常混在一起罵。對此，余光中以〈文化沙漠中的仙人掌〉回應：

> 我們以為詩，尤其是現代詩，有其獨立性與尊嚴，應該訴諸靜坐沉思的讀者，不能讓手舞足蹈的聽眾用為發洩喜怒哀樂的工具。詩歌同源之說，已成為腐儒的口頭禪。

這裡的「腐儒」，自然是在罵言曦了。但值得注意的是，余光中把「詩歌同源」這種強調音樂性、強調情感宣洩的說法，說成了「靜坐沉思」的對立面。「靜坐沉思」……不就是紀

弦「知性之強調」嗎?這時候余光中倒是拎起前論敵的武器了。更進一步,余光中還把「音樂性」提到更深的層次:

我們並無詩可以不要音樂性的意思;只是和言曦先生恰恰相反,我們以為詩的音樂性潛伏在字裡行間,因意義與節奏的恰如其分而融合迴盪,與其說訴諸肉耳,不如說更訴諸於心靈。

有聽懂嗎?老實說,我也不敢保證聽得很懂。不過,可以確定的是,傳統上認為詩歌拿來塑造「音樂性」的方法——抑揚頓挫、迴旋反覆、合轍押韻——,余光中認為通通不重要。這些都是「肉耳」在聽的,比如你朗讀這樣的詩句:「白日依山盡,黃河入海流。欲窮千里目,更上一層樓。」你可以從「流」和「樓」這兩個字,「聽到」某種呼應性,這就是「肉耳」的層次,太淺了。余光中認為新詩所追求的,是「我想表達的意義,與我寫出來的節奏互相呼應」。比如楊佳嫻的〈淡水〉有這樣的句子:「不再等候,無非,是忘卻湧來的/水,漸冷漸淡漸挫。」最後的六個字,就有一種逐漸低落、聲音越來越沉的感覺,而這又與「不再等候」的情緒互相呼應。所以,這種聲音不只要用「肉耳」聽,還得用「心靈」聽。

不管你接不接受這種說法，我們都能發現，這其實又是「知性之強調」的威力加強版。能夠讓你用耳朵就聽到音樂性，就不是現代詩了；現代詩就是要想、要動腦。而這不是余光中的個人意見，覃子豪也有類似的看法，在〈從實例論因襲與獨創〉：

（徐志摩）當時的讀者尚未擺脫舊詩詞的薰陶和影響下，特別重視詩的韻味，而詩的真正韻味，是存在內容本身，並非存在於詩的韻腳，讀者往往有種錯覺，把詩的音韻，當成詩的韻味。

這段最後的「錯覺」，可以說是挑戰了一般讀者讀詩的直覺。依照覃子豪的意思，一般人讀詩，沉浸在抑揚頓挫的吟哦美感時，其實很可能「根本沒讀到詩意」，他們只是被好聽的聲音騙走了，就像一首旋律抓耳但歌詞低劣的抖音歌。由此來說，新詩為什麼要在意韻腳、排比句型這些外顯的形式呢？重點還是詩本身的內容，能不能產生詩意。這個說法跟余光中遙相呼應，顯示了現代詩人們的共同認知。

但這種說法，並不為他們的對手所接受。余光中的論點，再一次把新詩推向了晦澀之處：不但詩意要你推敲，連聲音效果也要你自己推敲。知性到如此地步，怎麼能不晦澀？而一旦晦澀，圈外人就必然懷疑你在裝神弄鬼。言曦在〈新詩閒話之四：辨去從〉就這樣罵：

> 這種詩體最便於掩蓋矯造，使魚龍混雜而莫辨。過去半生覓句，亦未必即為詩家，今天即使寫普通散文尚待斟酌的人，不數年而騰踴攀援，儼然巨匠。又無異為詩壇開恩科，啟捷徑。〔……〕通即是不通，不通即是通，作詩而享受這種充分不顧文法的自由，未有如今日之盛者。

這些批評，在接下來幾十年會不斷糾纏著現代詩。甚至，這也是今日大多數人對現代詩的看法。對此，現代詩人們怎麼回應呢？很遺憾，他們不願意面對這個問題——或者說，他們不覺得這是個問題。既然事情從紀弦開始，那我們就以紀弦的〈表明我的立場〉作結吧：

> 那些攻擊新詩謾罵新詩的人，都是戴著「傳統詩觀」之有色眼鏡的，頑固萬分，死也不肯脫下，因而搞不清楚什麼是詩與歌的分別，新詩與舊詩的分別，現代詩與傳統詩的分別，無怪在他們看來，凡他們看不慣的，就都是不行的，都是「黑漆一團」，而且都是罪該萬死的象徵派了。老實說，現代詩是少數人的文學，不是大眾化的，根本不以「老

嫗都解」為榮幸，甚至於不以一般讀書人的喝采為光榮。

「不以『老嫗都解』為榮幸，甚至於不以一般讀書人的喝采為光榮」，這恐怕是台灣新文學以降，最激進的而孤傲的宣言了。但，意外嗎？紀弦可是寫過一首名詩〈狼之獨步〉，開頭第一行就是「我乃曠野裡獨來獨往的一匹狼」。

但無論如何，這匹孤獨的狼確實闖出了一番新局面，把台灣的中文新詩帶到了前所未有的境地——台灣的中文新詩在「現代主義」方面的成就，是遠遠把所有其他中文創作地區甩在後頭的。就連幅員廣大的中國本土，也難以在這個領域和台灣一較長短。

然而，現代詩雖然有披荊斬棘之功，卻還是免不了埋下劍走偏鋒的隱憂。在隨後的一九六〇年代，詩壇隨著「天狼星論戰」而分裂成洛夫的「超現實主義」和余光中的「新古典主義」；前者越寫越艱澀、越寫越西化，後者則回頭與古典意象結合，試著重新找回讀者。除此之外，隱伏已久的本省詩人，也透過「笠詩社」集結起來，發展出一種含納了本土元素的現代詩，其中代表人物就是林亨泰，以及他的戰友陳千武、詹冰等人。這些詩人風采各異，佳作迭出，一時之間頗有詩壇盛世的氣勢。但是，現代詩「偏離群眾」以及「過度西化」的批評，卻一直沒有辦法化解。

於是，爆發了「關唐事件」。

現代派論戰

日期	作者	篇名（發表刊物）或事件	立場
一九五六年		「現代派論戰」	
一九五六年二月一日	紀弦	〈戰鬥的第四年・新詩的再革命〉（《現代詩》）	支持「現代派」諸主張
一九五六年二月一日	紀弦	〈現代派的信條〉（《現代詩》）	支持「現代派」諸主張
一九五六年二月一日	紀弦	〈現代派信條釋義〉（《現代詩》）	支持「現代派」諸主張
一九五七年五月二十日	紀弦	〈詩情與詩想〉（《現代詩》）	支持「現代派」諸主張
一九五七年八月二十日	覃子豪	〈新詩向何處去？〉（《藍星詩選》叢刊第一輯獅子星座號）	折衷支持「現代派」
一九五七年八月三十一日	紀弦	〈從現代主義到新現代主義——對於覃子豪先生「新詩向何處去」一文之答覆〉（《現代詩》）	支持「現代派」諸主張
一九五七年十二月一日	林亨泰	〈中國詩的傳統〉（《現代詩》）	支持「現代派」諸主張

一九五八年三月一日	林亨泰	〈談主知與抒情〉（《現代詩》）	支持「現代派」諸主張
一九五九年		「象徵主義論戰」（蘇雪林VS覃子豪）	
一九五九年		「新詩閒話論戰」（言曦、門外漢VS余光中、黃用、夏菁、陳紹鵬）	
一九五九年十一月二十日	言曦	〈新詩閒話之一：歌與誦〉（《中央日報》副刊）	反對「現代派」
一九五九年十一月二十一日	言曦	〈新詩閒話之二：隔與露〉（《中央日報》副刊）	反對「現代派」
一九五九年十一月二十二日	言曦	〈新詩閒話之三：奇與正〉（《中央日報》副刊）	反對「現代派」
一九五九年十一月二十三日	言曦	〈新詩閒話之四：辨去從〉（《中央日報》副刊）	反對「現代派」
一九五九年十二月二十日	余光中	〈文化沙漠中的仙人掌——對於言曦先生「新詩閒話」的商榷〉（《文學雜誌》）	折衷支持「現代派」
一九六〇年一月一日	覃子豪	〈從實例論因襲與獨創〉（《文星》「詩的問題與研究」專號）	折衷支持「現代派」
一九六〇年五月十日	紀弦	〈表明我的立場〉（《藍星詩頁》）	支持「現代派」諸主張
一九六一年		「天狼星論戰」（洛夫VS余光中）	

六——裡應外合，更能打破遊戲規則：關唐事件

「現實」的消失與回歸

一九七〇年代的台灣，可以說正處在轉折點上。我們現在知道，戒嚴時期是從一九四五年一路持續到一九八七年。由此來說，一九七〇年代差不多就是戒嚴時期的中點。在此之前，台灣的文學基本上以「官方的反共懷鄉VS民間的現代主義」為兩大主流。前者充滿政治教條，後者逃避政治表達，雖然後者的藝術成就遠遠高於前者，但兩者都有一個共通點：不寫台灣的現實題材。

這在台灣文學史上，是一個頗為奇怪的突變時期。只要稍微回顧一下第一章到第四章的幾場論戰，就會發現每個時期都會有至少一股重視現實的文學力量。「新舊文學論戰」的新文學陣營，是為了推動現實改革而建立新文學的；「台灣話文論戰」是為了更貼近現實群眾而訴求「言文一致」；「糞寫實主義論戰」的台灣作家力抗日本作家抹消台灣現實的文學主張；「『橋』副刊論戰」更是雙方都在左派的旗幟下，思考「文學怎樣能夠更貼近現實」。

但在戒嚴時期前半，「現實」這個關鍵字突然不是文壇主調了。官方的反共懷鄉文學，心心念念的是如何回返神州大地，自然對台灣的現實題材沒興趣。而民間的現代主義選擇以晦澀的手法來鑽探內心世界，也自然而然迴避了現實題材——畢竟在嚴厲的言論審查制度下，描寫現實可是動輒得咎的，不小心批評到政府還得了！不過，現代主義也並非通通都往「看不懂」的路線奔馳到底。如上一章結尾所述，一九六〇年代的現代詩很快在「天狼星論戰」之後，再分裂成兩大流派：分別是以洛夫為代表的「超現實主義」，以及以余光中為代表的「新古典主義」。

「超現實主義」可以說是「越寫越難的現代詩」。在上一章第一節，我們引述了洛夫的〈石室之死亡〉，就是這種流派的代表作。如果你還沒想起他的風格，我樂意再引一段讓你感覺一下：

我的面容展開如一株樹，樹在火中成長
一切靜止，唯眸子在眼瞼後面移動
移向許多人都怕談及的方向
而我確是那株被鋸斷的苦梨
在年輪上，你仍可聽清楚風聲，蟬聲

如果洛夫本人沒有提示，一般人恐怕很難看懂：他原來在寫自己金門服役時，親眼所見的砲戰場景。這種艱澀的風格，確實開創了中文新詩前所未有的美學。跟他比起來，民國初年的許多新詩讀起來簡直和兒歌一樣「純真」。但這種寫法的壞處也很明顯：大多數讀者根本不知道他在幹嘛，甚至會因為讀不懂而惱羞成怒。縱然詩人自己知道自己在幹嘛，許多讀者還是會覺得這只是「打翻鉛字架」的胡謅硬湊而已。

余光中的「新古典主義」則採取了另一種策略。如前所述，大多數中文讀者對於古典詩的那套古風美感，還是很買單的；而年輕一代的讀者與創作者，又開始能夠欣賞現代詩新穎的手法。既然如此……為什麼不加在一起呢？「新古典主義」的風格於焉誕生。余光中以現代詩發展出來的手法、斷句與語感，加上中國風濃郁的古典元素，寫出一系列大受歡迎的詩作。不同於「超現實主義」的銳意求新，「新古典主義」能讓讀者感受到一種「剛剛好的深度」——既不會像早期新詩那麼直白，又沒有迂迴到完全讀不懂的地步，甚至還有一種新瓶裝舊酒的現代感。比如余光中的〈忘川〉：

而無論是望夫石或是望鄉石的凝望
一吋邊境一吋鐵絲網
所謂祖國

僅僅是一種古遠的芬芳
蹂躪依舊蹂躪
患了梅毒依舊是母親

「忘川」、「望夫石」、「望鄉石」都是古典意象；但在古典詩裡，你不太可能看到拿「梅毒」來形容「母親」，這又顯然帶入了現代感。由此，我們可以看到從覃子豪到余光中以來，一直主張的「折衷」做法：既要「橫的移植」，也要「縱的繼承」。事實證明，紀弦激進的主張雖然有開疆闢土之功，但真正廣受讀者認可的，卻是余光中折衷出來的「新古典主義」。自此之後，余光中幾乎成為台灣最廣為人知的新詩詩人，也營造出了「詩壇祭酒」的錯覺。長久以來，國文課本將余光中描述為「詩壇祭酒」，正正說明了課本的編者代表的是「普通讀者」的品味，因為許多普通讀者只知道或只喜讀余光中；如果你問文壇中人，恐怕「祭酒」的頭銜是遠遠輪不到余光中的。

總之，戒嚴前半期「迴避現實」的「現代詩」就在如此脈絡下日益昌盛。但到了一九七〇年代，一波波現實政治的大浪忽然襲來：一九七〇年，「保釣運動」爆發，從海外留學生延燒回台灣，形成台灣戰後第一次大型社會運動。一九七一年，中華人民共和國加入聯合國，中華民國退出。一九七二年，日本與中華民國斷交，美國總統尼克森也訪問中國。這一連串的事件，凝塑出強烈的「風雨飄搖」氛圍。喊了二十多年的「反攻大陸」，現在不要說反攻沒半撤了，中華民國政權還全面失去國際支持，看起來隨時都要被中共消滅了。

在這樣的背景下，台灣的知識分子開始往「回歸現實」的方向思考。既然反攻幻夢已然破滅，那就只能站穩「台灣」這塊土地。否則還能退到哪裡去？背後就是太平洋了。影響所及，從學術、社會到藝術、音樂等各個領域，都有人開始回頭注視台灣，重新發掘台灣的現實題材。文學也不例外，開啟了「鄉土文學」的全新世代。然而，文壇思潮的轉換畢竟不是打電動，不會按下一顆按鈕就全然改朝換代。其中，已經在詩壇根深蒂固、有了自身美學邏輯的現代詩，一時之間還沒能全面「回歸現實」。看在其他知識分子的眼中，詩壇如此「不接地氣」，還在那裡把玩意象、探索內心，簡直是「雅不可耐」到了極點。於是，來自詩壇以外卻又對新詩有熱情、有期待的知識分子，就在一九七二年開始砲轟新詩陣地了：那便是台灣文學史上著名的「關唐事件」。

挑戰者一號：關傑明的「回歸傳統」

雖然對現代主義新詩的批評，自它誕生起就沒停過，但真正投下震撼彈的，當屬一九七二年的關傑明。關傑明是文學人，卻不是台灣文壇上的一號人物。他是英國劍橋大學文學博士，並且任教於新加坡大學英文系，對英美文學的熟稔是不在話下。有趣的是，他閒暇時卻又不以閱讀英美文學作品為滿足，十分關切「中國現代詩」——在當時的脈絡下，就是台灣的現代詩；當時中共還在鐵幕裡，他們那邊屬於現代主義的「先鋒詩派」還要十多年才誕生。這是我們在閱讀本章和前一章的兩波新詩論戰時，需要特別注意的：他們所謂的「中國新詩」、「中國現代詩」，基本上只及於台澎金馬地區。用我們現在的觀點來說，「中國詩」一詞更應該理解為「以在台灣的外省詩人為主流之作品」。總之，關傑明讀到了三本書：葉維廉編譯《中國現代詩選（一九五五～一九六五）》，張默、瘂弦、洛夫合編《中國現代詩論選》與洛夫等編《中國現代文學大系（一九五〇～一九七〇）》詩一、二輯。

這三本「精選輯」，可以說包含了現代詩運動以來的主要作品，確實頗具代表性。然而，關傑明對這些新詩大失所望，於是寫了兩篇文章來回應，分別是一九七二年二月〈中國現代詩的困境〉和九月〈中國現代詩的幻境〉，均發表於當時影響力日增的《中國時報》「人間」副刊上，因此頗受矚目。這兩篇文章的火力越來越重，不滿之情溢於紙面，但其主要論點大致相同：這些現代詩，到底哪裡像是「中國」現代詩了？在〈幻境〉裡，他說：

﹝這些現代詩看起來﹞都屬於世界性的現代主義的一部分，你可以從地球上任何一個大城市的任何角落裡撿到它——一種沒有風格的中性詩。

他認為，詩人們在追求現代主義手法時，使用的意象、元素完全失去了中國的味道，彷彿只是把西方的詩作翻譯成中文。關傑明對英美文學非常熟悉，卻期待看到「有中國味道」的作品，這心態或許有點類似長年生活在外國的人，走進一家台灣料理店想一解鄉愁，卻發現店內都在賣義大利麵或班尼迪克蛋的感覺吧。先不論詩寫得好不好，這份失望絕對是可以想見的。對此，關傑明認為詩人們走上了歪路，在〈困境〉一文這樣說：

只要中國仍然使用中文，仍然使用這種與任何一種歐美語文都不相同的語文，那麼作家們忽視傳統的中國文學，只注意歐美文學的作為，就是一件愚不可及且毫無意義的事。不幸的是目前我們許多的作家卻正是如此。

總之，關傑明的訴求可以大致理解為「回歸傳統」，讓中國新詩重新擁有中國自己的樣子。如此一來，也可以解決現代詩長久以來詩風晦澀、乖離大眾的問題。因此，他對洛夫、葉維廉、葉珊、白萩、商禽、鄭愁予等詩人都不大滿意，有著程度不一的批評；但相對的，對於奉行「新古典主義」的余光中、周夢蝶則大加讚賞，認為這才是中國現代詩該走的路線。在後來的〈再談中國「現代詩」〉就以周夢蝶為例：

> 一般人談起傳統來，大多指的只是形式，格律及規矩，很少有人能了解它是個人心裡特殊的歸屬感。一個擁有傳統意識的現代作家，應該要能具備這種認識。而且要想到如何創造或推進某種風格，期能容納紅樓夢或那些傑出中國小說家筆下的人物性格、心理，或周夢蝶作品中一些很複雜的不同內蘊，以及詩經或其他古典作品的典雅厚實，並且對它們同等的真摯。

在這段文字裡，關傑明進一步說明：他並不是要求回到古典詩的格律裡去，只是希望作品能給予讀者一種「我們同在一個傳統」的歸屬感。饒富興味的是：或許正是因為關傑明僑居國外，長年浸淫於英美文學之中，反而對「歸屬感」有如此強烈的需求。就像每天都吃得到滷肉飯的人，並不會覺得滷肉飯有多麼珍貴；但對遠遊之人來說就不一樣了。

不過，關傑明的看法並不是孤例，就算是生活在台灣的知識分子，也有不少人希望現代詩「回歸傳統」。自一九六〇年代中期，現代詩的風氣席捲詩壇之後，就陸續有類似的聲音出現，甚至詩壇內部也有一些反省，但始終未能根本動搖現代主義的優勢。甚至，關傑明的第一篇文章〈中國現代詩的困境〉也沒有引起太激烈的對抗，回應他的主要是周寧〈一些觀念的澄清〉。周寧基本上同意關傑明的看法，並以「發展」這個概念，貫穿了現代詩運動念茲在茲的「新舊對抗」問題：

> 我們對待傳統的方法，是把它當作一個有機體接受，它是有生命的，會發展的，會有變化的〔……〕我們特別強調「發展」這個意識。它是承續了傳統中有發展性的那些質素，它意指對過去的事物重新賦予意義，以我們這一代特有的觀點去解釋它們，評估它們，整理它們，安排出新的秩序和地位，我們以新的眼光注視它們，所有的傳統在這一檢視下，就有了不同的，新異的面貌，他幾乎不再是傳統了，他跳出時空的束縛與現代緊合為一。

現代詩一定要反對傳統，反對「縱的繼承」，才能夠抵達新穎的境界嗎？周寧的說法是：

當然不用。就像一個人從三歲長到三十歲，他一定「發展」出很多新東西了，但他同時也「繼承」了很多新東西，兩者本不互斥。只要詩人能帶著新觀點去審視一切，傳統也能夠煥發新意。有趣的是，這篇支持關傑明的文章是發表在現代主義小說的大本營《現代文學》之上。這或許可以側面證明，當時的文壇並沒有那麼反對「回歸傳統」的說法，哪怕是關傑明筆鋒所指的現代主義陣營也是如此。除此之外，也有一位以「史君美」為筆名的人，寫了〈先檢討我們自己吧〉，顏元叔也發表了〈期待一種文學〉，都表達支持關傑明的立場——這兩位也將在下一節的論戰裡，一躍成為交火主力。

但就跟所有論戰一樣，雙方言詞日益激烈之後，本來有異有同的局面就搞得一發不可收拾了。被批評最凶的洛夫等詩人，基本上都屬於「創世紀詩社」，他們的反應最為劇烈。一九七二年九月，本來因為經費問題暫時停刊的《創世紀》雜誌重新創刊。在創刊號的〈復刊詞：一顆不死的麥子〉裡，他們先針對「晦澀VS明朗」做了回應：

> 中年一代詩人如果有所驕傲的話，那就是他們以拓荒與播種者自任此一精神的表現，僅以此點而言，他們之於中國詩壇，一如阿波里萊爾，波特萊爾，梵樂希之於法國詩壇，葉芝，艾略特，龐德之於英美詩壇……我們仍堅信詩不是大眾化的商品，仍認為「不願

創造一些立刻被瞭解而又立刻被遺忘的作品」此一求新、求深、求廣、求純的創作觀念是正確的，我們永遠不寫「明白如話」的白話詩，我們的追求是為了更富建設性的創造，我們爭論的不是明朗或晦澀，我們爭論的是詩！

這裡可以先注意的，是他們強調「中年一代」的詩人，因為比較年輕的世代已經對於現代主義有所不滿，開始轉向了，比如晚點會提及的《龍族詩刊》就是其中代表。對於經歷過這十多年來現代詩發展歷史的「中年一代」來說，關傑明的說法忽視了他們努力奮鬥的歷程，也忽視了他們擺脫五四運動以來，「明白如話」的平淡新詩。最後一句話也講得很絕：對他們而言，並不存在「明朗的詩VS晦澀的詩」之爭議，因為「明白如話」的東西根本不是詩！他們還是希望能從根本上改變新詩的美學。

這篇發刊詞應該不是專門回應關傑明，而是廣泛回應一波波襲向現代詩主力「創世紀詩社」的壓力。而《創世紀》復刊的同一月，關傑明的第二篇文章〈中國現代詩的幻境〉也發表，批評了更多創世紀同仁，這就讓創世紀很難忍了。同年年底，《創世紀》本來策畫了「中國現代詩總檢討」專輯，準備集結火力全面反擊，但最後沒有完成。他們改為搜集反對關傑明的意見，刊在雜誌裡的「創世紀書簡」專欄。這些反對意見，大致長得像下面這樣：

1、我深知此種香港學院出身之人的背景，此人在外國文學方面也許有些成就，但對中國文學傳統則一竅不通，又怎可與之細論中國現代詩的源流？

2、關君讀中國詩，談中國文字語法，卻閃躲於英文修辭之內。以洋文寫作，嚇唬些怕洋人的人，卻不能嚇死我們。

第一則的作者是翱翱，第二則的作者則是葉珊——葉珊即是鼎鼎大名的詩人楊牧。我對楊牧的文學成就毫無懷疑，我甚至認為，如果台灣有哪位作家夠格領諾貝爾獎，楊牧絕對名列前茅。但平心而論，楊牧及其隊友在「關唐事件」的表現確實大失水準，只是不斷嘲弄關傑明人在外國、研究外國文學、以英文寫作，不夠格談論「中國現代詩」，但並未持平回應關傑明的論點。

相對於「創世紀詩社」，支持關傑明一方的詩人們顯然打得更有組織一點。一九七三年七月，「龍族詩社」主將高上秦策畫了「龍族評論專號」，廣邀各方作家學者，要對二十年來的「中國現代詩」來一場總剖析。此一專號的構想看似與「創世紀詩社」差點出版的「中國現代詩總檢討」類似，實際立場卻大不相同。創世紀是打算「檢討」關傑明，龍族卻是打算「剖析」現代詩運動的得失——當然主要是為了「失」的部分。為何會有這樣的差異？因為龍族詩社一開始就是一個主張「回歸傳統」的團體，他們大多是不滿於晦澀詩風的青年詩人，創刊時的口號就是「我們敲我們自己的鑼，打我們自己的鼓，舞我們自己的龍」。就算沒讀過他們的評論，光看「龍族」這個名字，應該就能感覺到濃濃的中國民族本位，與訴求新穎的「創世紀」完全不同。

除此之外，龍族的主將高上秦更是其中關鍵人物。在「關唐事件」裡，他的評論雖然不是最犀利的、他的詩作也不是最重要的，但作為一名編輯，他卻可以說是一手引爆詩壇的關鍵人物。還記得關傑明的〈困境〉和〈幻境〉最初是在《中國時報》的「人間」副刊上發表嗎？關鍵來了：「人間」副刊的主編名叫高信疆，他的另外一個筆名就是高上秦。也就是說，高信疆在副刊連續刊登了關傑明兩篇長文，終於在一九七二年點燃戰火後，回頭又在一九七三年、高上秦他本人所主編的詩刊裡策畫了大陣仗的聲援專輯。這也就可以解決一個問題：為什麼關傑明與台灣文壇素無淵源，卻能成為這麼一號挑動詩壇的重要人物？因為他不是一個人，他背後還有早就有著類似理念的一個詩人社群，他們一直都在等待合適的彈藥。這發彈藥恰好就是關傑明。

圈外人意外點火，還得有圈內人協助延續火勢，如此裡應外合，一場運動才能真正成形。於是，在高信疆／高上秦的綿密操作下，一九七〇年代的詩壇確實捲起了反省現代詩的運動。同樣是在一九七三年六月，「龍族詩社」出版了《龍族詩選》，收羅了過去幾年社員的作品，並且在詩選的序言扛起「明朗」的大旗：

> 表現明朗的風格有兩個主要的趨向，一是詩的口語化，一是意象的簡化。詩的口語化便是以接近日常的語言做為詩的材料，它能夠使創作者對自己的意象和思想表達得更為準確，以避免詩的曖昧性，同時使讀者更容易走入詩的境界。

這些說法，與現代詩運動以來追求的美學幾乎背道而馳。「避免詩的曖昧性」就幾乎取消了現代主義逼迫讀者必須一直思索、吟味的要求，「口語化」和「簡化」更是意圖填平現代詩建立的「深度」——至少是填平「現代主義的那種深度」。一本「評論專號」，一本「詩選」，龍族詩社在理論與創作兩方面並進，開啟了一場轟轟烈烈的運動，從此改變了台灣詩壇的風氣……。

我本來是想這樣說的，但不對呀？至少到我少年時期讀詩的二〇〇〇年代，台灣的現代詩還是很強勢，詩人仍然可以寫很多晦澀的句子而受到讚揚。為何「龍族」的大業沒能全面成功？

因為還有第二發子彈。一發火力強大，幾乎把槍膛給炸翻的子彈。

挑戰者二號：唐文標的「回歸現實」

第二號挑戰者，就是前面已經出場的唐文標。

咦？在哪裡？

不用急著回去翻，你沒有看漏什麼。因為他之前並不是用「唐文標」這個名字，而是「史君美」。早在關傑明發難期間，唐文標就寫了〈先檢討我們自己吧〉來聲援，他說：

（詩人）只有在一千四百萬人的社會中去尋找，去了解，也只有在了解同時代的所想所生活所存在的環境中才能了解自己。

這篇文章最值得玩味的地方，就是唐文標的立場與位置。先說立場：他當然是支持關傑明的，但他們真的在講同一件事嗎？他們同樣反對晦澀的現代詩，但他們解方其實不太一樣。唐文標認為解方並不在「傳統」，而是在「同時代的環境」。也就是說，如果關傑明想看到的是「回歸傳統」的新詩，唐文標想看到的則是「回歸現實」的新詩。詩人應當描寫當下的社會現實，反應同代人真正的處境與情感——這確實也是現代詩沒能做好的部分。在當時的文壇風氣裡，唐文標的「回歸現實」可能比關傑明的「回歸傳統」更激進。關傑明起碼還能找到余光中、周夢蝶這樣的好榜樣，但在唐文標眼中，這兩位整天寫一些古色古香的東西，跟其他寫一堆晦澀意象的詩人也是半斤八兩。他們通通都是背離現實的。

再說位置。唐文標何許人也？他出生於香港，是美國伊利諾大學數學博士。在「關唐事件」開打之時，他正在台大數學系當教授。由此看來，這又是一個來自圈外的挑戰者了。這也是為什麼，楊牧又在令人尷尬的〈致余光中書——代跋中外文學詩專號〉這樣寫道：

> 像那位英國文學教授，中文顯然不太懂，居然不知謙卑地在英文文章裡大談現代詩的語言問題，即頗有暴民之跡象。又如那位數學教授，寫詩不成，退稿多了，老羞成怒，發而為咄咄之勇，不但打人，又收集遭退之稿，輯印成書，更在書前自剖自瀆，我覺得此人之暴，殆近於狂。

這一段當然是左打關傑明，右踢唐文標，資格論與人身攻擊用好用滿。但且慢，楊牧除了嫌唐文標是數學教授，卻又提了一句「寫詩不成」，這是怎麼回事？原來，唐文標本來也算是詩壇中人。在關傑明引發論戰的前幾年，唐文標就已經在詩壇活動，並且也投稿了不少詩作。楊牧所說的「退稿多了」云云，乍看之下是在影射他詩寫得爛，所以才回頭報復詩壇；但細想就會發現，楊牧也知道唐文標並沒有那麼「圈外」。套句詩人唐捐、劉正忠教授的說法，唐文標是「黨內叛逃到黨外的人」。

唐文標除了在一九七二年底聲援關傑明，更以一九七三年七月的「龍族評論專號」為開端，將整個詩壇轟得天翻地覆。在「龍族評論專號」裡，他發表了〈什麼時代什麼地方什麼人——論傳統詩與現代詩〉。八月，他發表了〈詩的沒落——台港新詩的歷史批判〉和〈僵斃的現代詩〉。九月，他再發表〈日之夕矣——『平原極目』序〉。他的這一系列文章，是頗有左派色彩的——嘿對，被「反共懷鄉」政策斬斷的左派，差不多就在這個時期重回文壇了。雖然難免遮遮掩掩以迴避政治整肅，但仍不難從文章裡看出左派的關懷與思考方式。比如〈僵斃的現代詩〉批評詩人們：

> 達則借重詩，賣身投靠，作為應酬奉承的工具，消遣了上層的閒話階級。窮則利用詩發

洩自瀆，以為傾吐出個人不幸的遭遇，便立言了。

如此以階級角度批評「抒發情感」的論點，像不像「『橋』副刊論戰」裡面的揚風？我猜他們知道彼此的機率很低，但他們都讀過類似立場的書，大概是可以想像的。更進一步，他也在〈什麼時代什麼地方什麼人——論傳統詩與現代詩〉裡，批評紀弦以降的現代詩背離了「白話文運動」初衷。本來是要用淺白的文字打倒文言文、讓平民階級也能親近文學的，反而以形式築起了深溝高壘：

（五四運動）建立了全民的、自由民主的白話國民文學。文學不再在幾個貴族士大夫手中玩弄其文字遊戲……。而新詩最值得批評的地方就在這裡，他妄想再如帝國時代的特殊階級的玩物。一九五六年後，詩壇開始了一個所謂抽象化的寫法和超現實的表現。言語上耍其俏皮，形式上玩弄花招句法，思想以逃避唯宗，內容題材卻裝扮超脫；瀟灑面目，新詩越走越死，成為人多不懂的怪物。

這些論點，都能看出唐文標「回歸現實」當中的左派色彩。甚至在〈僵斃的現代詩〉裡，我們還會看到他套用馬克思非常經典的思考方式：

我們明白人的欲望來自社會，也由於社會不公而產生欲望。這個嚴重的問題不能以逃避現實的詩和宗教疏散「別生他界」去，這世界有許多事根本不能昇華到虛空的。

在「『橋』副刊論戰」那一章裡，我們提過馬克思主義裡面「下層建築決定上層建築」的邏輯。也就是說，你會有什麼樣的文化、思想、感情（這些抽象的東西是「上層建築」），是來自於你身處於怎樣的階級、社會、生產條件（這些經濟基礎是「下層建築」）。下層可以決定上層，上層則不可能脫離下層，甚至不太可能倒過來改變下層。舉個粗暴的例子：如果你要成為一個懂得品味紅酒的人，你必須生活在一個能夠有錢常常喝紅酒的家庭裡。反過來說，不管你對紅酒有多少熱愛與憧憬，你也不會從三級貧戶變成一個突然買得起紅酒的人。

用這套邏輯來看上面那段話，唐文標的批評就是：現代詩主張自己在探索深刻的內心世界，因此不用理會外在的現實，但這種做法根本是緣木求魚。沒有任何「內心」（上層建築）是能夠脫離現實世界的（下層建築）；而且你不管怎麼強調文學的「昇華」功能，這種逃避現實的作品也不可能讓社會問題消失。

唐文標這一套激進、充滿理想性、暗藏左派色彩的論點，很快引起了文壇的警覺。當時文壇大多數人是不喜歡「反共懷鄉」那套教條沒錯，但要說他們能接受左派的文學思想，那也完全不是事實。多年的反共政策並不是毫無效果的，多少會影響人們思考的預設值。文學人就算不跟隨「反共懷鄉」教條，也只是繞道而行，另外開創一套能跟教條和平共處的體系（比如現代主義）；這些新體系和左派一樣討厭官方教條，但他們並不一樣。

唐文標對現代詩一概罵倒的攻勢，首先引起了顏元叔的回擊——而顏元叔，在前一年也和化名「史君美」的唐文標一起聲援過關傑明，本來可以算是一同反省現代主義的隊友。但顏元叔反對唐文標的左派進路，在〈唐文標事件〉一文指責唐文標：

> 以為只有社會，沒有家庭；只有群眾，沒有個人；只有上意識，沒有下意識；只有述眾人之事，沒有抒個人之情；只有「怒髮衝冠」，沒有「淚濕青衫」。

這一連串對立，前半都是左派文學觀關心的，後半都是左派文學觀視為「小資產階級情調」而反對的。由此，顏元叔更進一步點出唐文標論述裡的預設值：

唐文標是從社會裡看文學——而非從文學看社會——因此他的觀點背後有一些先行的肯定：譬如，平民優於貴族，群眾優於個人，農工優於知識分子，多數壓倒少數人，重人頭不重頭腦：這是搞社會群眾運動心理者的看家本領，唐文標卻拿來應用在文學裡。

顏元叔對唐文標的批評，頗可以代表當時文壇的主流看法。他所下的「唐文標事件」這個標題，也被後世引申成本文所使用的「關唐事件」一詞，否則講來講去都是「現代詩論戰」，很難區分是一九五〇年代那一波，還是一九七〇年代的這一波。顏元叔認出了唐文標的左派底蘊，也基於文學觀點的不同而有所批評，但他並沒有將之上綱到政治攻擊的程度。「唐文標是左派，顏元叔不同意他」，僅此而已，還算是文學事文學畢，保留了文人最後的斯文與身段。然而，同樣出聲反對唐文標的余光中就沒有那麼溫和了，他以向來鏗鏘的散文技巧寫了〈詩人何罪〉一文，疾言批評唐文標是「仇視文化，畏懼自由，迫害知識分子的一切獨夫和暴君」之同路人，更有不少篇幅是劍指唐文標的政治立場：

滿口「人民」「群眾」的人，往往是一腦子獨裁思想。例子是現成的。不同的是，所謂文化大革命只革古典文化的命，而「僵」文的作者妄想一筆勾銷古典文學與現代。這種幼稚而武斷的左傾文學觀，對於今日年輕一代的某些讀者，也許尚有迷惑作用，可是對於一九四九年以前曾經在大陸讀過大學的我這一代中年讀者，可說早成了「僵斃的妖怪，已經無所施其術了」。

老實說，以余光中之廣受大眾歡迎的程度，唐文標的批評是很難動搖他的地位的，這樣的回擊力道並不對等。退一步說，兩人也並不是沒有重疊之處——唐文標反對晦澀的詩風，余光中也反省了一九六〇年代現代詩「惡性西化」的問題。我其生也晚，學生時代倒還聽過晚年的余光中講評文學獎，他最念茲在茲的仍是「惡性西化」。凡是學生寫了現代主義式的扭曲長句，通通逃不了批評。他甚至多次在「全國學生文學獎」的頒獎典禮上，當眾對主辦單位提出矯枉過正的建議：往後可否規定新詩組作品，一行不可超過十二個字？為了逼使新詩創作者領會中文最擅長的簡潔句法，他連這種破壞新詩「形式自由」之初衷的想法都有了，他對現代詩「惡性西化」的反感絕對不是虛假的。

可惜的是，他更恨共產黨。余光中在「反共」一事不但與官方意識形態同步，自己對共產黨也有各種或公或私的怨恨。因此，余光中似乎也不覺得需要在唐文標這樣的左派面前，保留任何的文人風度。除了公開發文反擊之外，他也威脅《現代文學》的編輯白先勇、姚一葦，要他們拒絕刊登唐文標的稿件。余光中的此一作風更將延續到下一場大型論戰，並為他自己留下一生的罵名。

一場論戰沒解決的，就是下一場論戰的伏筆

但那是後話了。唐文標之參戰，在短短兩個月間就將論戰熱度拉到前所未有的程度，雙方也因為激烈交鋒而互有失分。唐文標的左派立場和激進言詞大量樹敵，楊牧與余光中的凶狠反擊也讓許多文壇中人看不下去。種種因素，讓「關唐事件」變成了一場難說誰勝誰負的論戰。

大體而言，「關唐事件」之後的台灣詩壇從一路向西的現代主義風格，稍微被拉向「回歸傳統」與「回歸現實」兩大軌道，特別是後者的影響尤其深遠。雖然關唐二人的主張並未大獲全勝，但確實為詩壇打出了一片有別於現代主義的新陣地。一九六〇年代就踩穩本土立場的「笠詩社」與現實主義立場的「葡萄園詩社」繼續活動，前面提及的「龍族詩社」做出貢獻，後續更此起彼落地誕生了「草根詩社」、「主流詩社」、「陽光小集」等新詩團體，他們都試圖回頭審視傳統與現實，將之融入創作當中。相應的，自一九六〇年代末期也開始對現代主義

不滿的小說家們，也同樣舉起「回歸現實」的旗號。

最終，整個一九七〇年代就因此匯流成一響亮的流派：鄉土文學。

在這個名詞底下，交雜了各式各樣不同的願望。有人像唐文標一樣心慕左派，也有人不想要繼承「中國的傳統」，而希望重新貫通「台灣的傳統」。種種意念交織，屢屢挑戰官方的「反共懷鄉」教條。在「關唐事件」裡沒能徹底解決，只是點到為止甚至根本還沒點到的重大問題，通通一起悶在這具壓力鍋當中，一次一次衝撞著戒嚴時代看似密實的鍋蓋。民間陣營與官方陣營之間的決戰，眼看是難以避免了。

這一次，就將是整個台灣文學史上最大的一場論戰了。

關唐事件			
日期	作者	篇名（發表刊物）或事件	立場
一九七二年二月二十八日	關傑明	〈中國現代詩的困境〉（《中國時報》「人間」副刊）	支持「回歸傳統」
一九七二年六月	周寧	〈一些觀念的澄清〉（《現代文學》）	支持「回歸傳統」
一九七二年九月	洛夫	〈復刊詞：一顆不死的麥子〉（《創世紀》）	捍衛「現代派」立場
一九七二年九月十日	關傑明	〈中國現代詩的幻境〉（《中國時報》「人間」副刊）	支持「回歸傳統」
一九七二年十一月	史君美／唐文標	〈先檢討我們自己吧〉（《中外文學》）	支持「回歸現實」
一九七三年六月	顏元叔	〈期待一種文學〉（《中外文學》）	支持「回歸傳統」
一九七三年六月		《龍族詩選》序言	支持「回歸傳統」
一九七三年七月	關傑明	〈再談中國「現代詩」——一個身分與焦距共同喪失的例證〉（《龍族詩刊》「龍族評論專號」）	支持「回歸傳統」
一九七三年七月	唐文標	〈什麼時代什麼地方什麼人——論傳統詩與現代詩〉（《龍族詩刊》「龍族評論專號」）	支持「回歸現實」

一九七三年八月	唐文標	〈詩的沒落——台港新詩的歷史批判〉（《文季》創刊號）	支持「回歸現實」
一九七三年八月	唐文標	〈僵斃的現代詩〉（《中外文學》）	支持「回歸現實」
一九七三年九月	唐文標	〈日之夕矣——「平原極目」序〉（《中外文學》）	支持「回歸現實」
一九七三年十月	顏元叔	〈唐文標事件〉（《中外文學》）	反對左派
一九七三年十一月	余光中	〈詩人何罪〉（《中外文學》）	反對左派
一九七四年六月	楊牧	〈致余光中——代跋中外文學詩專號〉（《中外文學》詩專號）	捍衛「現代派」立場

七——一個詞彙就是一處戰略高地：鄉土文學論戰

「鄉土文學」是什麼？

根據我個人非正式的統計：「鄉土文學」一詞，可能是台灣文學諸流派當中，最廣為人知的；而「鄉土文學論戰」，也是不懂台灣文學史的普通人，也多多少少聽過的文學事件。大部分人可以不知道現代主義、現實主義、反共文學、外地文學這些名詞，也可能通通沒聽過本書前面六章的任何一場論戰，但講到一九七七年的這場「鄉土文學論戰」，大概都會有一點「好像很重要」的印象。甚至，許多人會有「台灣文學＝鄉土文學」的印象——話先說在前面，這個印象是錯的，前者的範圍比後者大得多。

不過，最廣為人知，並不代表大家真的都了解。相反的，它可能也是最受誤解的文學名詞之一。之所以如此，是因為「鄉土文學」這一看似沒有很困難的詞彙，在台灣文學史上的涵義卻很複雜，每個時期、每個流派的文學人，對它都有不同的定義。或者這樣說吧：只要看你如何定義「鄉土文學」，我幾乎就能猜出，影響你最大的文學流派是哪一個。

在我剛念台灣文學研究所時，曾經聽過一種說法，認為台灣至少經歷過三次「鄉土文學論戰」。第一次鄉土文學論戰，就是本書第二章的「台灣話文論戰」；第二次鄉土文學論戰，則是本書第四章的「『橋』副刊論戰」；第三次鄉土文學論戰，則是本章這場，比新詩的「關唐事件」稍稍晚一點的大戰。以規模和影響力論，一九七七年這場是最大的，因此我刻意用了其他的名詞來標示前兩次論戰，把「鄉土文學」一詞留在本章。

然而，如果我們把這三場「和鄉土文學有關」的論戰合在一起看，更可以發現「鄉土文學」一詞的複雜性——它們在吵的根本是不一樣的東西，竟然都被含括在同一個名詞底下？沒錯，這三場論戰，基本上包括了三種「鄉土文學」的定義：

1、以本土語言所撰寫的文學。此處的本土語言，通常是指台語、客語和原住民各族族語，不包含由外來政權移植進來的日語、華語。在「台灣話文論戰」裡，黃石輝所說的「鄉土文學」，就是這個定義。

2、以台灣本土的社會、環境、風土民情為主題的文學。此處的「台灣本土」並不限制語言，也不堅持描寫中下階層，只要是本土題材皆可。這是一種區隔於中國的文學，但有些帶有台獨色彩，有些沒有。比如「『橋』副刊論戰」裡的楊逵等人，主張的就是「不帶有台獨色彩、但希望區隔出台灣獨特性」的鄉土文學；而在戒嚴時期以鍾肇政、葉石濤等人為首的本土作家，則是「帶有台獨色彩、因此希望區隔出台灣獨特性」的鄉土文學。

3、以台灣社會中下階層的困苦為主題的文學，帶有左派色彩。通常以農民、漁民、礦工以及城市中的工人為主題，並且採取現實主義的技法。本章所講的「鄉土文學論戰」裡，主力的王拓、陳映真、尉天驄等人，就屬於這個立場。

這三種定義有互相重疊之處，但其核心關懷與價值排序不同，彰顯了不同作家的立場。第一種立場強調語言，第二種立場強調台灣特殊性，第三種立場則強調階級批判。如果你覺得很難分清楚，可以用不同的案例來想想看。比如說，如果我今天用華語寫一名礦工的故事，在定義3的框架下就符合「鄉土文學」，但在定義1的框架下就不算。如果我今天用台語文寫一個台南仕紳家族的興衰起落，因為聚焦在有錢人身上，所以定義3不會認為這是一篇「鄉土文學」，但定義1和定義2都會接受。

因此，不同的定義，就會認可不同的文學作品。即使表面上大家都說「我支持鄉土文學」（或「我反對鄉土文學」），他們還是有可能彼此排斥，形成不同的流派。而這也是許多文學論戰爆發的根本原因。對文學圈外的人來說，可能覺得：「為什麼要爭這種事呢？為什麼不包容所有人的論述就好？」可是對文學圈內的人來說，這是一個價值排序的問題：定義3的人，會覺得你怎麼可以在「鄉土文學」裡面置入資本家的故事？定義1的人，也可能覺得使用外來語言的人，憑什麼說自己貼近「鄉土」？

更進一步說，如果有任何一個文學流派成功奪取了某個名詞的定義權——也就是說，讓普羅大眾都接受他們定義的版本——，那他們所認可的那種文學作品，就可以不斷取得文學上的正當性。對圈外人來說瑣碎到不行的理論爭議，對圈內人來說，那可就是決定下個世代誰能主宰文壇的「戰略高地」了。

而「鄉土文學」，就是一個超級戰略高地。

「鄉土文學」的崛起與官方作家的攻擊

就在新詩的圈子陷入「關唐事件」，試圖從現代主義「回歸傳統」與「回歸現實」的同時，小說的圈子也正經歷類似的歷程。

一九五〇年代末期，紀弦的「現代派六大信條」不只震撼了詩人，也啟發了小說家們。從那時開始，許多小說家紛紛投入了現代主義小說的創作裡。其中有兩個團體最具代表性，一是以台大外文系的白先勇、王文興、歐陽子、陳若曦等人為首的《現代文學》雜誌，二是以尉天驄、陳映真、劉大任等人為首的《筆匯》雜誌。他們在一九六〇年代前後，都繳出了許多現代主義的佳作，至今仍是台灣小說家的必讀書單。

然而，到了一九六〇年代中期，兩批現代主義小說家卻做出了不一樣的選擇。《現代文學》作家群大多仍繼續現代主義路線，像白先勇、王文興這兩位作家，到半世紀以後的現在，仍然言必稱現代主義。但《筆匯》作家群則在改組為《文季》雜誌之後，陸續放棄了現代主義路線。尉天驄和陳映真的第一本書，都是充滿憂鬱氣息的現代主義小說，但在那之後，他們不管是創作還是評論，都漸漸走向明朗、清晰、關懷現實題材的方向。這一波路線轉折，後來更吸納了黃春明、王禎和等新秀，佳作迭出。於是，「鄉土文學」的名號響徹文壇。對「反共懷鄉」教條厭煩，卻又不想看現代主義者喃喃自語的讀者們，深深傾倒於這批融合了高度文學技巧與深度現實關懷的作品。

一時之間，「鄉土文學」幾乎成了知識分子認識世界的基本教養。要了解工人，就讀楊青矗；要了解漁村，就讀王拓。黃春明的鄉村風物，陳映真的資本主義批判，王禎和對「底層人群之殘酷」的銳利描寫……這些既有文學美感、又能滿足讀書人淑世理想的作品，很快樹立了台灣小說史的新高峰，影響力甚至遠遠超出文學圈以外，堪稱文學小說的黃金時代。

然而，正是因為鋒頭極健，「鄉土文學」很快迎來了官方的注意。前此的「現代主義」雖然消極杯葛官方的「反共懷鄉」，但至少沒有明擺著對抗官方意識形態。「鄉土文學」卻不同，它們強調關懷底層群眾，反對跨國資本掠奪台灣社會，這可是左派思想了。對戒嚴時代的政府來說，我鼓吹反共，我最多容忍你「不那麼積極反共」，然而像鄉土文學這樣偷渡「共產黨的左派思想」，那就不能坐視不管了。

於是，在一九七七年四月，「鄉土文學論戰」就在官方派作家的主動攻擊下爆發了。那個月，《仙人掌》雜誌策畫了「鄉土與現實」專題，共收錄十一篇文章，以王拓、銀正雄、朱西甯三篇最具代表性。其中，銀正雄的〈墳地裡哪來的鐘聲〉是論戰的引爆點。他點名批評王拓的小說〈墳地鐘聲〉，並且引申到對整個鄉土文學的攻擊：

> 然而，民國六十年後，「鄉土文學」卻有逐漸變質的傾向，我們發現某些「鄉土」小說的精神面貌不再是清新可人，我們看到這些人的臉上赫然有仇很、憤怒的皺紋，我們也才領悟到當年被人提到的「鄉土文學」有變成表達仇恨、憎惡等意識工具的危機。

可以注意到，銀正雄假裝自己同意鄉土文學，只是不同意「變質的鄉土文學」。而他同意的那種文學是什麼呢？是「清新可人」的，沒有「仇恨、憤怒」的——換句話說，就是不批判社會現況的文學。你寫寫鄉村小人物，可以；但你若要寫鄉村小人物被地主欺負、被工廠壓榨，那就是「意識工具」了。這就是閱讀「鄉土文學論戰」相關文獻時最需要注意的地方，因為「鄉土文學」這個詞彙太無害了，每個人都會說「沒問題呀可以寫」，但實際上都會透過自己的文章偷換定義，指責論敵「變質」。而銀正雄所指責的「變質」，正是劍指鄉土文學當中的左派思想。雖然他沒有一字提到左派，但給出了大量的暗示，比如下面這段：

「鄉土文學」走到今天的居然變成這個樣子，真令人寒心，而今天又有人高喊在文學上要「回歸鄉土」了。問題是「回歸」到什麼樣的「鄉土」？廣義的「鄉土」民族觀抑或偏狹的「鄉土」地域觀念？如果是後面這條路，我們要問那跟三十年代的註定要失敗的普羅文學又有甚麼兩樣？

這一段的關鍵字，是「三十年代」和「普羅文學」——這是國民黨永遠的傷痛來源，因為一九三〇年代發生在中國文壇的左派浪潮，讓國民黨失去了知識分子的支持。當銀正雄這麼說，其實就是在暗示鄉土文學「親共」了。

而在同一期的《仙人掌》雜誌裡，王拓自然不可能事先回應銀正雄的攻擊。他所撰寫的〈是現實主義文學，不是「鄉土文學」〉一文，非常清晰地把我們前面講過的「小說路線轉折」總結了一輪：

因為一九七〇年後的台灣社會，如前面所分析的，在一連串國際重大事件的刺激下，國內的政治、經濟和社會環境都有著重大的改變，反對帝國主義的民族意識和反對財富分配不均的社會意識普遍覺醒和高漲。為了反對帝國主義，在文化上便自然要求對本位文化重新作一次新的認識、估價和肯定，以作為建設新的本位文化的基礎；為了反對壟斷社會財富的少數寡頭資本家，自然會對現行的經濟體制下各種不合理的現象加以批評和攻擊、自然要對社會上比較低收入的人賦予更多的同情和支持。

在這段文字裡，王拓提出了兩個「反對」：反對帝國主義，這裡指的是反對西方文化入侵、反對現代主義，所以要「回歸傳統」；反對寡頭資本家，也就是希望正視隨著經濟發展而產生的貧富差距問題，所以要「回歸現實」。用詞雖然不同，但與前一章「關唐事件」的概念是差不多的，可以看到這確實是一九七〇年代的兩大主軸。

需要強調的是：王拓等鄉土文學支持者，他們當時都不能算是「獨派」——這種立場要到下一章的論戰，才會正式浮出文壇水面。所以，他所說的「本位文化」，指的是中國文化；

他所要排斥的，是西方文化。事實上，王拓的文章花了極大的篇幅，在批評美國如何在經濟、文化、政治上全面控制了台灣。此處的「回歸傳統」，也應當理解為「回歸中國傳統」，而非「回歸台灣傳統」。在整場「鄉土文學論戰」裡，「鄉土文學陣營」的主流是關懷底層的左派，但並不是支持台灣獨立的本土派，他們大多數是認同中國民族主義的。我們不能用現在的觀念去套，以為「統派必然不關心台灣」；對於王拓、尉天驄、陳映真這樣的「左派＋統派」而言，台灣既然是中國的一部分，那關懷中國與關懷台灣並沒有矛盾。

相較於銀正雄以影射方式指責左派，同一期《仙人掌》雜誌上的朱西甯，則採取了不同的策略——不好意思，說「策略」可能有點太好聽了，實際上他的這篇〈回歸何處？如何回歸？〉，比較像是嗑了太多胡蘭成的迷藥之後，炮製出來的一大團胡言亂語。在整場論戰中，最讓人有種「你要不要聽聽看你自己在講什麼」之感的，就是朱西甯跟後期參戰的王文興了。總之，他以某種玄學的角度，認為中國是講究「天人一體」的，沒有西方人的階級問題，從而否定了鄉土文學的左派訴求。馬克思真是笨到家，怎麼就想不到這種精神勝利法呢？除此之外，他還採取了另外一種角度，批評「鄉土文學」所立足的「鄉土」是有問題的：

鄉土文藝是很分明的被侷限在台灣的鄉土，這也還沒有什麼不對，要留意的尚在這片曾被日本占據經營了半世紀的鄉土，其對民族文化的忠誠度和精純度如何？

這段話，不禁讓人想起「『橋』副刊論戰」裡，外省人的種種「奴化」論述。對於朱西甯這樣的外省人來說，被日本殖民過的台灣及台灣人，就是「被玷汙」了。既然是這麼一塊被玷汙的鄉土，又有什麼值得「回歸」的？言下之意，值得寫的仍然是海對岸的中國大陸，他所擁護的還是「反共懷鄉」的官方教條。不過，最令鄉土文學陣營氣結的，恐怕還是他使用了「忠誠度」和「精純度」二詞：這隱隱在暗示，你們這些提倡描寫台灣鄉土的，都是有「分離主義」或「台獨」傾向的。如果朱西甯的這種指控為真，那也就罷了（就像銀正雄指控鄉土文學作家是左派，確實是正確的判斷）；但鄉土文學陣營絕大多數都是統派，這種指控就頗有欲加之罪、刻意曲解的味道了。

總之，在一九七七年四月的《仙人掌》裡，鄉土文學論戰最主要的兩大陣營已經出場了，分別是主張反共懷鄉的「官方陣營」，以及主張左派關懷「鄉土文學陣營」。在接下來將近一年的時間裡，這兩方將就此駁火數十篇，從文學立場打到社會分析，從文藝美學談到經濟學理論，不僅是台灣文學史上最重要的論戰，甚至放在台灣史裡面，大概都是無法跳過的重大事件。

趁亂上市的本土派

不過，朱西甯的指控倒也不是百分之百落空。在「鄉土文學論戰」裡，還真的有「分離主義」或「台獨」的代表。只不過不在熱鬧滾滾的四月號《仙人掌》雜誌，而是在同年五月號的《夏潮》雜誌裡。《仙人掌》一出，文壇人士紛紛感受到硝煙瀰漫，前哨戰已經開打。立場偏向鄉土文學的左派雜誌《夏潮》於是也邀了好幾篇文章來談鄉土文學。其中一篇，就邀到了葉石濤的〈台灣鄉土文學史導論〉。

在整個一九五〇到一九七〇年代，台灣文壇的主流可以簡單理解為「反共懷鄉」、民間的「現代主義」和「鄉土文學」三分天下。但在這鼎立局面裡，還是有一小撮「本土派」作家，勉強龜縮在文壇的角落。他們聲量極低，不受重視，卻極為強韌，始終在困蹇的資源下堅持著。他們的代表人物，就是後人尊稱為「南葉北鍾」的葉石濤、鍾肇政。鍾肇政擅長組織，長期經營文學雜誌、凝聚本土派作家；葉石濤以文學品味見長，則成為本土派主要的文學評論家。本土派的影響力很弱，弱到什麼地步呢？弱到官方甚至沒什麼興趣主動打壓的程度。在整場鄉土文學論戰裡，本土派也只有葉石濤寫了一篇文章，能見度可見一斑。但朱西甯真要懷疑誰的「忠誠度」，其實真正的矛頭應該指向葉石濤，而不是其他鄉土文學作家。

在〈台灣鄉土文學史導論〉裡，葉石濤「借殼上市」，把自己的本土文學史觀塞到「鄉土文學」的外衣裡。你各位不是要討論「鄉土文學」嗎？那我就來說說「鄉土文學的歷史」吧。在葉石濤的說法裡，鄉土文學才不是從「回歸現實」開始的，自古以來的台灣文學，通通都是鄉土文學。並且，他提出了「台灣意識」一詞，拿來作為鄉土文學的核心定義：「很明顯的，所謂台灣鄉土文學應該是台灣人（住在台灣的漢民族及原住種族）所寫的文學。」他進一步指出，以「台灣意識」作為鄉土文學的核心，有助於含括台灣史上各個不同種族、語言的文學：

> 儘管我們的鄉土文學不受膚色和語言的束縛，但是台灣的鄉土文學應該有一個前提條件；那便是台灣的鄉土文學應該是以「台灣為中心」寫出來的作品；換言之，它應該是站在台灣立場上來透視整個世界文學的作品。〔……〕應該具有根深蒂固的「台灣意識」，否則台灣鄉土文學豈不成為某種「流亡文學」？

在我沒那麼熟悉台灣文學史的學生時代，其實有一段時間頗反感這種「以台灣意識之有無，決定某些作品是否屬於台灣文學」的想法。當時的我，認為這是一種偏狹的意識形態審查，脫離了文學的正道。不過，仔細看葉石濤的論述，他實際上要解決的問題是：台灣史上有原住民、荷蘭人、西班牙人、漢人、日本人，有不同時期先來後到的移民，他們的語言和所屬族群各自不同，我們如何找到一個框架，來把這些人的文學通通裝進「台灣」裡面？在這個前提下，「台灣意識」反而是一個相對寬鬆的標準了。不管你從哪裡來，只要你在台灣生活，並且關心你所生活的地方，以這種「關心」作為出發點去寫作，你寫的就是「台灣鄉土文學」。

而這種「關心」，甚至也不是政治立場。你不必是本土派、支持台獨，也能關心自己的家鄉，關愛自己的鄰人，這樣就等於有了「台灣意識」。極端一點說，在葉石濤的定義裡，大多數左派的鄉土文學作家，可能也都自覺或不自覺地擁有「台灣意識」，即便他們本人是不作此想的。

有趣的是，如此寬鬆的框架，在一九七七年的鄉土文學論戰裡，卻剛好會排除一種作品，那就是官方的「反共懷鄉」文學。這顯然是葉石濤的微言大義。不管反共還是懷鄉，都不是為了台灣思考，而總是帶有某種「遲早要反攻大陸」的想像。當然，葉石濤還沒辦法直接單挑官方論述——畢竟他也曾因白色恐怖入獄，是有前科的人。所以，他只是隱晦地用「流亡文學」來形容這種「沒有台灣意識的作品」。他沒有點名任何人，但是在那個時間點，有著「流亡」心態、不認同腳下土地的，也就剛剛好是朱西甯這種外省人。

不過，這篇文章除了「台灣意識」之外，也將這種觀念與左派的文學觀結合起來。這也是為什麼，立場絕對不可能支持台獨的《夏潮》，多少還能願意將葉石濤視為隊友，邀請他寫這篇文章吧。葉石濤這樣寫：

所謂的「台灣意識」——即居住在台灣的中國人的共通經驗，不外是被殖民的，受壓迫的共通經驗；換言之，在台灣鄉土文學上所反映出來的，一定是「反帝、反封建」的共通經驗以及篳路藍縷以啟山林的，跟大自然搏鬥的共通記錄，而絕不是站在統治者意識上所寫出來的，背叛廣大人民意願的任何作品。

在講完「台灣意識」之後，他立刻補充說這是「居住在台灣的中國人的共通經驗」，明顯是為了避免直接衝撞當局。接下來的「反帝、反封建」，則是標標準準的左派用語。葉石濤當然嫻熟於左派用語——他可是「鄉土文學論戰」當中，唯一參加過「『橋』副刊論戰」的「老將」！但在這裡，葉石濤巧妙地把左派和本土派的訴求混合在一起：左派關懷底層人民，拒絕統治者的意識，那……如果「廣大人民的意願」，是回歸台灣本土的立場，那左派是不是也該放棄中國民族主義呢？

由此，我們可以看到葉石濤也試圖搶奪「鄉土文學」這塊戰略高地，他採取的就是我們第一節講到的定義2。事實上，他和他的夥伴鍾肇政並不太喜歡「鄉土文學」這個詞——這個詞彷彿暗示了，還有另外一些與之對立的「他鄉」、「非本土」或「都市」的文學，甚至暗示了鄉土文學都是「很土的」。對葉鍾這樣的本土派來說，最理想的說法就是「台灣文學」，它直接包含了所有發生在這塊土地上的文學，不分你我。如果可以，他們最希望讓台灣的文學能夠自我正名，能夠書寫自己的文學史，銜接回日治時期以降的文學傳統。但在戒嚴時期，這種訴求是很危險的；因此，葉石濤的策略是藉著「鄉土文學」的主力與官方陣營交戰時，趁亂出來借殼上市，以「鄉土」一詞包裝「台灣」。

不過，或許是葉石濤的影響力真的太弱，也或許是官方陣營有另外設定的戰略目標，這篇奠定了本土派文學立場的〈台灣鄉土文學史導論〉，並沒有引起官方陣營的任何回應。他的這些論述，要到下一章的「『台灣文學正名』系列論戰」才被本土派的後起之秀繼承、發揚。

真正出手攻擊葉石濤的，反而是鄉土文學陣營的陳映真。如前所述，鄉土文學陣營大多都認同中國民族主義，陳映真更是其中最堅貞的左派與統派。官方陣營不屑攻打本土派，鄉土文學陣營覺得本土派勉強還可以當作隊友，唯有陳映真獨排眾議，寫了〈「鄉土文學」的盲點〉反駁葉石濤。他抱著一種「防微杜漸」的心態，希望能預先撲滅本土派的火苗。他的戰術頗為高明——他知道葉石濤背後的本土派邏輯，也知道葉石濤不會明白承認，所以他這樣說：

> 有過這樣的立論：台灣淪為日本殖民地之後，日本在台灣進行了台灣社會經濟之資本主義改造〔……〕他們在感情上、思想上和農村的、封建的台灣的傳統沒有關係，從而也就與農村的、封建的台灣之源頭——中國，脫離了關係。〔……〕立論者將它推演到所謂「台灣的文化民族主義」，倡說台灣人雖然在民族學上是漢民族，但由於上述的原因，發展了分離於中國的、台灣自己的「文化的民族主義」。
>
> 這是用心良苦的，分離主義的議論。

這套論述，確實是本土派的基本論證：因為台灣經歷了不同的歷史經驗，因而與中國文化有所區隔，從而有了「獨立」的願望。這裡的「歷史經驗」，特別是指日治時期。敏銳的人，應該可以看出這套說法是從黃石輝開始，延續到「『橋』副刊論戰」再變化過來的；我們下一章會專門談這些論述，在此按下不表。值得注意的，是第一句話和最後一句話。「有過這樣的立論」，其實就是在告訴葉石濤：我知道你是這樣想的。「分離主義的議論」，則是明白的政治指控：抱持這種立論的人，就是台獨分子。

如此一來，葉石濤能怎麼回應呢？同意陳映真，就是放棄自己的本土論立場。但若不同意陳映真，要在此多做辯駁，那就坐實了台獨分子的指控了。這是請君入甕的技巧，陳映真出手也是十分狠辣。在鎖住了葉石濤的後路之後，陳映真接著開始吃豆腐了：

如果葉先生的「台灣意識」論，是以台灣這一地區，在其殖民地社會的歷史階段中台灣的中國人民反對帝國主義、反對封建主義、追求國家統一、民族自由的各種精神歷程為內容，那麼，它便首先是中國近代史上追求中國的獨立、和中華民族徹底的自由的運動中的一個部分。只有從局部的觀點看，在對抗日本侵略者的層面上去看問題時，有反抗日本的、反抗和日本支配力量相結託的台灣內部封建勢力的「台灣意識」；但從中國的全局去看，這「台灣意識」的基礎，正是堅毅磅礴的「中國意識」了。

這一段文字的目標非常明確，就是把「台灣意識」給打掉。基本邏輯是：如果「台灣意識」也是「反帝、反封建」的一環，那它的目標與中國人民的目標是一致的；既然如此，所謂的「台灣意識」，也就是「中國意識」的一部分囉？那何須強調什麼「台灣意識」呢？陳映真層層推導，厲害的倒不是論理有多嚴密——下一章大多數評論者都能輕易反駁陳映真的這套論述——，而是他竟能把自己的話塞到葉石濤的嘴裡，寫得好像「葉先生想必也是這麼想」一樣。葉石濤形格勢禁，還真沒辦法出聲反駁。要反駁，就要把話說開；但把話說開，就無異是政治自殺。也就是說，陳映真從一開始就把白色恐怖納入自己的「戰術布置」裡，這是「借刀阻敵」之計。當然，如果葉石濤沉不住氣出聲反駁，陳映真也不虧。「借刀阻敵」隨時可以升級為「借刀殺人」，自有中華民國政府去收拾他所反對的台獨分子。

在此，我們可以看到「鄉土文學論戰」最奇特也最扭曲的一面：不只威權政府會壓制作家，有時作家也會「巧妙利用」威權政府。在陳映真出手批駁之後，葉石濤雖然不滿，但也無力回應，就此退出「鄉土文學論戰」戰場，陳映真算是獲得局部的戰術勝利。然而，本土派並不是輸在論理，而是輸在政治。因此，當一九八〇年代政治風氣鬆動之時，他們將全面捲土重來。屆時，陳映真一方面會感到自己防微杜漸的遠見是正確的；一方面也會怨懟本土派在「鄉土文學論戰」期間沒有出力對抗官方，怎麼能收割他們衝撞的成果？這樣的心結，將伴隨著統獨爭議一路延燒到二〇〇〇年，也就是本書的最後一章為止。

然而，人類的複雜多變之處在於：一個人往往不會完全邪惡，也不會完全無辜。面對葉石濤，陳映真智計百出，成功借威權之刀阻敵於境外。但當陳映真自己面對官方陣營的攻擊時，他也將遭遇更狠辣的政治戰術。

突破文壇底線的戰術

讓我們稍微整理一下戰局。目前「鄉土文學論戰」裡，已經有兩大一小陣營浮現：

A、官方陣營：反對鄉土文學，主張反共懷鄉。

B、鄉土文學陣營：支持鄉土文學，主張左派關懷。

C、本土派陣營：支持鄉土文學，主張台灣意識，勢力最小。

在四月葉石濤短暫插花之後，鄉土文學論戰隨即回到A、B對決的格局。雙方陸續交鋒，直到八月的兩篇文章發表，才將論戰激化到最高點。這兩篇文章同屬官方陣營，分別是彭歌〈不談人性，何有文學〉以及余光中〈狼來了〉。

彭歌的〈不談人性，何有文學〉從標題開始就很有代表性。我們若從「『橋』副刊論戰」、

「關唐事件」到「鄉土文學論戰」一路看來，會發現左派與右派的文學觀有一個非常大的差別，就是對於「人性」、「情感」、「抒情」這些概念的評價完全不同。右派的文學觀，以及我們當代普遍的文學觀，會認為文學本就要反映人性，本來就要抒情。但左派的文學觀認為，這些「人性」或「情感」都是非常可疑的——它們往往是「資產階級定義的人性與情感」。因此，左派比較傾向回到具體的階級、經濟、生產條件的角度，透過文學來分析社會；右派則覺得這種觀點是「唯物史觀」，把一切化約為「物質」、「金錢」，彷彿人與人間之別無他物。彭歌的這篇文章，就是這樣批評鄉土文學的左派觀點：

這種以「收入」、而不以「善惡」為標準的說法，無論出於有意或無意，都會造成思路上的混亂。文學和文學家，「對社會上比較低收入的人賦予更多的同情和支持」是很自然的事，也是應該的事，但除此之外，更重要的應該是人的善惡、事的是非，而不祇是貧富問題。在可以用數字衡量的「物」以外，人更有「人」的價值標準，忠孝仁愛信義和平，在今天社會上雖然能真正一一實踐者已經不多，但依然是大多數人心目中的價值標準，也仍然有相當的影響與約束力，一個人是好是壞，應該從「人」的價值來衡量，來評鑑，而不是以他的收入高低作為惟一尺度。如果不重視善惡是非，是不可能有社會公道的。

不以「人」而以「物」為標準，這種論調很容易陷入「階級對立」、「一分為二」的錯誤。這種種態度上的偏差，延伸到文學創作，便會呈現出曖昧、苛刻、暴戾、仇恨的面目。

在這篇文章裡，彭歌點名批評王拓、尉天驄、陳映真，可以說是官方陣營的一次總攻擊。這波攻擊非常凶猛，但還是保留了最後的餘地，就像上面這段文字：幾乎每一行都在暗示「我知道你們是共產黨」，但最終還是沒有把關鍵字明寫出來。特別是最後一段，強調「物」就是暗指左派的「唯物史觀」，「階級對立」當然也是暗指這些左派藉文學來煽動群眾，「曖昧、苛刻、暴戾、仇恨」則是官方陣營一直以來對共產黨的描述。

更進一步，彭歌也用了陳映真擠兌葉石濤的手法，來擠兌陳映真。彭歌以許南村的〈試論陳映真〉為標的，加強暗示陳映真的左派傾向。「許南村」實際上是陳映真的筆名，這篇〈試論陳映真〉，是一九七五年陳映真從七年的白色恐怖牢獄裡出來後，假託文學評論形式寫的一篇自我宣言。陳映真以此宣告：經歷七年的牢獄之災，他不但沒有放棄左派理想，甚至覺得昨非今是，要更堅定走上左派的道路。不過，如同葉石濤不可能明寫自己的台獨立場，陳映真也不可能明寫「我要發動左派革命」。這樣的隱晦，就給了彭歌見縫插針的空間：

> 作為一個小說作者，陳映真大約感到文字不足以「暢所欲言」的苦悶，所以他不得不變作另外一個人，用許南村來解說自己的作品。但無論怎樣解說，他所給予讀者的，祇是一個「偽先知」的印象。他一面危言聳聽地宣告了「舊世界」的預見其必將頹壞，一面又說不出來他所謂的「新世界」是什麼，究竟有什麼足以吸引他如此嚮往。希望陳先生回頭來誠懇地檢討自己，虛心地視察世界，不要用公式套住一切。陳先生所謂的「惟一救贖之道」，恐怕是連他自己也並不知道應該如何走的道路。

這一段的政治鬥爭手法，比起陳映真對葉石濤所做的，可說是有過之而無不及。彭歌等於是在說：有膽你就把你想推翻的「舊世界」說出來啊！你渴望的「新世界」是什麼，你敢講嗎？陳映真自然是講不得的，於是彭歌就能打蛇隨棍上，開始「招降」——你所說的「唯一救贖之道」，也就是左派革命，是根本無從著手的。放棄吧。

陳映真無法在這個點上回應，否則他就會落入跟葉石濤一樣的陷阱裡。因此，他和王拓基本上都是針對「關懷底層是否等於階級對立」來回應。並且，兩人回應的策略出奇地相似。王拓〈鄉土文學與現實主義〉雖然比彭歌的文章早發表，但早已預先想到了會有這類攻擊，預判了對手的預判：

任何一個社會都有許多不合理的、黑暗的事實存在，台灣自然也不例外，蔣院長最近在主持陸軍官校校慶中致詞也說：我們「還要加強消除尚未完全消除的特權，包括消除特權的觀念，因為我們認為做得不夠。」「還要加強消除尚未完全消除的中間剝削，包括消除剝削的觀念，因為我們也認為做得不夠。」〔……〕我認為蔣院長這種平實的指示，是團結民心、安定社會最有效、最具體的作法。我們先要承認「做得還不夠」才會更加努力，才能有更大的進步。我們的社會既然還存在著許多有待改進的不合理的事實，那麼「現實主義文學」之反映這些事實——並非無中生有或故意揑造——怎麼說是「惡意」揭發社會黑暗呢？貧富差距也是社會存在的事實，在報紙新聞上也時常刊登，為什麼創作小說的人就不能寫呢？

陳映真〈關懷的人生觀〉則這樣回：

對於乙類的藝術家，「反映社會現實」——光明的、激盪的和鼓舞人心的現實，和反面的、激發人去改革的現實——是「為了建造一個更好的世界和人生」的手段之一。對於這一類作家，寫作不是怡神養性；不是「高貴心靈」的享受。寫作，對於他們，是藉著「反映社會現實」，來建設人間樂園——例如三民主義的幸福社會——的手段。

很明顯，兩人的策略就是「拿黨國話語來抵擋黨國」。蔣經國說社會有黑暗面、我們反應現實是為了實現三民主義的理想……這樣有什麼問題嗎？有問題你找蔣經國說去。當然，王拓和陳映真這麼說，純粹是因應政治攻防的違心之論，這點他們自知、對手也知道得一清二楚。我們可以看到，戒嚴時代的政治壓力有時能成為進攻手段，有時也會被挪用為防守的遁辭。文學寫作的小巧騰挪、思想辯論的偷換概念，在那樣的時代裡是生死攸關的。

彭歌的〈不談人性，何有文學〉從八月十七日起連載三天。他這篇唱罷，余光中〈狼來了〉一文就在八月二十日登場，兩篇都在親官方的《聯合報》上，顯然是一波連綿的攻勢。不過，〈狼來了〉可以說是余光中一生中最大的汙點，大到連他自己的全集都不敢收錄的程度。比起銀正雄或彭歌的「點到為止」，余光中或許因為對左派有更大的怨恨，或許因為身在香港而與台灣文壇略微有隔，總之他直白寫出了所有人都沒有明講的指控：

北京未聞有「三民主義文學」，台北街頭卻可見「工農兵文藝」，台灣的文化界真夠「大方」。說不定，有一天「工農兵文藝」還會在台北得獎呢。正當我國外遭逆境之際，竟然有人內倡「工農兵文藝」，未免太巧合了。這些「工農兵文藝工作者」強調文藝要寫實，但對於「秧歌」，「尹縣長」，「敢有歌吟動地哀」，「古拉格群島」等所寫之「實」卻似乎視而不睹，對於天安門、四人幫等事件所演之「實」卻似乎避而不談，此時此地，卻興致勃勃地來提倡「工農兵文藝」，這樣的作風，不能令人無疑。

在此，他將「鄉土文學」正式等同於中國共產黨的「工農兵文藝」，並且還加上了脈絡的揣測（「我國外遭逆境」之際），最後還說了一句「不能令人無疑」。這幾乎已經不用翻譯了，余光中就是要將鄉土文學描述為共產黨的內應。如果說之前論戰各方，都只是借威權之刀以威嚇對手，余光中這就是自己抄起一柄明晃晃的刀，準備要砍人了。在〈狼來了〉最後，他更是寫下氣勢磅礡、因而也注定臭名千古的結尾：

說真話的時候已經來到。不見狼而叫「狼來了」，是自擾；見狼而不叫「狼來了」，是膽怯。問題不在帽子，在頭。如果帽子合頭，就不叫「戴帽子」，叫「抓頭」。在大嚷「戴帽子」之前，那些「工農兵文藝工作者」，還是先檢查檢查自己的頭吧。

「先檢查檢查自己的頭吧」，從文學上來說，這句話實在不負余光中散文名家的身分。它一語雙關，既是要論敵檢查自己是否有左派思想，也是要讓對方人頭落地的恐嚇。從一九五〇年代，余光中自詩壇崛起，並以多種風格引領風騷以來，他的文壇地位就日益崇高。然而，就在一九七七年的〈狼來了〉發表之後，就算外人仍然時常誤認他是「詩壇祭酒」，文壇內給他的評價已經註定不可能再往上了。縱使文壇面對威權體制，時時必須低頭、繞道、虛與委蛇，但文壇仍然有自己的規矩和驕傲。

其中一項隱藏邏輯，就是「文學事、文學解決」。在文學論戰裡，你可以罵得非常難聽，就算你像「關唐事件」裡的楊牧那樣斯文掃地，文壇也不會就此判你死刑，你仍然有機會依靠自己的文學表現得到認可。因為罵得再難聽，也都是在文學的場子、用寫作的方式對決。然而，如果你主動引入外部力量來攻擊對手，比如余光中直接用政治指控來置人於死地這類案例，那你傷害的就不只是論敵，而是整個文壇的自主性了。

因此，余光中文章一出，本來挨打為多的鄉土文學陣營反而同仇敵愾，得到了更多聲援者，效應頗似「冀寫實主義論戰」裡面的西川滿。本來被點名攻擊的幾位作家，反而不太需要主動回應余光中，因為已經有不少激憤的知識分子加入了戰場。也在這段期間，文壇開始盛傳余光中不僅公開寫了〈狼來了〉一文，更私下拿陳映真的文章與毛澤東的文章做了一份對照表，寄給了當時的特務頭子王昇。這樣說來，「先檢查檢查自己的頭吧」就不只是恐嚇，而是真的準備出手斬人了。於是，就連本來不屬於鄉土文學陣營，甚至跟現代文學沒什麼關係的知識分子都看不下了。比如台大中文系的教授齊益壽寫了一篇〈鄉土文學之我見〉：

在這些新武器之中，散布謠言就是第一種，使得以耳代目的人，誠惶誠恐，如喪考妣。收到這種效果之後，第二種新武器，便是根據這些「客觀反應」，公開給對方戴帽子。然而帽子是不長根的，可以戴來戴去，尚非萬全之策。譬如有人喊「狼來了！」結果呢？卻反被人指為色狼。這豈是始料所不及？為了萬無一失，便再使出第三種新武器，那就是暗打報告。既公開戴帽子，又暗地打報告，便達到「以公開掩護秘密」，自以為也就萬無一失了。然而如此一來，一場對象清楚宗旨鮮明的論戰，在多種武器所放射出來的煙霧下，也就不得不顯得迷迷茫茫。

這段寫得很活潑的文字，提到了兩個特別有趣的地方：一是「暗打報告」，指的當然是余光中的告密行徑；二是「色狼」云云，則牽扯到另一樁文壇公案——就在一九七七年，哲學家陳鼓應因為看不慣余光中的作為，出版了《這樣的「詩人」余光中》，將他的詩作文章批駁得一無是處。平心而論，陳鼓應大多數的批評，在文學上都不能成立。但齊益壽的「色狼」之說，就是戲謔地引入了陳鼓應批評余光中有大量「色情詩」的講法。從「狼來了」挪移到「色狼來了」，這麼「靈動」的打法，也可以看出余光中之犯眾怒的程度。

或許我們可以這麼說：如果依照銀正雄和彭歌的戰術打下去，鄉土文學陣營恐怕毫無還手之力，畢竟政治優勢並不在他們那邊；此時的局面，非常類似「糞寫實主義論戰」裡的台灣作家陣營。然而，余光中卻在此做了一回豬隊友，角色與「糞寫實主義論戰」的西川滿相當，甚至「更豬隊友」一些——余光中突破文壇底線的發言，為一路被動挨打的鄉土文學陣營爭取到了許多同情，從而穩住了鄉土文學的陣腳。其中最奇妙的一批援軍，甚至來自「中國國民黨」內部。

來自黨國的……援軍？

在鄉土文學論戰白熱化之後，許多文學圈外的知識分子也紛紛參戰。他們有的是對「鄉土文學」發表一些算不上專業的意見，有的則是從文學問題延伸到經濟學問題，開始爭論「戰後台灣社會是不是殖民經濟、買辦經濟」。不過，我認為發揮了關鍵作用的，卻是兩名「黨國成員」。

第一位是胡秋原。胡秋原的生平頗為曲折，早年曾參加共產黨，也曾參加國民黨，並且也同時具有被兩黨開除黨籍的紀錄。在戰後台灣，他算是非常活躍的評論家。一九六二年，他就曾在「中西文化論戰」裡，和李敖等人大打出手。雖然胡秋原現在的名聲遠不及李敖響亮，但當時確實也是論戰的一把好手。而到了一九七七年的鄉土文學論戰，他與鄭學稼、徐復觀等知識分子都支持鄉土文學陣營，他所主編的《中華雜誌》也屢屢發聲支援。他自己也寫了不少辯護文章，最具代表性的當屬〈談「人性」與「鄉土」之類〉。

這篇文章發表的時間非常關鍵。如前所述，一九七七年八月連續刊出了彭歌、余光中的文章之後，政府旋即於八月底召開了「全國第二次文藝座談會」，會中討論反共文學、鄉土文學等問題，是一次官方陣營大集結。余光中是這場座談會的主席團成員之一，彭歌亦擔任分組召集人。相對的，鄉土文學陣營幾乎沒有人受邀。而在會上，警備總部官員發言表示：「對於那些不聽政府勸告的人，政府不是不辦，祇是時候未到！」

九月，胡秋原就在如此高漲的肅殺之氣裡，發表了〈談「人性」與「鄉土」之類〉。他首先就文學論文學，援引了中國文學史來說明鄉土文學的正當性：

而就文學而言，它卻有一個很大的特點，就是古今中外的文學，固然有滿足現狀的，但不滿現狀的卻占多數。〔……〕杜甫不滿的詩更多了。即以作者此文所引的，白居易最欣賞的「朱門酒肉臭，路有凍死骨」而言，有兩個階級的對立，也似乎也是以收入而不是以善惡為標準。「三吏」「三別」都涉及農兵。（當時工人很少。）是否可說唐朝已經「狼來了」？「病柏」「病橘」「枯枏」說唐朝社會的病與枯。「國步猶艱難，兵革未衰息。必若救瘡痍，先應去蝨賊」，是否要問他，「蝨賊」「究竟何所指」？

這段文字，同時回應了彭歌和余光中的批評。如果不滿現實、訴求改變就是階級鬥爭，那杜甫和白居易怎麼說？如果寫「工農兵」就是共產黨，難道唐朝的文學也要一併抹殺嗎？這也是另一角度的以子之矛、攻子之盾。國民黨政府自詡治下的台灣是「中華文化復興基地」，以此區隔破壞傳統文化的共產黨，胡秋原就以中國文學傳統來支持「鄉土文學」：他們是在繼承杜甫和白居易的精神啊！

但胡秋原的有趣之處不止於此。作為一個一生遊走於國、共兩黨的人，他的信念或人格也許說不上崇高，夾縫中生存的手段卻是爐火純青的。在同一篇文章裡，他反駁完官方陣營的論述後，竟然還能一迴身安撫起鄉土文學陣營的熱血青年們：

就文學理論或評論而論，無論什麼口號，主張，贊成或反對，總要有學問根據，要能自圓其說。如被人攻擊為崇洋媚外，要檢查自己是否崇洋媚外，不能「抓頭」。如被人攻擊是工農兵文學，也要檢查自己的話有無授對方指摘的話柄。如果說那不是毛澤東的工農兵，也要提出證據。不要逼人上梁山，也不要一逼就上梁山。

這段話是標準的各打五十大板，要雙方都檢討一下自己的論述有沒有問題，以一種看似持平的態度，試圖大事化小小事化無。但最值得注意的卻是最後一句：「不要逼人上梁山，也不要一逼就上梁山。」前半句是斥責官方陣營，後半句則是對鄉土文學陣營充滿政治智慧的提醒——沉住氣，不要妄動，不要「弄假成真」，真讓官方抓到肅清文壇的口實，才能延續文學影響力。

黨國文人的生存智慧確實高明，不過他真正的目標並不止於此。到了文章最後，胡秋原突然話鋒一轉，檢討起「文藝政策」來了：

而就政府而言，他的任務是守護法律，維持社會安定，不許共黨及其同路人顛覆。〔……〕超過了這個任務，政府不要介入。如有人報告「狼來了」，也要看看，找內行人看看，是否真狼，也許只是一隻小山鹿呢？如若作共黨或其他有害活動妨害安全，豈僅鄉土文學，華盛頓文學也不行。然若出了這個範圍而打擊一種文學時，他反而會特別流行。這也因為，「人生最樂事，無如雪夜閉門讀禁書」。常有人談「文藝政策」。這名詞根本由蘇俄而來。我以為在文藝上最好政策就是遵守憲法規定，同時供給作家以便利，鼓勵愛國反共的作品，聽其自由競爭與辯論。政府參與文學論爭，將成為笑談，若揚洋流而抑土派，尤愚不可及。

這段話字字珠璣，可以說是鄉土文學論戰諸文當中罕有的高度。胡秋原的高度不在文學理論，而在直指核心的政治判斷力。第一句話先肯定了「反共」的基本立場，但接下來一整段都是在勸政府不要介入文學。他的論點有二：第一，禁止某種文學是沒用的，反而只是促成它的流行；第二，政府根本不該制定「文藝政策」，那是共產黨的搞法，「自由」的國家為什麼要模仿共產黨？若說第一點是指出了某種人性的本質，第二點則是洞悉了戰後文壇問題的根源——為什麼鄉土文學論戰會打起來？說到底，不就是「反共懷鄉」的「文藝政策」，讓官方覺得自己必須插手文壇嗎？如果從一開始就沒有「文藝政策」，開放一個相對自由的創作空間，政府既不必與官方陣營的作家合謀，把文壇弄得烏煙瘴氣；鄉土文學、現代主義恐怕也不會因為有一個「教條的假想敵」而如此輕易茁壯。你不搞文藝政策，就不會有人反對你的文藝政策，真的是本來無一物，何處惹塵埃？

胡秋原談鄉土文學，不只對文學理論提出自己的看法，更上升到文藝政策的層次，這是真正見樹又見林的判斷。而以檢討文藝政策為結尾，更是一道直指核心的安排：「鄉土文學論戰」根本就不是銀正雄、彭歌、余光中對決王拓、陳映真、尉天驄。銀彭余等官方陣營作家的「進攻」，就算不是政府的直接策動，也是政府長年推動「反共懷鄉」文藝政策的必然結果。就算不發生在一九七七年，也可能是一九七八、一九七九、一九八〇年。因此，駁倒銀彭余也無法解決問題，政府永遠能夠找到下一批擁護官方的作家。作為支持鄉土文學的評論者，他不只要訴求「鄉土文學是可以寫的」，更要把訴求拉高到「取消文藝政策」。

當然，國民黨的文藝政策很難因為這樣一篇文章就取消。但是，在政治攻防中提出的政治訴求，本來就需要「把價碼喊高一點」，如此一來，就算結果是打了折扣的，也會回到相對能夠滿意的局面。

除了胡秋原，另一位「來自黨國的援軍」則是任卓宣。任卓宣的傳奇程度不下於胡秋原，他是中國共產黨的元老黨員，在共產黨內就是擅長與國民黨筆戰的頭號理論家。然而在一次暴動失敗後，任卓宣轉而投效國民黨，又搖身一變成為三民主義頭號理論家了。這其實並不奇怪，因為三民主義本來就是一台拼裝車，許多內容都是來自不同流派的社會主義。比起大多數沒念什麼書，根本不知道左派理論在講什麼的國民黨員，任卓宣知己知彼，打起筆戰自然是勇猛得多。

而任卓宣來到台灣後，創辦了政論雜誌《筆匯》。幾年後，《筆匯》的成員不想繼續辦下去，但已經持有的出版執照如果就此作廢，似乎也有點浪費，於是任卓宣便將這份雜誌交給了他熱愛文學的姪子，讓姪子改版為文學雜誌。他的姪子，就是鄉土文學陣營的尉天驄。

這是一段文學史上少有人提起的有趣淵源。尉天驄和陳映真兩人，一路編輯《筆匯》、《文季》等一系列雜誌，轉向左派、轉向鄉土文學的歷程清晰可見。但如果你真的去翻他們編的雜誌，三不五時就會看到任卓宣跳出來寫一些很不搭軋的三民主義論述。我們甚至可以合理懷疑：年輕時就是左派理論家的任卓宣，怎麼可能看不懂這群後生小輩在搞什麼？但同一時間，任卓宣卻又是比胡秋原更靠近黨國核心的國民黨要員，最高曾任中國國民黨宣傳部部長。把這些圖像結合起來，我們就會看見「曾經是左派青年的黨國幹部，以各種方式掩護下一代的左派青年」這樣的奇景。

在鄉土文學論戰裡，任卓宣便以他極為嫻熟的國父思想和國民黨黨史，為鄉土文學陣營尋找正當性。比如說，當銀正雄、彭歌指責鄉土文學作家暴露社會黑暗面，有煽動階級對立嫌疑之時，任卓宣就寫了〈三民主義與鄉土文學〉：

應該光明和黑暗兩者都反應，光明帶給人希望，黑暗促使我們改革。作家對歷史要有信心，不要抱絕望的態度。所以態度上要以適當的批評，主張改革。人有理性，要是非分明，是的就是是，非的就是非，非的就要改。孫中山先生說過要「別是非，明利害，識時勢，知彼己」。〔……〕凡是根據道理行事，講愛但也要講道理，有所好，有所惡。若過分寬容，那就不講是非，不講道理了，是即所謂「鄉愿」。

一路看下來，你可能會有點困惑：這文風也太八股作文了吧？這就對了，這正證明了任卓宣是多麼擅長「用國民黨的腔調說話」。兜兜轉轉，只為了把話塞到孫中山嘴裡，接下來誰還能說個不字？更進一步，他還寫了這樣的「Q＆A」來回應余光中的「工農兵文學」之說：

問：可是，往往就會因此而被一些人誣為是工農兵文學。

答：不，完全不同。一全大會就提出農民、工人的重要性。這與共產黨的工農兵文學完全不相同。工農兵文學由無產階級的文學來，但農民不是無產者，他們是擁護私有財產制的。再如我們今日的軍中文學，也可以表現民族文學的精神，不能誤解為工農兵文學的。再者，各方面的人都可參加文學活動。工人中的知識分子可以描寫工廠、工人，這便是生產文學，講生產的事情，不是所謂的工農兵文學。

前面我們提過，王拓和陳映真都會用國民黨的論述來包裝自己的想法，以此避禍。但是，跟真正的黨國要員一比，我們就能看出「包裝的精美程度」完全不同。哪個正常人類可以信手捻來國民黨的「一全大會」內容？這可是一九二四年，孫中山在廣州主持的「中國國民黨第一次全國代表大會」！論資歷，論歷史縱深，你各位國民黨員都只能乖乖聽訓。更神奇的是，任卓宣甚至從中衍伸出「工農兵文學」的正當性：我們的農民沒有要「打土豪、分田地」；我們的軍人作家有能力表現民族精神，這一點，身為軍人作家的朱西甯想必無法反駁；而我們的工人也能從「生產」的角度來寫自己的文學。沒錯，有工、有農、有兵，但就不是余光中指責的那種「工農兵文學」！

雖然他們不是文壇的核心人物，但這些黨國文人的公開聲援，以及檯面下的斡旋運作，確實對鄉土文學的論戰造成了很大影響。「鄉土文學論戰」可以說是台灣戰後第一次官方與民間大規模衝突的文學論戰，以戒嚴時代的氛圍，是很有可能上升成為大型政治案件的。更別說，在論戰裡首當其衝的作家群裡，至少就有陳映真、葉石濤兩名有前科的政治犯，他們要是再被抓進去，後果恐怕不堪設想。但是，鄉土文學論戰卻奇特地「平安落幕」——這當然不是說官方陣營出來承認自己說錯了，而是「竟然」沒有任何作家因此惹禍上身。對此，文壇始終流傳一種說法：正是因為有黨國文人明裡暗裡相助，這才讓一場本來可能上演的政治災難消弭於無形。

「恩威並施」的官方收尾

一般來說，研究者會把鄉土文學論戰的落幕設定在一九七八年一月。在這前後雖然還有零星的攻防，但基本上沒有超出過往論爭的內涵。如果硬要說的話，王文興的演講紀錄〈鄉土文學的功與過〉，在愚蠢程度上確實刷新了下限，有興趣的讀者可以找來欣賞一下。作為一場政府深度介入，半年多來策動了數十篇文章鋪天蓋地攻擊鄉土文學的論戰，似乎也到該收尾的時候了。

一月，官方舉辦了「國軍文藝大會」。這場會議最終由國防部總政戰部主任王昇的演講來定調——他就是余光中寫信去打小報告的那位特務頭子——，他的演講被記錄在曾祥鐸〈參加國軍文藝大會的感想〉中，代表了官方最後的態度：

純正的「鄉土文學」沒有什麼不對，我們基本上應該「團結鄉土」。愛鄉土是人類的自然感情，鄉土之愛，擴大了就是國家之愛，民族之愛，這是高貴的感情，不應該反對的。就算是有些年輕的鄉土作家們偶或偏激了一點，他們要反對帝國主義的侵略，反對過去流傳下來的某些不合時代的東西，反對社會上某些黑暗與不公平，這也可能是出自年輕人一種天賦的正義感，只要是動機純正的，我們就應該聽聽，應該諒解，應該善意的交換意見，應該團結這些人，不要把他們都打成左派，統統給戴上紅帽子。事實上我也知道有些鄉土作家並非如此的……。

王昇雖是軍人出身，但這段文字頗為切中要點。他點出了鄉土文學「回歸傳統」、「回歸現實」、「反帝反封建」等等要點，但把這些東西淡化成「年輕人一種天賦的正義感」，這就很明顯釋放出「不要再攻打鄉土文學」的信號了。以王昇的權勢，他都說鄉土文學沒問題了，其他官方陣營的作家自然也只能鳴金收兵。但從政治上說，王昇又不能只是鳴金收兵，否則就等於承認了過去半年多來的攻擊，通通都只是一場鬧劇，因此他也釋放了威嚇的訊號：

不過，我也要鄭重地勸告寫「鄉土文學」的這些年輕朋友們，你們千萬要當心，不僅不要有意的替共產黨宣傳，也不要在無意中被共產黨利用。卅年代的作家們就是一面鏡子。萬一造成國家的危險，也許你們會以為自己可以先跑掉（其實也不可能），然而，我們可憐的老百姓跑到哪裡去呢？所以我也要求這些年輕朋友要動機純正，要發揮愛心，要把自己的聰明才智，正義感和想像力，為國家民族而使用，要珍重自由中國之自由，而不濫用自由。

這裡，王昇再次提到「三〇年代」，召喚國民黨最深沉的「所有知識分子都赤化、都不支持我」的惡夢。同時，他也很有技巧地說：我可以相信（假裝？）你們不是真正的左派，但你們還是有可能「無意中被共產黨利用」，那同樣也是要被制裁的。王昇說得既曖昧又直接：你們是不可能先跑掉的。所以，不要把政府的「寬容」當成是軟弱，政府還是知道你們私底下在搞什麼鬼。

王昇的這一手是有遠見的，只可惜他的威脅顯然沒產生什麼效果。一九七七年的鄉土文學論戰由官方陣營主動挑起，最終卻是官方陣營受創最深。「反共懷鄉」本來就已氣若游絲，經此一役之後更是形同退出文壇。「鄉土文學」則毫無受挫跡象，不但持續發展數十年，並且在一九八〇年代，隨著《兒子的大玩偶》等電影改編的上映，影響力遠遠擴散到文壇之外。鄉土文學作家的代表人物黃春明會被稱為「國寶級作家」，正可以側面證明論戰的勝負與影視作品的傳播力度。

或者，用一個更直觀的方式來說明：光是你隨便抓個路人，都有高機率聽過「鄉土文學」這個詞，就足以顯示鄉土文學陣營成功守住了這塊戰略高地。

而對國民黨來說，他們或許會有點後悔自己這樣處理鄉土文學論戰。他們做出了「不抓人」的決定，成功地避免再添一樁政治罪行。然而，「不抓人」這個結果，卻也讓民間各路知識分子嗅到了威權體制鬆動的訊號。許多人開始想：會不會國民黨已經快要壓不住了？如果是這樣，會不會再用力衝撞一次，壓力鍋就能夠被頂開……？

世事的弔詭往往如此。國民黨的壓制力是否下降，其實並非重點。重點是「夠多的人覺得國民黨的壓制力下降了」，於是開始了一連串前仆後繼的社會運動。自鄉土文學論戰的一九七七年開始，一直到解嚴的一九八七年為止，有整整十年的時間，台灣社會的衝撞浪潮一波一波襲向威權政府，人們彷彿有了百倍的勇氣，怎麼抓都抓不怕似地反覆衝決。因為人們都相信：再一次，也許只要再撞一次……。

自台灣新文學運動以來，無數文學人都相信「文學能夠改造社會」。但是，若真的問起「文學有哪一次真正改造社會了」，文壇中人大概都只能支吾以對了。不過，鄉土文學論戰至少給出了一次正面的答案。沒錯，就是這一次論戰打開了潘朵拉之盒。它把腐朽的威權體制撞出裂痕，它讓本來被壓抑的思想逸流出來，給了人們一個持守信念的理由。如果沒有鄉土文學論戰，一九八〇年代的「黨外運動」恐怕很難如此風起雲湧。這一次，真的是文學走在社會前面了。

但是，當民間的思想同時迸發出來之後，本來存在於知識分子當中，不同立場、不同路線的問題，也就變得無法隱藏了。長久以來，這些路線差異都能在對抗國民黨的大旗底下，暫時攜手合作；戒嚴時期不能暢所欲言，總是得隱諱表達的氛圍，也使得各自的分歧「看起來」沒那麼尖銳。然而這一切，都將在大鳴大放的一九八〇年代通通浮上檯面，人們再也無法忽視彼此的同床異夢。

就在這樣的背景下，爆發了「台灣文學正名」系列論戰。

鄉土文學論戰

日期	作者	篇名（發表刊物）或事件	立場
一九七七年四月一日	銀正雄	〈墳地裡哪來的鐘聲〉（《仙人掌》第二期「鄉土與現實」專題）	主張反共懷鄉的「官方陣營」
一九七七年四月一日	王拓	〈是現實主義文學，不是「鄉土文學」〉（《仙人掌》第二期「鄉土與現實」專題）	主張左派關懷的「鄉土文學陣營」
一九七七年四月一日	朱西甯	〈回歸何處？如何回歸？〉（《仙人掌》第二期「鄉土與現實」專題）	主張反共懷鄉的「官方陣營」
一九七七年五月一日	葉石濤	〈台灣鄉土文學史導論〉（《夏潮》）	主張本土立場的「鄉土文學陣營」
一九七七年六月	許南村／陳映真	〈「鄉土文學」的盲點〉（《台灣文藝》）	主張左派關懷的「鄉土文學陣營」
一九七七年八月一日	王拓	〈鄉土文學與現實主義〉（《夏潮》）	主張左派關懷的「鄉土文學陣營」
一九七七年八月一日	任卓宣	〈三民主義與鄉土文學〉（《夏潮》）	其他聲援「鄉土文學」者
一九七七年八月十七日	彭歌	〈不談人性，何有文學〉（《聯合報》副刊）	主張反共懷鄉的「官方陣營」

一九七七年八月二十日	余光中	〈狼來了〉（《聯合報》副刊）	主張反共懷鄉的「官方陣營」
一九七七年八月二十九日		「全國第二次文藝座談會」	
一九七七年九月	胡秋原	〈談「人性」與「鄉土」之類〉（《中華雜誌》）	其他聲援「鄉土文學」者
一九七七年十月	陳映真	〈關懷的人生觀〉（《小說新潮》）	主張左派關懷的「鄉土文學陣營」
一九七七年十一月	陳鼓應	〈評余光中的頹廢意識與色情主義〉（《中華雜誌》）	其他聲援「鄉土文學」者
一九七七年十二月	陳鼓應	《這樣的「詩人」余光中》	其他聲援「鄉土文學」者
一九七八年一月十八至十九日		「國軍文藝大會」	
一九七八年二月	齊益壽	〈鄉土文學之我見〉（《中華雜誌》）	其他聲援「鄉土文學」者
一九七八年二月	曾祥鐸	〈參加國軍文藝大會的感想〉（《中華雜誌》）	主張反共懷鄉的「官方陣營」
一九七八年二月	王文興	〈鄉土文學的功與過〉（《夏潮》）	支持現代主義，反對鄉土文學

八

——當伏流湧出地表：「台灣文學正名」系列論戰

堅固的東西正在煙消雲散

一路讀到這裡，你應該已經發現，台灣文學史上的諸多論戰背後，其實都是三股勢力彼此交纏、來回消長：

1、外來政權所設定的官方意識形態

2、關懷底層的左派思想

3、訴求台灣自主的本土派

自一九二〇年代台灣新文學運動發生，一直到一九四九年戒嚴時代開始的三十年間，我們可以看到「勢力2與勢力3既合作又競爭，一同對抗勢力1」的基本結構。在「新舊文學論戰」的時代，人們既訴求改革社會（勢力2），也訴求「台灣是台灣人的台灣」（勢力3），共同對抗日本殖民者（勢力1）。「台灣話文論戰」的黃石輝，可以說是勢力2與勢力3的綜合體，他的反對者是則是比較純粹的勢力2，他們的共同前提也是對抗勢力1。到了「糞寫實主義論戰」，由於殖民政府的鎮壓，勢力2基本消聲匿跡，只剩下勢力3勉強抵禦勢力1。日本戰敗離開台灣後，勢力1從日本殖民者變成了國民黨政府，但基本結構仍然差不多：「『橋』副刊論戰」可以說是勢力2的內戰，其中本省作家稍微同情勢力3，因而與反對勢力3的外省作家有紛爭；不過，他們共同的前提還是對抗勢力1。

然而，一九四九年以後的台灣走入了戒嚴時代，從而徹底改變了文壇的樣貌。戒嚴時代可以說是台灣史上控制力最強、手段最恐怖的勢力1，因此勢力2、勢力3在一九五〇年代的「現代派論戰」幾乎全數噤聲——仔細想想，那是不是我們目前為止，唯一一章不太講左派、也不太講本土派的論戰？原因就在這裡。接下來的「關唐事件」和「鄉土文學論戰」裡，勢力2顯著地復甦，開始重新成為對抗勢力1的主力。不過，他們雖然彼此對抗，但戒嚴時代的勢力1與勢力2卻有一個共通點：

他們都非常排斥勢力3，排斥「訴求台灣自主的本土派」。

前一章我們提到，「鄉土文學論戰」裡面的本土派只有葉石濤趁亂上市了一篇文章，並沒有起什麼重要的作用。相反的，屬於左派的鄉土文學陣營卻成功打出一片天，讓「鄉土文學」成為鬆動威權體制的關鍵。

但歷史的發展往往十分弔詭：這樁「戰功」是左派立下的，得益的卻不只是左派。當威權體制鬆動之時，它並不會「只減少對左派的控制力」，而是全面性的控制力下降。因此，種種反抗的思想，都能在濃厚的「黨外」氛圍裡生長起來。也就是說，本土派雖然沒有在鄉土文學論戰上陣抗敵，但他們一樣也受惠於時代的轉變，逐漸擴張了影響力。而當左派與本土派同時散播自己的思想時，「需要理解馬克思主義才能掌握的左派思想」其實並沒有本土派那麼容易召喚到支持群眾。左派的門檻太高了。本土派只要舉起「台灣人要當家作主」的口號，就能夠輕易滲透人心——畢竟誰不想擺脫奴役，成為自己的主人呢？

因此，從一九七七年的鄉土文學論戰之後，本土派的政治勢力急速擴大，甚至有了凌駕左派之勢。除了「鄉土文學論戰」，一九七七年還發生了「中壢事件」，並且還有「台灣基督長老教會人權宣言」之問世，公開倡議要建立一個「新而獨立的國家」。一九七八年，藉著中央民意代表增額補選的機會，「全省黨外助選團」成立，「黨外政團」初見雛形。一九七九年，雜誌出版禁令解除之後，「黨外雜誌」大量出版；同年年底，「美麗島事件」爆發……。

這一連串的變化，使得本土思潮日益深入人心，成為群眾對抗威權體制的核心思想。然而，知識分子的「同溫層」，卻反而沒有那麼快接受本土派的想法。相較之下，精細、辯證、充滿抽象思考的左派思想，還是比較受到知識分子的歡迎；那些讓左派無法與本土派競爭群眾支持度的因素，反而成為部分知識分子持守左派信念的理由。對他們來說，本土派的想法還是太粗糙、太「土」了。部分知識分子也因為受過完整的教育，多多少少內化了國民黨的大中國意識，不太能理解「為何要侷限在偏狹的台灣」。

這樣群眾與知識分子、乃至於知識分子之間的脫節，加上比較能夠放膽說話的黨外氛圍，終於使「統獨議題」正式浮上檯面。而在一九八〇年代，最早的統獨論戰之一，竟也是從文學圈開始的——那就是後世認知為「台灣文學正名」的一系列論戰與文學事件。

擦槍走火的「邊疆文學」

顧名思義，「台灣文學正名」並不是一場論戰，而是一連串零零星星的交鋒。其中最大的兩波，當屬一九八一年的「邊疆文學論戰」，以及一九八三年的「台灣意識論戰」。而在這兩次論戰之間的幾年，文壇上更瀰漫著「台灣文學南北分裂」之說。

我們先從「邊疆文學論戰」講起。說起來，這並不是一場策畫好的論戰，而比較像是一樁出乎意料的「公關危機」。一九八一年一月，詹宏志受邀在《書評書目》雜誌上發表〈兩種文學心靈——評兩篇聯合報小說獎得獎作品〉。這篇文章如其標題，主要是在比較兩篇「聯合報小說獎」得獎作品，並且從而延伸出他的小說觀點。結果，大家不是很在乎詹宏志對小說的分析，反而被他的開場白吸引了注意力：

有時候我很憂心，杞憂著我們卅年來的文學努力會不會成為一種徒然的浪費？如果三百

> 年後有人在他中國文學史的末章，要以一百字來描寫這卅年的我們，他將會怎麼形容，提及那幾個名字？
>
> 小說家東年曾經對我說：「這一切，在將來，都只能算是邊疆文學。」
>
> 邊疆文學。這一詞深深撼動了我，那意味著遠離了中國的中心，遠離了中國人的問題與情感，充滿異國情調，只提供浪漫夢幻與遐思的材料……

平心而論，這段話如果早十年發表，恐怕是不會引起文壇任何注意的。在黨國體制的觀念裡，台灣本來就是不重要的邊疆，台灣的文學被稱為「邊疆文學」，是一點問題也沒有的。如果有朝一日反攻大陸成功，黨國文人自然不會需要再偏安於此，忘掉這裡的文學也無所謂。本土派文人就算不喜歡這種觀念，過去也是敢怒不敢言。

但一九八一年就不同了，這可是壓抑釋放的黨外時代。詹宏志很可能沒有任何惡意，只是順著過去的意識形態路徑，發表一些「沒有什麼創見、也沒有什麼不對」的陳腐感嘆。時勢轉移後，這段本來無關痛癢的文字，卻引來本土派作家強烈的抨擊。詹宏志將台灣文學形容為「邊疆文學」，並且推想未來三百年後，「台灣文學」在「中國文學史」之上恐怕只有「邊緣」的戲份，這種推想並非完全沒有可能；但對於彼時正在崛起的、力圖使「台灣文學」掙脫「中國文學」框架，在文學上「獨立」的本土派文學陣營來說，這種悲觀卻是大可不必。為什麼一定要依附中國文學，而不能創建自己的台灣文學系統呢？於是，葉石濤、李喬、宋澤萊、高天生等作家陸續回應此論，深化了「台灣文學」這一詞的定位與意涵，特別是重中之重的問題意識：「台灣文學與中國文學是何關係？」

這些問題，恐怕是詹宏志並不在意，或至少在那時候還沒開始在意的。從同一篇文章的其他段落，我們可以看到他完全把「台灣是中國的一部分」當作預設值：

如果我們還能因著血緣繼續成為中國的一部分；如果三百年後我們應得的一百字是遠離中國的，像馬戲團一般的歷史評價——我們眼前這些熙來攘往繁盛的文化人，豐筵川流的文壇，孜孜矻矻的創作活動，這一切，豈非都是富饒的假象？

〔……〕我的意思是，卅年來台灣人被各種人認為最好最重要的文學作品當中，太多努力恐怕注定要被時間鏽蝕風化。一方面因為作家常以「一時觀」、「一地觀」來寫小說，忘了時間本是前進的，忘了政治社會的現實也終將在青史裡鬆去它們的鍔鐐，另一方面則彷彿是歷史的悲運，我們都像伊迪帕斯王一樣無力抗拒成為「旁支」的命運，只能知其不可而為或不知其不可而為地持續下去。

第一段可以看見詹宏志的前提，是非常符合黨國價值觀的終極統一論。不管最後是誰統一誰，顯然台灣都會變得不再重要。但第二段我們可以看到，他其實也未必是要針對本土派，所謂「一時觀」、「一地觀」、「政治社會的現實」這類特色，放在左派的鄉土文學裡也毫不違和。並且，他的語調雖然悲觀，但最終的結論仍是「持續下去」，即便終究是要成為「旁支」的。

但這話看在訴求自主的本土派眼裡，自然是氣不打一處來。率先回應詹宏志的，是一九八一年五月號《台灣文藝》雜誌上的高天生。高天生的〈歷史悲運的頑抗——隨想台灣文學的前途及展望〉先快速總結了一九五〇年代以來，台灣文學的發展，並認為「寫實」將是文學的趨勢，鼓勵作家要更認真面對社會現實。在這個前提下，高天生展開了「強調台灣文學特殊性」的論述：

> 基本上，我們確認「台灣文學乃中國文學的支流」這觀點，為一不可更易的歷史事實；但是，同時我們也認為不能因此將其當做中國文學的亞流，而是應該面對其獨特的歷史性格、文學特色等，將之視為一獨立的文學史對象來加以處理，就如我們獨立處理台灣

史一樣。因之，一個創作者無端地自比為旁支的庶子，我認為是沒有必要的自我菲薄；而一個批評者，將現代作品置放於整個中國文學史去定位，無端惹來悲觀、沮喪的情緒，則是一種迷失歷史方向後的錯亂。我們認為當代的作品，唯有放置在台灣文學史裡去評估，才能貼切地凸顯出其意義。

高天生在這篇文章裡，採取了兩種有趣的論述策略。一是「固然，但是……」，他會先重申官方說法，然而卻將懸殊數倍的篇幅，放置在「但是」之後的台灣特殊性論述。這是葉石濤以降，我們早就看熟了的政治避險手段，表面上同意「台灣是中國的一部分」，實際上卻不斷告訴讀者相反的論點。在這一段最後，高天生甚至明白提出了「台灣文學史」這個範疇——以戒嚴時期的氛圍來說，這已堪稱「文學台獨」了，因為在那個年代，「〇〇文學史」的前綴詞通常都是一個獨立的國家。

另一個有趣之處是，每當高天生要證明論點時，他都會刻意引用統派的鄉土作家陳映真為例。〈歷史悲運的頑抗〉至少有六段引述陳映真，一段引述陳映真參與的《文季》。如果不明就裡的讀者，或許還會誤以為陳映真支持高天生的「台灣文學」立場呢。但實情剛好相反，如同我們在上一章與下一節提到的，陳映真恰恰是最致力於反駁「台灣文學」立場的作家之一。高天生借力使力，等於是用統派的論述來回應統派：如果你也說現實是重要的，那為何不承認台灣現實的特殊性？〈歷史悲運的頑抗〉看似是正襟危坐的文學評論，但卻頗富一種「頑皮」的文學性。

五月稍晚，葉石濤也於《中國論壇》雜誌發表了〈論台灣文學應走的方向〉。葉石濤也和高天生一樣，用了「固然，但是……」的修辭。葉石濤先肯定了「擁有六十幾年歷史的台灣文學一直屬於中國文學的一部分」，這是「來自祖國大陸的承傳」，但接下來卻強調，台灣文學還有「西方與日本思潮的激盪」與「鄉土文化的特殊影響」。

葉石濤沒有高天生那麼「頑皮」，但論述立場卻是一致的：不可否認，台灣文學確實受到中國文學影響，但「不只」有中國文學的影響。葉石濤將「來自祖國大陸的承傳」、「西方與日本思潮的激盪」、「鄉土文化的特殊影響」三者並列，就是將「中國因素」列為台灣文學的三分之一。其「鄉土文化的特殊影響」與高天生的「寫實」意涵近似，而「西方與日本思潮的激盪」，則是葉石濤親身經歷日治時期，承接當時文學傳統的經驗之談，又比高天生的論述多開一路。

其中最有趣的，是葉石濤對「現代主義」的理解。高天生將現代主義視為一九六〇年代興起，此刻已經退燒的階段。但葉石濤卻提出了完全不同的圖像：

當光復來臨，台灣現代主義文學運動如火如荼地展開的時候，我覺得非常詫異；因為他們所標榜的前衛文學，從喬伊斯到卡夫卡、從紀德到卡繆、沙特，達達、超現實主義、表現主義、實存主義以至於紀涅等人的反小說，並不是嶄新的文學主張。在日據時代的末期直到光復初期，台灣年輕一代的日文作家已經對於此種前衛文學潮流有所認識，並且經過一番沉思默考，有摒棄與採納的掙扎。我們在鄉土文學之父鍾理和先生的某些作品片段或鍾肇政的初期短篇小說裡可以看到前衛文學寫作技巧精華的鄉土化。

在此，葉石濤含蓄地反駁了主流文壇的見解：現代主義才不是一九六〇年代的青年作家引進的，在日治時代早就有過一波，而且「經過一番沉思默考，有摒棄與採納的掙扎」。翻成粗暴一點的白話文，這就是在說：你們戰後玩得那麼興奮的現代主義，本省人戰前早就玩到不想玩囉。這同時也賦予「鄉土文學」新的理解框架：你以為那些寫實作品不前衛嗎？錯了，他們早就消化前衛思潮，將之融入作品了。而這一激盪融會，又毫無疑問是在台灣發生、在台灣演變的台灣文學發展脈絡——這與中國文學毫不相干，畢竟中華民國治下的台灣，是不可能跟中華人民共和國的文壇有什麼往來的。

葉石濤〈論台灣文學應走的方向〉更有另一個值得注意的地方，那就是標題。在一九七七年的「鄉土文學論戰」裡，葉石濤參戰的文章是〈台灣鄉土文學史導論〉，他仍然必須藉著「鄉土文學」的外殼，來掩護自己真正想談的「台灣文學」。但到了一九八一年，〈論台灣文學應走的方向〉已經堂而皇之讓「台灣文學」四字連綴出現在標題上了，這正呼應了前面說過的「時代氛圍之鬆動」。在「鄉土文學論戰」裡面形格勢禁，無法回應陳映真之出招的葉石濤，終於在一九八〇年代有了更大的說話空間。然而，面對本土派的捲土重來，諸如陳映真之類的左統派作家卻顯得憂心忡忡，一陣詭譎、曖昧的檯面下較勁，也就由此蔓延了數年，形成了台灣文學史上「最多人否認其存在」的事件：台灣文學南北分裂。

「台灣文學」有「南北分裂」嗎？

「邊疆文學論戰」並不算規模特別大的論戰，但它卻對文壇形勢有微妙的影響。論戰期間及其後，文壇中瀰漫著「文學界南北分派」的傳言。傳言認為，「南方」以《台灣文藝》、《文學界》為陣地，是為獨派，主張「台灣文學論」；「北方」以《文季》、《夏潮》為陣地，是為統派，主張「第三世界文學論」。南方獨派的主將，大致有葉石濤、李喬、高天生、彭瑞金等人；北方統派的主將，則以陳映真為主。

此處的「南北」之分，從地理上看來其實頗為可疑。沒錯，《文季》、《夏潮》都在台灣北部，《文學界》的葉石濤、彭瑞金主要在高雄活動，這樣分還算有點道理。但被歸類為「南方」的《台灣文藝》，其主事者是鍾肇政，基本上沒有離開過桃園；而他身旁的幹將是苗栗的李喬和台北的鄭清文……這「南方」又是從何說起呢？

與其說這是「南北分裂」，不如說是「台北與台北以外的」還貼切一些。在一九八〇年代以前，無論是官方的「反共懷鄉」，還是民間的現代主義、鄉土文學，都以打進台北藝文圈為目標，畢竟台北才是政治、社會和媒體的中樞。然而，本土派長期以來不受台北文壇的注目，只能在「外縣市」孤立發展。因此，當本土派開始挑戰來自台北文壇的左統派時，就頗有一種「地方包圍中央」的態勢了。

而在文學理論上，兩派也都提出了各自的說法。本土派的「台灣文學論」可以用彭瑞金〈台灣文學應以本土化為首要課題〉為代表：

「所謂台灣文學，就是站在台灣人的立場，寫台灣經驗的文學。」

所謂「台灣人的立場」，是指站在台灣這個特定時空裡，廣大民眾的立場；是同情、認同，肯定他們的苦難、處境，希望，以及追求民主自由的奮鬥目標——的立場。這個立場，與先住民，後住民，省籍等等文化、政治、經濟因素無關。

這種說法，與上一章葉石濤所提出的「台灣意識」幾乎沒有差別，都是希望以「意識」來解決「台灣有多族群多文化」之問題。當然，任何框架都一定有所包含、也有所排除——什麼都沒排除的框架，那就等於什麼都沒說。彭瑞金比起葉石濤更激越之處，就是把「台灣文學論」排除（或說「不願意包含」）的對象說了出來：

只要在作品裡真誠地反映在台灣這個地域上人民生活的歷史與現實，是植根於這塊土地的作品，我們便可以稱之為台灣文學。因之有些作家並非出生於這塊地域上，或者是因故離開了這塊土地，但只要他們的作品裡和這塊土地建立存亡與共的共識，他的喜怒哀樂緊繫著這塊土地的震動旋律，我們便可將之納入「台灣文學」的陣營；反之，有人生於斯、長於斯，在意識上並不認同於這塊土地，並不關愛這裡的人民，自行隔絕於這塊土地人民的生息之外，即使台灣文學具有最朗廓的胸懷也包容不了他。

此處的「共識」或「意識」，當然就是葉石濤的「台灣意識」了。至於誰是「自行隔絕於這塊土人民的生息之外」呢？彭瑞金沒講，但大概也沒有一個作家會自己跳出來說「你怎麼可以罵我」；而它直接指向的，自然是以大中國意識為核心，潛意識總覺得「有一天要回大陸」的人。

與之對應，左統派提出的是「第三世界文學論」。「第三世界文學論」最苦心孤詣的擘畫者，毫無疑問是陳映真。他早在鄉土文學論戰就看出葉石濤的本土派苗頭，到了一九八〇年代果然證明他之出手攻擊是有遠見的，只可惜仍無法阻止本土派坐大。有趣的是，葉石濤和陳映真其實都是了解左派思想的人——再提醒一次，葉石濤可是檯面上唯一打過「『橋』副刊論戰」的沙場老將——，因此他們兩人分別都會用左派的思路，來建構統派或獨派的理論。

葉石濤及後世本土論者繼承的獨派史觀是這樣的：台灣自日治時期與中國分離以來，政治、社會、經濟狀態已發生重大變化。因此，這樣的變化也導致了個性完全不同的文學，這便是「台灣文學」之所以有別「中國文學」之處。我們可以看到，這種史觀基本上與「糞寫實主義論戰」的黃石輝、也與「『橋』副刊論戰」的楊逵之主張非常相像，差別只在黃石輝、楊逵沒有進一步主張「台灣（文學）應該分離於中國（文學）」。這種思考方式充滿了濃厚的左派風味：下層建築決定上層建築，因此社會的分隔決定了文學的分隔。並且，為了證成台灣文學的正當性，葉石濤也將日治時期的台灣文學，定義成「反帝國主義、反封建社會」的一股力量，這也是左派文學人琅琅上口的一套思路。

陳映真的「第三世界文學論」就由此見縫插針：既然葉石濤及他的追隨者也認為，台灣文學是從「反帝國主義、反封建社會」出發的，那更證明了台灣文學並沒有什麼「特殊性」，而是第三世界文學、特別是中國文學的一部分。因為包含中國文學在內的第三世界國家的文學，本來就都是「反帝國主義、反封建社會」的呀！這哪裡能說是什麼特色呢？早在鄉土文學論戰那篇回應葉石濤的〈「鄉土文學」的盲點〉裡，陳映真就這樣說了：

> 「台灣」「鄉土文學」的個性，便在全亞洲、全中南美洲和全非洲殖民地文學的個性中消失，而在全中國近代反帝、反封建的個性中，統一在中國近代文學之中，成為它光輝的、不可割切的一環。台灣的新文學，受影響於中國五四啟蒙運動有密切關連的白話文學運動，並且在整個發展過程中，和中國反帝、反封建的文學運動，有著綿密的關聯；也是以中國為民族歸屬之取向的政治、文化、社會運動的一環。抵抗時代的台灣文學之中國特點，應該也是葉先生所關切的，但卻令人覺得在這篇優秀的文章中著筆不力。

這是一個非常大而化之的論證：因為台灣跟全亞洲、全中南美洲、全非洲的文學目標相同，因此大家通通都是同一種文學啦；尤其台灣跟中國一起「反帝國主義、反封建社會」，那更是成為中國文學「不可割切的一環」了。最後一句話的「抵抗時代」，指的就是「日治時期」，陳映真以此反駁葉石濤：你們認為台灣是從日治時期開始發展出有別於中國的文學，但我偏偏要說那時期「反帝國主義、反封建社會」的台灣文學，就和中國文學有八七％像。

這樣的「第三世界文學論」其實有一個明顯的弱點：如果共有「反帝國主義、反封建社會」目標的文學，都要算作一類的話，那豈止「台灣文學是中國文學的一部分」，甚至連「中國文學」都不該獨立於「第三世界文學」之外，大家應該通通攪成一團無國界的左派文壇才對。但實際上，陳映真卻還是堅持中國文學的邊界，沒有主張徹底的左派理想，完全取消國族的界線。這顯然只是借左派的理論來武裝統派的願望。

不過，「第三世界文學論」也並非一無可取之處。陳映真主張跟同樣受到壓迫的第三世界國家交流，互相觀摩彼此的文學藝術，這確實是值得努力的方向。但在一九八〇年代的當下，跨國交流並不是文壇關心的重點，作家們基本上還是在統獨議題上各有立場。奇特的是，雖然「台灣文學南北分裂」的說法甚囂塵上，但我們卻只能找到零星的評論交鋒。更多的，是以耳語、人脈和各種私下管道的角力在競爭。比如在一九八一年四月，詹宏志發表「邊疆文學論」之後三個月，「第二屆巫永福評論獎」召開評選。在評選會議上，評審陳映真支持詹宏志得獎，評審葉石濤支持彭瑞金得獎，兩造僵持不下，導致評審會議延期，就頗讓人感受到暗潮湧動。隨後，更傳出陳映真外出旅行，一路從北到南拜訪各路作家，一一拜託大家不要支持「台灣文學論」。

面對這些伏流，本土派的兩大耆老「南葉北鍾」的態度非常有趣：他們決定裝傻到底。比如在〈台灣文學往哪裡走？——南北作家座談會紀錄〉之中，葉石濤說：

> 分派的說法，大概是因為南部辦一個《文學界》，而北部本來也有《台灣文藝》，因此有人造謠，說這是南北分派。

首先，我們可以來看葉石濤如何裝傻。明明「台灣文學南北分裂」，指的是文壇中的統獨兩派分裂，但葉石濤卻偷換概念，把問題變成：「《台灣文學》有分裂嗎？沒有吧？我跟鍾肇政沒有分裂啊？」雖然狀似搞笑，但頗可以看到葉石濤的情緒：他直接把「台北文壇」劃出「台灣文學」的範圍之外，因此你問他台灣文學有沒有分裂，他就回答你「本土派好得很，沒有分裂」。反正，在台北的那些人也不願意接受「台灣文學」的講法不是嗎？

高天生則在多年後的〈萬里無雲萬里天——從「北鍾南葉」談「南北戰爭」懸案〉裡，轉述鍾肇政當時的態度：

> 鍾肇政立即以幽默語氣表示，葉石濤是「南葉」被歸入「南部」殆無疑義，但他長期辦《台灣文藝》，家住桃園龍潭，被稱為「北鍾」，寫作風格與台北一些人風格不同，難道也要被劃入「南部」版圖嗎？他認為所謂「南北分裂」定義太籠統了，也與文壇的實際生態歧異很大。

相較於戲謔中帶有尖刺的葉石濤，鍾肇政的回應平和得多。他重申了「南北」分類之不當，但也同樣把「台北」當作一個特區切開看待。所謂「與文壇的實際生態差異很大」，也帶有幾分「你們（統派）憑什麼代表北台灣」的意味。

這件事越鬧越大，最後甚至驚動了「外人」。一九八二年三月，長年旅居美國的作家陳若曦回台，主持了一場《台灣時報》舉辦的座談會。這場座談會廣邀雙方參加，頗有一種「陳若曦來調解紛爭」的意味。陳若曦為什麼能調解紛爭？因為此時的她正是文學聲量、政治關係非常強大的時刻。陳若曦早年和白先勇等人致力於「現代主義」，後來因為浪漫的左派理想，決定潛回中國，參加「祖國的社會主義建設」。結果好死不死，一進去就遇到文化大革命，所有浪漫泡泡破得亂七八糟。數年後，陳若曦逃出中國，寫了一系列描寫文化大革命的名作《尹縣長》。國民黨政府本來因為陳若曦的「叛逃」而封殺此人，但看到她寫了《尹縣長》，又立刻將之捧為反共文學不可多得的傑作，待之為上賓。陳若曦也非常善用這種「樣板」身分，試圖在體制內改變威權政府。一九七九年美麗島事件爆發後，陳若曦甚至面見蔣經國，將一批華人知識分子的聯名信親手交給蔣經國，要求公開司法審判，其努力與影響力可見一斑。

總之，陳若曦雖然沒有一直在台灣文壇活動，不過她一方面既與官方關係良好，一方面又仍有良心知識分子的風骨，確實是少數雙方都要賣面子的人。一九八二年的那場座談會，出席者包含葉石濤、鍾肇政、宋澤萊、彭瑞金、高天生、鄭烱明、陳映真、黃春明等人，從人數上來看，「台灣文學論者」占了大多數，「第三世界文學論」的支持者只有最後兩人。根據座談會紀錄〈陳若曦的文學聲音〉，陳若曦做了如下結論：

> 北部的作家側重在學習第三世界值得學習的經驗，他們強調文學不應只限於本土，視野也應該擴大，這個我覺得很對，畢竟文學的路是很寬廣的嘛。不過，我相信南部作家的

意思，也不是說要畫地自限，或許他們的生活環境不是在大都市裡，他們紮根在鄉村裡，跟本土的人民打滾在一起，所以迫切感受到先要本身能夠站穩，受到了尊重，以後才能做更大的追求。所以，我覺得南北作家之間是沒有對立的，北部作家希望學習第三世界反帝國主義、反殖民主義、反封建主義的經驗，與南部作家主張根植鄉土、從最眼前的事做起，這兩種不同的方向都應該受到重視，同時，彼此也要互相尊重，不要發展出對立或互相排斥的局面來。

很明顯，這是在搓圓仔湯。陳若曦確實「就文學論文學」，說「立基本土」與「學習第三世界」兩者之間沒有衝突，這個說法是完全正確的。只是，雙方要爭論的本來就不是文學問題而已，立基本土最終是為了獨立，第三世界之說最終是為了統一。陳若曦迴避了最敏感的統獨問題，雖然能保持文壇表面的和諧，但也就意味著她迴避了問題的癥結。當然，這並不能怪陳若曦——因為這個問題接下來至少還要爭論幾十年，本來就不是任何一個文壇大佬出面就能夠調停得了的。

從「龍的傳人」引爆的「台灣意識論戰」

「台灣文學南北分裂」的氛圍持續瀰漫，如同一棟瓦斯外洩的房屋，隨時都可能引爆開來。一九八三年六月，一件震驚台灣文化圈的事發生了：寫下〈龍的傳人〉傳唱一時的音樂人侯德健，取道香港前往北京。當時兩岸並未開放人員往來，此舉相當於「投共」。侯德健的身分與決定十分具有象徵意義，一方面〈龍的傳人〉符合中華民國的主旋律，頌揚著大中國意識；但另一方面，具有大中國意識、戀慕中國的人文風物，最終選擇回到「神州大地」，豈不也是完全合邏輯的決定？侯德健等於以實際行動，戳穿了中華民國文化政策的內在尷尬——你必須愛中國，但又不能愛到真的回中國。

不過，真正引起瓦斯氣爆的卻不是侯德健，而是陳映真。在侯德健赴中之後，陳映真隨即發表了〈向著更寬廣的歷史視野……〉，文章有兩大主軸：一是讚揚侯德健的決定，認為這體現了侯德健認同祖國的熱血；第二則是回頭批評本土派，呼籲這些「分離主義者」應當從「更寬廣的歷史視野」來看事情。

〈向著更寬廣的歷史視野……〉寫得一往情深，想必能夠打動陳映真的統派同伴。不過，在他所批評的獨派看來，這兩大主軸合起來的圖像是匪夷所思的。依照陳映真的行文脈絡，叛離台灣這塊土地而投身中國的侯德健是「愛國」的，生活在台灣試圖建立本土文化自主性的獨派，反而是偏狹的、不愛國的了。針對獨派的歷史論述，陳映真更提出了另一個切點來反駁：

就說幾百年來，福建和廣東的漢人向外遷徙，一部分到了台灣，一部分到了南洋、北美洲。幾乎同樣的「開拓」、「移民」，並且有些經過了更徹底的「近代化資本主義歷史發展」（如在北美洲的漢人），卻說唯獨在台灣的漢人會發展出相對於「中國．中國人」的「台灣．台灣人」意識。〔……〕以上這些疑問，都充分說明了：當為一個主觀的政治偏見服務時，被惡用的歷史唯物論，是多麼幼稚、可笑。

如前所述，在葉石濤等獨派的歷史論述裡，台灣是在日治時期開始走上與中國不同的道路的。其中最大的差別，就是日本人帶來了「近代化資本主義」，強制改造了台灣的農業社會。而同一時間的中國，卻還陷入連年的戰火之中，無法如台灣一般經歷完整的社會轉型。陳映真在此處的回應是：從中國出發的移民並不只去了台灣，也去了東南亞和北美洲。這些地方，也陸續接觸了「近代化資本主義」，為什麼這些地方的人沒有產生「獨立」的訴求，仍然認同自己是中國人？可見，獨派的這套論述是站不住腳的，是一種「被惡用的歷史唯物論」。

這裡要特別提醒的是，雖然陳映真是左派思潮的主將，但其實他的思想體系並不縝密，表面是在捍衛歷史唯物論，但內在核心常常是非常唯心的民族認同情緒。就以他所舉例的東南亞和北美洲而言，這兩處的華人確實沒有試圖建立一個「新而獨立的國家」，但是他們大致上也是忠於僑居地的國家的，並沒有真的認同中國到訴求「與中國統一」。換言之，他們早已是分離於中國的「外國人」，只是仍然保留部分的文化連結。以此來說，台灣人若想認同、建立一個分離於中國的「外國」，並不是特別奇怪的事情。

不過，陳映真並沒有試圖補強論證，而只是想藉由這樣的舉例，為他的政治抒情筆調鋪墊。他接著寫道：

> 然而也就在這一份幼稚上，它就益為可同情的。「台灣．台灣人」主義的錯誤，不應該僅僅由那些少數人去負責。全體中國人都有一份責任。從戰後三十年的歷史看來，對待在因日本殖民主義而歪扭的歷史中生活的台灣人民，無可諱言，國共雙方都犯了十分嚴重的政治上的錯誤。〔……〕而在這個錯誤上，存在著右的和左的台灣分離主義發生的

基礎。一切對分離主義的批判，不能不在這個投影於全民族良識上的歷史錯誤之前，心存哀矜的傷痛。

而如果把這一份哀矜與傷痛，向著更寬闊的歷史視野擴大，歷代政治權力自然在巨視中變得微小……

此處的政治話術非常高明。他將台獨「病徵化」，說成「國共兩黨的錯誤所導致的」，表面上是十分溫柔同理獨派的處境。但當他把台獨設定成一種亟待修補的錯誤時，也就能順理成章地帶出「台灣問題必須由兩岸中國人來修補」。最後一段的「向著更寬闊的歷史視野擴大」，更是以看似溫情的腔調，暗示獨派對中國的敵意與分離意圖，實際上視野太狹小，太拘泥於「微小的政治權力」——也就是說，你們不要因為國民黨和共產黨的表現不好，就連帶厭惡整個中國呀！

陳映真此文一出，立刻引起了猛烈的砲火。包括《生根週刊》、《台灣年代》等黨外雜誌的多位評論者，都從不同角度批駁陳映真的大中國意識，以及在這種意識之下所產生的論述漏洞。這一波論戰，被稱為「台灣意識論戰」。比如蔡義敏〈試論陳映真的「中國結」〉就說：

一方面，他對一種文化的、歷史的民族主義（……）懷抱並表現極深厚的憂慮與期待，其殷切之情非常感人；更感人的是陳映真不時把對該種民族主義的殷念與關懷擴及世界各地受過壓迫或正在受壓迫的人民身上，特別是第三世界人民身上。然而，他卻在另一方面，對著一千數百萬人的相當自然的、在真實血肉的歷史過程之中衍生出來的理念與想法，視為只是一個並不美麗的歷史錯誤，視為是受扭曲的東西，這就有些雙重標準的嫌疑了。

而陳樹鴻〈台灣意識——黨外民主運動的基石〉更直接回應陳映真的「第三世界文學論」：

因此，他以為「所謂『台灣鄉土文學』，其實是『在台灣的中國文學史』。」我們實在看不出來，為什麼「台灣」「鄉土文學」這個個性，一旦在亞洲文學中消失了後，又從中國文學中冒了出來；台灣文學為何可以歸類於中國文學，亞洲文學，乃至於世界文學，卻硬是無法自稱台灣文學？

不過，這些文章主要都從歷史、社會、經濟的角度切入，與文學關係不大，不是本書所關心的主題。文學方面真正比較有力的回應，是一九八四年一月宋冬陽發表的〈現階段台灣文學本土化的問題〉。「宋冬陽」即是後來台灣文學界的健將陳芳明，這算是他第一次登上大型論戰的舞台。在接下來的兩個章節裡，我們還會持續看到陳芳明不斷登場。這篇文章以本土派立場回應自詹宏志以降的所有爭論，並且也以本土派立場詮釋了台灣文學發展的歷程。並且，陳芳明也襲用了陳若曦的思路，發展出一套「第三世界文學論與台灣文學論並不互斥」的說法，只是陳芳明更進一步，他主張台灣文學論可以「兼容」第三世界文學論：

> 陳映真根據他個人對台灣社會性質的瞭解所發展出來的第三世界文學理論，可以說豐富了本土文學論的內容。如果把他理論中對台灣歷史的誤解部分，以及對中國歷史的錯覺成分剔除，那麼就成為不折不扣的台灣本土文學論。他對台灣的作家提出忠告：「第三世界文學的特點就是非常擅於利用自己民族的特點和傳統，再揉和現代批判的思想，就變成活潑而充滿生命力的東西，這是我們可以向第三世界學習的一個重點。台灣的現實主義是太嚴肅了，太板著臉孔，太懷著沉重的心情。」像這樣的論點，可以說與台灣本土文學論全然並行而不悖，所有台灣作家一定會謙卑地向其他第三世界的作家汲取經

驗、學習技巧，以滋養台灣已有的傳統。

這段文字最有技巧的地方，在於將台灣本土文學論設定為「主」，而第三世界文學論設定為「客」。客只是來「豐富」主的，主可以「學習」客的長處，但主客關係非常清楚。如此一來，陳芳明既凸顯了本土派的兼容並蓄，也吃定了陳映真無法用同樣的論式反擊：陳映真甚至無法「反客為主」，主張「第三世界文學論能夠兼容台灣文學論」，因為他根本不能接受台灣文學論的本土立場。陳映真堅定的立場，也在此成為他的枷鎖與死結。事實上，他只要承認台灣人也是第三世界的一支弱小民族，就完全能把「台灣文學論」整併到「第三世界文學論」裡；但這樣做的前提，是他必須先承認台灣人是一個「民族」。

更進一步，陳芳明也用了類似高天生的技巧，用陳映真自己的作品來闡釋陳映真絕不可能同意的立場：

事實上，陳映真的作品，特別是他近三年來所寫的「華盛頓大樓」的系列小說，絕對是台灣經驗的台灣本土文學。雖然，他在文學理論中以「中國意識」來闡釋自己的作品；但是，如果一層一層給予冷靜剖析的話，讀者在文字與情節中很難找到中國的影子。相反的，他在小說裡提出的問題、表現的價值，都是屬於台灣的。

進一步來說，陳映真的小說乃是在台灣社會一定的客觀條件下誕生的；離開台灣的現實環境，則陳映真小說的關切與觀察，必然不會是現在這樣的面貌。

我想不需要多加提醒了：這又是左派的「社會條件決定文學」思路。陳芳明以左之矛攻左之盾：陳映真你本人就生活在台灣的社會條件裡，不管你願不願意承認，你寫出來的文學作品就是台灣本土文學。在陳芳明的論述裡，陳映真所自稱的「中國意識」實際上是沒有社會條件支撐的，既然左派要強調「唯物論」，強調「下層建築決定上層建築」，那就更該承認「台灣的社會條件必然產生台灣文學」這一點。

更進一步，陳芳明也批評「第三世界文學論」簡化了台灣社會與台灣文學的現象：

事實上，台灣社會的傷痕，並非純粹由外來的跨國公司所造成的；它還有嚴重的內在因素，而這不是第三世界文學論可以完全概括的。把台灣作家所面臨的各項複雜的政治、文化、社會、經濟等的前途問題，一律簡化為第三世界的共同問題，終究不免是皮相之論。台灣長期以來所面臨的民主化的瓶頸困境，難道是跨國公司招惹的嗎？困擾台灣社會的省籍問題，難道也是跨國公司的問題嗎？

這段文字，可說是〈現階段台灣文學本土化的問題〉全文最有洞見的批評了。「第三世界文學論」，或者是支撐著它的左派理論，最大的問題恐怕不在是統是獨，而是這些思想工具早已十分老舊，難以應付一九八〇年代日益複雜的台灣社會了。某種程度上，這也是左派理論逐漸難以凝聚群眾的深層原因。諷刺的是，左派非常強調「科學」，強調一切知識與理論必須來自具體的社會分析；然而，此時陳映真之緊抱左派與統派，卻更像是在固執堅守自己的信念。不是因為社會分析，所以提出左派的主張；而是因為自己是左派，所以必須提出那樣的主張。

陳芳明〈現階段台灣文學本土化的問題〉可以說是為一九八〇年代「台灣文學正名」系列論戰立下一座里程碑，整理、釐清了本土派主要的論點。這篇文章隨即引來了左統陣地《夏潮》的反擊，該雜誌策畫了「台灣結的大體解剖」專輯，收錄多篇批駁陳芳明的文章。這些批駁，多半沒有超出過去的論述，在此我就不打算重複了。不過，倒是有個值得注意的小地方，在吳德山〈走出「台灣意識」的陰影：宋冬陽台灣意識文學論底批判〉一文裡：

很奇怪，當鄉土文學論戰方酣，帽子滿天飛，余光中等人祭出「血滴子」正在汲汲找頭準備讓人頭落地之際，嚇得噤若寒蟬，不敢吐一口氣的「台灣意識」論者（如宋冬陽之流）現在卻跑出來竊奪果實，攘「鄉土文學」為己有了。就在時隔不遠，當事人猶存，文獻俱在的時候，宋冬陽已迫不及待地公然幹起竊賊的勾當了。這種大膽的行徑，真可稱曠古之奇。

雖然這段文字不甚斯文，不過它所呈現出來的剝奪感確是很真切的：一九七七年的「鄉土文學論戰」主要是左派在扛戰線，本土派並沒有什麼戰功。然而，隨著一九八〇年代本土派上升的勢頭，許多群眾望文生義，往往建立了「鄉土文學＝本土文學＝台灣文學」的錯誤想像——時至今日，你去路上隨便抓十個人問「鄉土文學是什麼」，大概也會有很多人持有上述想像。左派在鄉土文學訴求的「關懷底層」，實際表現為黃春明〈兒子的大玩偶〉之類的作品時，在讀者眼中看起來，就是在描寫「台灣」的風土民情，「本土」得不得了呀！

因此，在左派眼中，「鄉土文學論戰」一路發展到「『台灣文學正名』系列論戰」，簡直是一串「本土派收割鄉土文學論戰戰果」的過程。我們再一次看到歷史的弔詭：為「鄉土文學」一詞力戰的左派，最終竟丟掉了它的詮釋權；而只是想借「鄉土文學」之殼掩護本土立場的獨派，最終卻難以褪去「台灣文學＝鄉土文學」的蛇足，還得花非常久的時間才能建立「台灣不是只有鄉土」的印象。

統獨陣營的人才消長

我們很難說出「『台灣文學正名』系列論戰」是何時結束的；甚至可以說，文學界的統獨之爭可能要到二〇二〇年代才算真正分出勝負。不過，一九八〇年代的這幾波文學事件裡，我們已經能看出一股非常清楚的趨勢，那就是統、獨兩個陣營的人才迭代已經出現了明顯的消長。

只要稍加盤點，我們就會發現：文壇裡面的統派代表，從「鄉土文學論戰」開始就是陳映真，到了「『台灣文學正名』系列論戰」還是陳映真。甚至在本書最後一章的「雙陳論戰」裡，不好意思，主將還是陳映真。相較之下，文壇裡面的獨派代表卻是一棒接一棒。從最老資格的歷戰老將葉石濤，到戰後第二代的李喬。再往下，還有高天生、宋澤萊、彭瑞金以及陳芳明。

當然，我們不能因此就說「一九八〇年代的台灣文壇已經全面本土化了」，實際上持有中國認同的作家還是遠遠多於本土派的。我們此處的取樣，是「有意願、有能力出來打筆戰的人」。但是，論戰當中的人才消長，顯示的是「文學理論建構者」之消長。縱然這不能代表當下的真實勢力，但卻會影響接下來數十年的文壇形勢。畢竟，一種文學理念的提出與傳播，是具有生產性的。讀了這些文章的讀者，很可能會在十數年後成為下個世代的作家與評論家，從而啟動一條綿長的傳承鍊……。

某種程度上，我們可以把當代的文壇當成這條傳承鍊的延長線。在二〇二三年，四十歲以下的文學作家當中，幾乎已經找不太到「堅貞的統派」了；相對的，大多數的作家都有意識或無意識地持有某種本土派信念，即使他們不見得自我認知為本土派。如果你一路讀來，覺得「台灣意識」這樣的詞非常陳腐，沒有必要一直強調，我基本上是同意的。但我想多嘴提醒的是：正是因為有人先起了頭，將伏流接引到地表，並且有無數的人前仆後繼接力複述，一個禁忌難言的概念才有機會變得「陳腐」，才能讓人習慣到不知道為何要強調。這種「陳腐」，本身就是一種難得的成就。

——扯遠了，讓我們再次回到文學史吧。

「『台灣文學正名』系列論戰」遠遠沒有解決統獨爭議。雖然在數次的論戰裡，統派並沒有特別占上風，但獨派也僅僅是站穩陣地，而沒能打出決定性的戰果。如此僵持的形勢，越過了一九八七年的「解嚴」，越過了一九八九年震撼兩岸的「六四天安門事件」，終於在一九九五年找到了突破口。

這一次，我們將來到理論強度最高的一次文學論戰：學者參戰了。

「台灣文學正名」系列論戰

日期	作者	篇名（發表刊物）或事件	立場
一九七七年六月	陳映真	〈「鄉土文學」的盲點〉（《台灣文藝》）	第三世界文學論／中國文學
一九八一年一月	詹宏志	〈兩種文學心靈——評兩篇聯合報小說獎得獎作品〉（《書評書目》）	第三世界文學論／中國文學
一九八一年四月		「第二屆巫永福評論獎」召開評選，評審陳映真支持詹宏志得獎，評審葉石濤支持彭瑞金得獎。	
一九八一年五月	高天生	〈歷史悲運的頑抗——隨想台灣文學的前途及展望〉（《台灣文藝》）	本土文學論／台灣文學
一九八一年五月	葉石濤	〈論台灣文學應走的方向〉（《中國論壇》）	本土文學論／台灣文學
一九八二年三月二十八日		〈台灣文學往哪裡走？——南北作家座談會紀錄〉（《台灣時報》，座談會舉辦於三月二十日。）	
一九八二年四月	彭瑞金	〈台灣文學應以本土化為首要課題〉（《文學界》）	本土文學論／台灣文學
一九八二年四月	徐曙	〈陳若曦的文學聲音〉（《暖流》）	

一九八三年六月		侯德健取道香港前往北京。	
一九八三年六月十八日	陳映真	〈向著更寬廣的歷史視野……〉（《前進週刊》）	第三世界文學論／中國文學
一九八三年六月二十五日	蔡義敏	〈試論陳映真的「中國結」：「父祖之國」如何奔流於新生的血液中？〉（《前進週刊》）	本土文學論／台灣文學
一九八三年七月十日	陳樹鴻	〈台灣意識——黨外民主運動的基石〉（《生根週刊》）	本土文學論／台灣文學
一九八四年一月	宋冬陽／陳芳明	〈現階段台灣文學本土化的問題〉（《台灣文藝》）	本土文學論／台灣文學
一九八四年三月	吳德山	〈走出「台灣意識」的陰影：宋冬陽台灣意識文學論底批判〉（《夏潮》）	第三世界文學論／中國文學

九

終於論劍，在學院的光明頂：後殖民論戰

台灣哪有文學？

有件台文學界廣為流傳的小故事是這樣的：一九七〇年代，一位日本研究生岡崎郁子來到台大中文所留學。在所上，她認識一位講授「日本漢學史」，對日本文學有深刻理解的教授。一問之下，才發現他是日治時期的耆老黃得時。黃得時曾在本書第三章出場過，他的父親就是「台灣話文論戰」裡面的黃純青。岡崎郁子因而對台灣文學產生了興趣，於是希望以此為題，由黃得時指導寫成碩士論文。不料，當岡崎郁子把題目報到台大中文系系主任那裡時，這位系主任反問了一句：

「台灣文學？台灣哪有文學？」

這個故事，頗可以反映整個戒嚴時代，學術界對「台灣文學」的認知——那就是沒有認知。在一九九〇年代，「台灣文學系、台灣文學所」陸續創立以前，台灣主要的文學研究機構就只有「中文系」與「外文系」兩大類。外文系以英美文學研究為主軸，中文系則符應官方意識形態，兩者都對台灣文學的研究興趣不大。真要說起來，外文系可能還跟台灣文壇更親近一些：至少「現代主義」陣營的許多小說家，都是台大外文系培養出來的。這也是為什麼，台灣文壇大多數作家都不是中文系出身的，只有圈外人才會誤以為「想當作家就要去讀中文系」。

學院是否研究台灣文學，是一件重要的事嗎？還真的滿重要的。一般人想像的文壇，大致由以下成員組成：作家負責創作，編輯負責出版，評論家提出主張與褒貶，讀者則是最終端的消費者。這個圖像看似自給自足，卻少了文學人非常重視的一塊：誰來決定哪些作品能夠傳諸後世，影響力超過人類壽命極限呢？那就是「學者」，以及學者們所組成的「學院」。

但麻煩的是，文學系所有一套獨特的遊戲規則。文學學者和其他系所不太一樣的是，一般系所追求客觀知識，凡存在就值得研究。昆蟲學家不會因為一種蜘蛛長得很醜就認為它沒有研究價值，物理學家也不會因為原子彈曾殺傷千萬人就拒絕研究核子物理。但是，文學系所卻是一個「從價值判斷開始、也終於價值判斷」的地方。學者們會先決定「什麼是值得研究的文學作品」，這是第一道價值判斷。接著，在諸多值得研究的文學作品裡，他們會從多個面向評判高下，包含時代性、議題性、思想價值、美學價值……等。某部作品經過學者反覆討論，獲得了學術定位之後，就會以這樣的「定位」被寫入「文學史」，這又是第二道價值判斷。

這兩道價值判斷關卡，就可以決定哪些作品將永久留在人類記憶裡，哪些作品又將隨時間風化。比如說，你大概可以想像二〇二三年的黃山料不容易通過第一道關卡，即便勉強通過了，在第二道關卡也會獲得很低的評價。然而，如果你用其他學科的角度來看，會覺得這種判斷「非常不客觀」——黃山料的作品明明存在，並且有現象級影響力，怎麼可能完全忽略？但很抱歉，文學系所對這兩道價值判斷就是這麼堅持。即便在經過後現代等思潮鬆動過後，仍然難以改變。

回到岡崎郁子的小故事，我們就會看到戒嚴時期的學院是如何看待台灣文學的：台灣沒有文學，所以連通過第一道關卡的資格都沒有。相較之下，感嘆「邊疆文學」的詹宏志還比較寬容一點，他至少覺得台灣文學會通過第一道關卡，只是在第二道關卡會得到很低的分數。

因此，「台灣文學」這個名號雖然在上一章的論戰後，在文壇占有一席之地了，但在攻下學院陣地之前，仍不能算是克盡全功。一九八〇年代後半，台灣社會與台灣文壇都發生了劇烈變化，終於在一九九〇年代踏上了最後一哩路。一九八七年，葉石濤在解嚴前夕出版了《台灣文學史綱》，是台灣史上第一部以「台灣意識」為核心建構的文學史。不過，葉石濤並沒有嚴謹的學術訓練，所以這本史綱飽受學院的批評。葉石濤就曾憤怒反駁：「是你們學者不寫，才輪到我這種小說家來寫。」他的沉鬱之情可以理解，更可讓我們側面看到「台灣文學缺乏學院支援」的事實。但無論如何，先有一本「台灣文學史」，哪怕是不完美的台灣文學史，都至少給予學院一個討論的契機——就算批評它也是一種討論。接下來，台灣解嚴，社會風氣大開。一九九〇年，前衛出版社啟動了「台灣作家全集」的計畫，主編是鍾肇政，這是至今最完整的台灣小說家叢書，再一次提供了學院進一步研討台灣文學的素材。

就在本土派孜孜矻矻趕工「基礎建設」時，左統派卻遭逢重大危機。一九八九年，中國發生「六四天安門事件」，震驚世界，尤其震撼了台灣人。國民黨在戒嚴時期再怎麼野蠻，也沒有用坦克車輾過示威群眾；上一次類似的屠殺已經是一九四七年的二二八了。如此局面，讓台灣人對統一的期待急速冷卻，族群認同自此反轉。左統派的主張從此再難有廣泛的政治影響力，在文壇的話語權也漸次衰弱。更致命的是，就在「六四」隔年，陳映真竟率團訪問中國，以言行為剛剛進行大屠殺的中共政權辯護。這不但本土派無法接受，就連陳映真的鄉土文學戰友尉天驄、黃春明也大為反對，幾乎終結了陳映真的文壇地位。此後，台灣文壇還是尊敬陳映真的文學成就，但對於他的政治理念就只有破口大罵或敬而遠之兩種態度了。

如此一消一長，就決定了「首先進入學院視野的台灣文學」，主要會是本土派的台灣文學。一九九〇年代的台灣是百無禁忌的年代，無論是大眾文化還是精英文化都百花齊放，金沙與泥沙俱下。一九九四年，陳水扁、趙少康、黃大洲三人競選台北市長，選戰空前激烈，趙少康屢屢以外省人的危機感來催動選票，使省籍對立完全檯面化。一九九六年，「台海飛彈危機」爆發，中國試圖以武力嚇阻台灣的總統大選，成為中國介入台灣選舉的濫觴。就在這兩個時間點之間，台大外文系發行的刊物《中外文學》發生了一場影響深遠的學術論戰：後殖民論戰。

後殖民與後現代：來自學者的火力支援

話說從頭，這場「後殖民論戰」雖然在一九九五年才正式開打，但早在一九九二年就有了一場預演。這一波的主角，是外文系的學者邱貴芬與廖朝陽。在「第十六屆全國比較文學會議」上，邱貴芬發表了〈「發現台灣」：建構台灣後殖民論述〉。這篇文章以王禎和為分析案例，希望用「後殖民論述」來深化台灣文學的討論。邱貴芬基本支持本土派立場，但顯然也意識到本土派的論述深度不足，因此接引西方正在流行的「後殖民」進來，可以說是為台灣文學確立學術地位跨出了關鍵一步。邱貴芬開宗明義這樣說：

本文以後殖民論述抵中心（de-centring）的觀點出發，一方面抵制殖民文化透過強勢政治運作，在台灣建立的文學典律，另一方面亦拒絕激進倡導抵殖民（de-colonization）文化運動者所提倡的「回歸殖民前文化語言」的論調。如果台灣的歷史是一部被殖民史，台灣文化自古以來便呈「跨文化」的雜燴特性，在不同文化對立、妥協、再生的歷史過程中演進。一個「純」鄉土、「純」台灣本土的文化、語言從來不曾存在過。

好的，我知道部分讀者壓力開始大了。沒辦法，學者、在學術會議和學術期刊上的論戰，當然是以論文的寫法來進行。但請別擔心，我會盡量把它翻譯成常人能夠理解的語言。這段文字最重要的關鍵字有兩個，都在第一個短句，分別是「後殖民」與「抵中心」。第二個短句「一方面抵制……」以下，講的就是「後殖民」的理念；第三個短句「另一方面亦……」以下，講的就是「抵中心」。其實只要你看懂了，就會發現學者寫論文是很有邏輯的，通通都是照順序排列的樹狀圖。

那這兩個概念到底在講什麼呢？首先，「後殖民」的主要關懷，可以簡單理解為「批判殖民者的文化霸權」。因為殖民者的文化，往往是依靠殖民者的政治地位來強迫灌輸的，帶有強烈的不平等性質。比如說，很多人認為「國語比台語優美」，這樣的想法其實是來自政治灌輸，因為從語言學的角度來看，語言頂多能說是「各有特色」，根本無法論證哪一種語言比較美或比較好。或者，當台大中文系主任說「台灣哪有文學」時，他也不是從客觀事實出發，而只是因為政治因素讓他可以這麼說。因此，邱貴芬提議採取「後殖民」的角度，來解釋台灣文學的發展歷程。仔細想想，我們從第一章到第八章的所有論戰，是不是都有一股「用文學來抵抗殖民者」的底蘊？日治時期抵抗日本人，戒嚴時期抵抗外來的國民黨，基本上都可以套入這個框架。雖然有些人可能不見得贊同把戒嚴時期的國民黨當成「殖民者」，但這個「壓迫VS抵抗」的架構實在能夠解釋太多事情了，因此直到今天，邱貴芬提出的「後殖民」思路仍然是台灣文學界的主流認知。

聽起來很不錯，那為什麼還要加一個「抵中心」呢？這就跟一九八〇年代以降，乃至於一九九〇年代加劇的省籍衝突有關了。如果你同意日本人和國民黨都是「殖民者」，他們帶來的文化都是「殖民文化」，那很容易產生的一種直覺是：我們必須驅離、消滅這些外來文化，才能讓受傷的本土文化「回復原狀」。然而，這種想法，正好是趙少康之類的政客能夠炒作「陳水扁當選，外省人都要去跳海」的張本。邱貴芬於是用「抵中心」來修正「後殖民」的立場：我們確實要抗拒殖民者的強勢文化，但那只是要拿掉殖民者建構的「權威」，他們帶來的文化——不管是歷史上的荷蘭、日本還是中國——本身，仍然能夠兼容在台灣文化裡。也就是說，台灣文學應該承認自身是多種文化的融合，不必強制回到「殖民之前」的純淨狀態，這也就能避免「再次文化清洗」所造成的傷害。比如以前面舉例過的台語為例，台語當中已經吸收了大量日語及華語的元素，如果要回到「殖民之前」，則要把這些詞彙通通剔除，這樣反而會讓現在的台語受到傷害。在這個例子上，「後殖民」會要求消除「華語比台語優越」的觀念，「抵中心」則會主張台語融合外來元素沒有問題，不必徹底消滅華語。

這個構想，卻引來了廖朝陽的不同意見。廖朝陽和邱貴芬的立場差距不大，都屬於本土派學者。但是，廖朝陽卻對「抵中心」的看法有所懷疑。他先指出，「抵中心」的思考方式來自「後現代」思潮，這種思潮有時反而是跟「後殖民」的抵抗精神互相矛盾。因此，他認為邱貴芬需要解釋一下「後殖民＋抵中心（後現代）」兩者要怎麼調和？〈評邱貴芬『發現台灣：建構台灣後殖民論述』〉這樣說：

> 首先，論文採取後結構派的講法，認為後現代就是反中心，反主體性，代表一種解放的力量；其實有很多理論家對後現代採取批判態度。Hal Foster在論文集*The Anti-Aesthetic*的序文中便指出後現代理論可以大體分成保守與抗爭兩派；從抗爭派的觀點來說，後現代文化是晚期資本主義的一環，代表西方文化的新殖民主義時期。在這個階段，西方文化捨棄「不人道」的武力侵略，靠著文化與經濟霸權，以另一種方式重溫宰制異文化的

舊夢；而取消主體性，以文化異質（也就是邊緣位置）為貴，都是跨國文化解除內部與外部抵抗的手段。邱教授也許不同意這種說法，但至少應該提出不同意的理由。

確實，「抵中心」的思考方式與「後現代」系出同源，而後現代最重要的觀點，就是認為「沒有真正的真理」，所有真理都是被某種政治權力建構出來的，因此都會厚此薄彼，造成不平等或不自由。以台灣的場合舉例，後現代會認為「以國民黨為中心的文化」確實是不好的，但根本的解決方案不應該是「打倒國民黨，建立以台灣人為中心的文化」，因為新的中心也可能犧牲掉原住民、新住民或其他族群。最好的解法，是根本不要建立任何中心，不要相信「有什麼觀點是絕對正確的」，這就是「抵中心」的本質。

廖朝陽的質疑就由此出發。他引用Hal Foster的說法，認為「後現代」這種看似理想化的做法，實際上只會讓弱勢文化失去抵抗的武器。因為，如果沒有任何觀點是正確的，人們就沒辦法找到一個信念來凝聚彼此，從而對抗強勢文化。用剛剛台灣的案例來說，如果你什麼都不相信、什麼觀點都要質疑，那就無法團結弱勢的台灣人來對抗國民黨。如此一來，你確實不會產生新的不平等，但你也永遠沒有機會打倒國民黨。因此，「後現代」的理論雖然講得很漂亮，但實際上只會讓掌權的繼續掌權，得勢的繼續得勢。「國民黨不是中心，你也不是」是一種各打五十大板式的「平等」，然而被強勢文化與弱勢文化同時被繳械的效應，卻只能延續「不平等」的現狀。

不過，廖朝陽也並不是要主張回到「殖民之前」的純淨狀態。他進一步申明，這個世界並不是只有「純淨」或「混雜」兩種選擇：

譬如說，論文一再標舉台灣文化的跨文化性，否定台灣文化有一個原本的，純淨的本質可言。其實，所謂回歸史前淨土之說，多半只是後結構派本原恐懼症所製造出來的一個稻草人。正如「原住民」不一定指「最早的住民」，「本土文化」也不一定指獨立於一切外來文化的「淨土」。沒有人會主張把台灣文化的時鐘往後撥，從現代社會跳回傳統社會，也沒有人會主張歷來殖民者所帶來的文化要素都必須一一捨棄。論文用很簡單的解構公式否定了絕對本原論，卻規避了真正的對手：相對本原論。在法西斯式的淨土崇拜與後結構派的絕對漂遊之間，本來就存在許多不同的立場。〔……〕以語言問題為例，解構公式好像是要告訴我們：所有語言都在變化中，所以閩南話之類的民族語言本來的面貌是如何已經不可考也不必考，所以目前的語言狀況已經很好，我們不必去干預。這當然也是一種說法，不過，就後殖民理論來說，這是很奇怪的說法。

廖朝陽的立場是：沒錯，我們不必消滅殖民者帶來的全部文化（華語），不必重新建立一個唯台語是尊的台語霸權。但這不代表，我們要就地承認「現況已經很好了、不必再調整了」。如果我們同意現況不夠好，國民黨的文化霸權仍然到處都是而必須批判，那我們勢必要找到一個批判的出發點，如此一來，建立一個「相對的本原」仍然是有必要的。

廖朝陽的說法頗具說服力，但邱貴芬卻顯然另有關懷。對她來說，堅持「抵中心」的立場，才能建立更加包容性的架構，把各式各樣的族群包含進來。她以〈「咱都是台灣人」——答廖朝陽有關台灣後殖民論述的問題〉回應：

> 置之台灣抵殖民架構，「台灣人」是一種說話主體採取的立場，而非本質。所謂的本省人不見得一定是台灣人；所謂的「外省人」其實也可以是台灣人。事實上，台灣的政治情結、生態錯綜複雜，已非簡單的殖民／被殖民二元分法可解，不少殖民論述者如Sharpe, Spivak等人都提醒我們，被殖民者並非一個單一族群，性別階級因素往往劃分被殖民者成為各具不同立場的主體。如果被殖民者不是單一的團體，所謂的殖民者亦難以定義。故國夢碎，怨憤索討「戰士授田證」償金，只會講北京話的老兵榮民是殖民者還

是被殖民者？在主流／非主流政爭裡叱吒風雲，幾近「一言九鼎」的台籍政客是殖民者還是從事抗爭的被殖民者？中國／獨台／台獨的三角關係造就了台灣特殊的殖民劇場。

這裡舉了更多案例來說明「為何不該預設某種『中心』」，只要對照前文的說明，應該不會太難理解。不過，值得注意的是第一句話：「『台灣人』是一種說話主體採取的立場，而非本質。」這句話的腔調很學術，但細細玩味，跟葉石濤以「台灣意識」來定義「台灣文學」的講法並沒有太大的差別。葉石濤等人主張的「台灣意識」幾乎就等於「說話主體採取的立場」，無論先來後到、屬於什麼族群，這些「本質」都不影響他們是不是台灣文學。在此，我們可以看到過去台灣文學的論戰成果如何「滲透」進入學院；或者反過來說，可以看到學者如何有意識地將台灣文學的論戰成果「傳承」、「翻譯」成學術語言。

至此，兩人的討論已經不是立場、理念的差異，而進入不同關懷、不同戰術的討論。邱貴芬訴求包容以補救時弊，廖朝陽則擔憂這樣的「包容」是否會消滅戰力。在〈是四不像，還是虎豹獅象？——再與邱貴芬談台灣文化〉一文，廖朝陽甚至以摻雜了台語的中文來寫作，一方面實地操作邱貴芬的「混雜」論點，一方面也質疑這樣的「混雜」是否真的有抵抗到什麼：

問題的焦點在於：碰到不特定的例，尤其是脫離歷史實況的文字資料，這套理論能不能分辨真學舌與假學舌？Bhabha在提出學舌理論時，基本上是將英國殖民者當作一陣蓋頭蓋面的僵屍的：他們背負著教化蠻夷的巨大理論包袱（其實還有長槍大砲），常常被這些蠻夷創治、欺騙，卻總是不曉或者是不願師夷長技，同款騙轉來。這內面當然也就未抵著假學舌這款問題。對這一點，邱貴芬倒是作了具有意思的延伸。從宋楚瑜、章孝嚴的例來看，邱貴芬顯然是認為，不管是真學舌還是假學舌，黑貓抑是白貓，只要結果複化現象有在行，純種的殖民者文化有在變成雜種，那攏每是被殖民者的成功。

這段文字非常調皮，畫線處都是明顯的台語，從形式上實踐了邱貴芬的理論——這種「中文」，顯然就不是純種中文，而是「本土化的中文」了，用被殖民者的文字改造了殖民者的文字。但是，這段文字的內容卻又質疑：那我們怎麼分辨「真學舌」還是「假學舌」？廖朝陽作為本土派，去混雜兩種文字：宋楚瑜、章孝嚴之類的政客為了爭取選票，而在華語中混雜台語——從表面上看，都是混雜，難道意義會一樣嗎？難道我們可以說，只要外省人也開始學幾句本土語言，本土化就已經抵抗成功了？甚至，更危險的是：殖民者有沒有可能反向學舌，學你幾句本土語言，卻用來延續、強化他對本土文化的控制？比如，要是有外省政治人物用一口流利的台語演說，主張的政策卻是反對台語教育，這要怎麼算？

在這一輪討論裡，廖朝陽的質疑非常鋒利，邱貴芬的論文也未必能回應所有問題。不過，與其說這是邱、廖兩人的高下之分，不如說是「建構理論」本來就比「提出批判」困難得多。我們之所以花這麼多篇幅講解兩人的前哨戰，是因為兩造說法都將成為未來的養分。在三年後的「後殖民論戰」爆發之時，我們可以看到學者們從上述的基礎出發，加強了原有的說法，將台灣文學論述的深度發展到史上僅見的程度。

「台灣文學的動向」專輯

一九九五年，《中外文學》策畫了「台灣文學的動向」專輯。《中外文學》是一個非常有趣的刊物，它創立於一九七二年，一開始是由台大外文系創立的綜合性文學雜誌，當時的外文系主任就是「關唐事件」有出戰的顏元叔，楊牧等人的論戰文章也散見於此。《中外文學》一方面刊載文學評論，一方面也刊載了不少文學創作，特別是比較「學院派」的作家如王文興、王禎和與郭松棻等人。同時，它也帶有濃厚的學術氣息，會刊載文學論文、介紹外國文學理論。

到了論戰前夕的一九九〇年代，《中外文學》就在時任總編廖咸浩的主導下，改以「專輯」的方式來編輯：每期《中外文學》會設定一個焦點話題，以此向學者邀稿。一九九五年的「台灣文學的動向」專輯，就是這種編輯模式的產物。《中外文學》此舉顯然是呼應日益高漲的本土化浪潮，要將「台灣文學」拉進學術議程。不只如此，在這一期專題引爆論戰之後，連續一年多的《中外文學》，是期期都有論戰文章。策畫此一專題的總編是吳潛誠，多年後的現在，《中外文學》官方網站的介紹直接將吳潛誠的貢獻定位為「加深《中外文學》的台灣本土轉向」。

「台灣文學的動向」專輯裡，最主要的兩篇文章是陳芳明的〈百年來的台灣文學與台灣風格—台灣新文學運動史導論〉與陳昭瑛的〈論台灣的本土化運動：一個文化史的考察〉。這兩人分別代表了「台灣認同」與「中國認同」的立場，各自闡述他們對台灣文學、對本土化浪潮的看法。我們先來看看陳芳明的說法：

> 恰當地把近百年來的台灣文學，放置於殖民文化與後殖民文化的脈絡中來觀察，恐怕是九〇年代台灣文學史家必須面臨的重要課題。倘然將殖民性格與後殖民性格從台灣文學

中剔除，完全模糊了百年來台灣作家所鍛鑄的抵抗文化，則任何有關島上文學歷史的檢討，都只不過是在為強勢的帝國主義與虛偽的民族主義服務而已。

相較於前一回合，這裡的概念簡單多了。值得注意的是，陳芳明從這裡開始把「後殖民」這個關鍵字帶入他的台灣文學論述裡，這在上一章的「『台灣文學正名』系列論戰」裡是不曾發生的。從文章發表的軌跡來看，這顯然是踵步邱貴芬所提出來的「後殖民論述」。並且，陳芳明從這篇文章以後的文學史論述，一直到他最終完成的代表性著作《台灣新文學史》，也都如邱貴芬所擘劃的那般，將「後殖民」與「後現代」混合成一套文學史框架，取代（或說「更新」、「升級」）了葉石濤的「台灣意識」框架。

不過，相較於邱貴芬以王禎和的個案來「試用」理論，陳芳明此文的貢獻在於擴大理論的適用範圍，實際拿來解釋一九二〇年代以降的「台灣新文學」發展：

近百年來台灣文學的發展，穿越了殖民地社會與後殖民社會的兩個時期。所謂殖民地社會，乃是指從一八九五年到一九四五年日本帝國主義的統治時期。所謂後殖民社會，則是指一九四五年國民黨政府來台接收後而發展到今天的時期。在這兩個等長的時期裡，政治體制、經濟基礎、社會結構與文化價值，都產生相當程度的變化。然而，無論這前後兩個社會具備何等歧異的轉折，台灣文學之被置放於邊緣地位則完全沒有兩樣。

陳芳明把「日治時期」和「戒嚴時期」切分開來，前者稱為「殖民地社會」，後者稱為「後殖民社會」。這個說法其實有點微妙。在邱貴芬的論述裡，雖然她沒有指名道姓說誰是殖民者，但她和廖朝陽在探討殖民者的強勢文化時，毫無疑問是把戒嚴時期的國民黨設定成殖民者的。但陳芳明此文卻說戒嚴時期已經是「後殖民社會」，意味著殖民者已經離開，殖民狀態解除了？可是，他又說「無論這前後兩個社會具備何等歧異的轉折，台灣文學之被置放於邊緣地位則完全沒有兩樣」，這就顯得觀念不清了：所以戒嚴時期的國民黨，到底是「一、和日本人一樣是殖民者，將台灣文學置於邊緣」，還是「二、不是殖民者，但同樣將台灣文學置於邊緣」？

從行文脈絡來看，陳芳明的意思似乎比較接近第二種說法。可是，如果採取第二種說法，那就意味著「近百年來」有半數的時間，台灣文學已經不在殖民狀態裡了，這樣「後殖民」的解釋力立刻會下降。這或許也是為什麼，陳芳明之後撰寫《台灣新文學史》時修正了自己原初的說法，改以「殖民（日治時期）、再殖民（戒嚴時期）、後殖民（解嚴後）」的三段框架處理文學史。在此，以及下一章的討論裡，我們會常常發現陳芳明的許多論述瑕疵。這些瑕疵往往不是立場問題或觀點問題，而是定義、區分與推論上的不嚴謹。當陳芳明在文壇與其他文人筆戰時，他滂然的散文氣勢猶可不落下風。但來到《中外文學》這個神仙打架的層級時，不免就有些力有未逮了。

不過，這一期「台灣文學的動向」專輯真正引起論戰的，卻不是陳芳明的文章，而是來自中文系、採取中國認同的陳昭瑛。平心而論，她的〈論台灣的本土化運動：一個文化史的考察〉可能是中文系所論文當中，對台灣文學的本土脈絡談得最細密的文章之一。某種程度上，我認為這篇文章幾乎可以標示為「中文系認真面對台灣文學的最後一次機會」——如果陳昭瑛的中文系同僚能夠以她的框架為基礎，發展出一套該系版本的台灣文學研究取徑，將之納入研究範圍，或許未來的台文系所根本就不會有發展空間。幸或不幸，他們並沒有這樣做；否則，你手上的這類書籍恐怕根本不會有機會問世。

陳昭瑛〈論台灣的本土化運動：一個文化史的考察〉比較特別的是，她並沒有像過去的統派論述一樣，直接否定「本土化」的存在。相反的，她先承認本土化運動的事實，但是另立一套框架將之收編到「中國文學」的脈絡裡。她整理一九二〇年代以降的台灣新文學運動，標示出三波台灣文學的「本土化運動」。第一波是「日據時期」，第二波是一九七〇年代的「鄉土文學」時期，第三波則是一九八三年之後的「異化」時期。

陳昭瑛用三個「反」來定義這三個時期。「日據時期」的台灣文學之所以強調本土，是為了「反日本」，因此它本質上是以「漢民族精神」為中心的。「鄉土文學」的台灣文學之所以強調本土，是為了「反西化」，反對西方（特別是美國）輸入的「現代主義」，因此也以「民族文化」為訴求——前幾章說過，這裡的「民族文化」，指的就是中國民族，而不是台灣民族；統派論述往往喜歡省略「中國」，以將「中國民族」偷渡成不證自明的預設值。總之，在前兩個時期裡，台灣文學固然都強調台灣的特殊性、在地性，但歸根究柢是為了抵禦日本文化和西方文化的入侵，最終都是為了捍衛中國文化與中國文學。因此，陳昭瑛認為，這兩波「本土化」都不是「為了讓台灣獨立而訴求的本土化」。

這種說法大差不差，基本上都有文獻可支持，本土派確實還不好反駁。如果硬要反駁的話，大概就是陳昭瑛的「鄉土文學」時期忽略了葉石濤所代表的本土派。不過，如果有人這樣反駁，陳昭瑛也大可以說這一系在文壇上影響力微弱，並不能代表當時的本土化運動。

真正引起爭議的，是陳昭瑛對「一九八三年以後」的論述：她認為，這是一種「異化」。因為只有這個時期，本土化的對象是「反中國」，意圖建立一個有別於中國的本土台灣。陳昭瑛說：

現在台灣意識循著原先的自我意識形成的道路，發展出一股異己的力量，反過來對抗自己：就對抗台灣意識中固有的中國意識而言，台獨意識是中國意識的異化；就對抗以祖國愛為特徵的台灣意識而言，台獨意識是自我異化。

這個說法的奇妙之處，在於它設定了一個「誰都可以反，就是不能反中國」的前提。如果你反中國了，你就是變異，就是不正常的。然而，如果從「壓迫VS抵抗」的觀點來看，台灣人很可能是「隨著壓迫而決定反對對象」的——日據時期，日本人壓迫台灣人，所以訴求本土而反日本；鄉土文學時代，西方文化入侵台灣，所以訴求本土而反西方；一九八三年以後，由於政治氣氛鬆動，中國人壓迫台灣人（或中國文化壓迫台灣文化）的事實能夠拿上檯面討論了，由此訴求本土而反對中國，不也是合情合理？但是，陳昭瑛並不這麼想，她認為「中國意識」應當是台灣人的本能，是不可能因為任何原因而改變的。她以吳濁流的小說為例，如此說道：

「眼不能見」說明了這裡的「祖國愛」事實上欠缺現實的感性基礎，不是親炙而來，然而卻是「近似本能的感情」，「近似本能」說出了這種祖國愛的根深蒂固、血肉相連，甚至非理性的因素。

另外，她又說：

對日據時期的台灣人而言，「台灣意識」和「中國意識」的合一不是一個觀念理論的問題，也不是一個意志抉擇的問題，而是在意識中自然生發，連當事人都無以名之而只能稱之為「本能」的東西。然而「台灣意識」與「中國意識」的分離卻是出於理性的思考，是由於認識到實踐的客觀限制才不得不做的抉擇。因此這種階段性或策略性的分離不可能導致兩種意識之間的對立。

這種說法，便是引爆論戰的關鍵：憑什麼中國意識可以是「本能」，而台灣意識必須是「不得不做的抉擇」，而且不可能與中國意識對立？如果要主張「認同」是建構的、虛幻的，是一種本質化的束縛，則無論中國意識和台灣意識應當等量齊觀，沒道理中國意識可以的，台灣意識卻不行，這是明顯的差別待遇。在這個前提下，陳昭瑛展開了她對獨派的批評：

充斥著主體性迷思的台灣文學論所孜孜矻矻追求的不在於和共用華文的中國文學較量，以提昇自己的文學，而是在於擺脫中國文學這一「中心」自立為王，品嚐身居「中心」的「美味」。於是反中國的台灣意識成為「三百年來自荷鄭以降的所有台灣文學作品」的「檢視網」（上述乃陳芳明襲用彭瑞金的話）。從這個標準出發，事實上不僅明清台灣無文學，割台時無數可歌可泣的古詩，新文學中賴和、楊逵、吳新榮、吳濁流等無數作家的作品都將因為包含中國意識，而不屬台灣文學，遑論其餘。

這段文字的前半，可以看到兩個要點：第一是陳昭瑛說台灣文學想要「另立中心」，實際上是「不想與中國文學較量」，彷彿另立中心就等於「怯戰」。先不說把文學預設成一種必須較量之物，到底是什麼樣神奇的觀點，就算真要「較量」、「提升」好了，陳昭瑛也並未論證「為什麼台灣文學一定會輸給中國文學」。（比如說，我並不認為台灣現代詩的成就，是中國新詩可以輕易超越的；中國長篇小說的成就頗高，但台灣的短篇小說也並不差。）將台灣文學自動視為次等物而無需論證，其思路其實頗類似詹宏志的「邊疆文學」之說。

第二，陳昭瑛以「另立中心」為批評進路，正可以證明邱貴芬之遠見。邱貴芬之所以要以「後殖民＋抵中心」的框架來處理台灣文學，就是為了防備類似的批評。當然，陳昭瑛並沒有採取「一切中心都不可信」的後現代理論，畢竟她還是想要保衛「中國」這個中心的。要是把所有的本質都取消掉了，她要怎麼主張「近似本能」的「中國意識」呢？

陳昭瑛的這些說法，引起了廖朝陽、邱貴芬、陳芳明、張國慶等人的反擊。其中最具代表性的，當屬廖朝陽的〈中國人的悲情：回應陳昭瑛並論文化建構與民族認同〉，他特別針對「近似本能」之說而有所批判：

> 這就是民族大義，這就是絕對道德命令，這就是為什麼陳昭瑛要不厭其詳的重建一個「近似本能」的祖國愛的系譜，強調其中「根深蒂固、血肉相連、甚至非理性的成分」。這裡的「非理性」指的不僅是一種與理性思辨無關的身體經驗，而更是一種不可討論，不可選擇的抽象命令：有沒有血肉相連的關係並不是由具體個人根據自己的經驗來決定，而是由文化樣板的過濾網來預設；如果你的本能與古人留下的典範不同（比如說，如果你感覺不到鄉土之愛與祖國之愛的水乳交融），那麼你不是別有居心，就是欠缺對「自己族群之歷史的認識」，還沒有發現、完成那「固結於深層的本能結構」。這是陳著最根本的堅持。

廖朝陽明白指出：陳昭瑛的「近似本能」說，其實就是一種拒絕討論的蠻橫姿態。如果中國意識被定義成台灣人的本能，自然就無法討論、無法批判，就好像我們不能批判一條魚「為什麼不離開水」一樣。

陳昭瑛雖然對台灣文學有不錯的掌握能力——相較於她那些不承認台灣有文學的同僚——，但一碰觸到「認同」議題，就顯得理論程度淺薄，只能訴諸於抒情文字。嗣後她雖然也有回應幾篇文章，卻仍無法脫離原來的格局，無法解釋她為何將中國意識設定為超乎於台灣意識的道德命令。因此，這場論戰雖然由陳昭瑛而起，卻很快演變到她（及大多數文學人）難以跟上的程度。在這場論戰的中段以後，舞台上漸漸變成了「雙廖」對決：廖朝陽與廖咸浩。

雙廖對決：「空白主體」的方案

「後殖民論戰」基本上可視為一九八〇年代以降，諸多統獨論戰的學院版本。在這場論戰裡，統派（或說「反獨派」）代表以陳昭瑛、廖咸浩為主，獨派代表則以陳芳明、邱貴芬、廖朝陽、張國慶為主。不過，由於參戰各方都是有一定學養的學者，因此即便是同一陣營，論述的路徑仍然會有些許差異。

比如，站在統派聲援陳昭瑛的廖咸浩，實際上就比陳昭瑛更嫻熟（或至少更願意採用）後現代的論述方式；而廖朝陽雖然基本支持陳芳明的本土立場，但卻致力於發展更精微的架構。「雙廖」互相駁火數個月，許多論述犬牙交錯、越講越細，如果要一一羅列恐怕只會增添混亂，不會增添理解。因此，在這一節裡，我會集中討論「雙廖」比較早的幾篇文章，由此闡明他們的論點與立場。需要特別提醒的是，以下的討論「不是實際的攻防順序」，而只是我為了清楚說明理論，將之打散重編的樣貌。

兵分兩路，各表一支，我們先從廖咸浩開始。廖咸浩支持陳昭瑛，卻採取了更加後現代的立場。他的〈超越國族：為什麼要談認同〉一文，基本上就是把「國族」當作一種本質化、中心化的邪惡存在，因此，凡是主張台灣國族者，必然都會造成「壓制國內其他弱勢族群」的效果。準此，廖咸浩提出了「獨派其實也是統派」這套頗具創意的說法：

> 獨派理論令人覺得不足的地方並不在於強調台灣主權獨立於中共之外（事實上，從族群的角度而言，這應該是多數台灣住民的共識），而在於它所倡導的傳統的封閉式民族主

義。我們如果還執著於國族主義的觀念（包括張茂桂之類面貌較進步的國族主義），則前述「以局部壓制其他」的現象就無可避免——我要是不符合「新民族」——即「新的集體自我」——的標準，該當何罪？在當前的台灣社會，往往就變成了人民公敵。於是乎，獨派理論在對（與中國）統一的態度上雖然有比統派開放之處，但在民族主義的理解上卻一仍傳統上的整體化、本質化，比起陳昭瑛的文化聯邦主義論述，顯然保守得多。換言之，獨派其實也是封閉的統派，只是它所主張的統是「台灣統一」。這就是廖朝陽所說的把「移入內容」視為「本來面目」；以「部分」統一「全部」，比陳昭瑛的「遠景式統派」給其他族群團體的壓力大得多。

更進一步，廖咸浩強調「民族主義」（即「國族主義」的同義詞）就是一切問題的根源，並且以學術語言重複了趙少康的「外省人跳海論」：

台灣獨派在塑造台灣民族主義時，其整個思考的出發點正是為了掩蓋「天生內在衝突」的事實。而在此一同質神話的製造過程中，扮演猶太人角色的則是外省人。不健忘的話，讓我們回想一下，外省人是「外來政權的走狗」，是「乞丐趕廟公」，是「中共同路人」

的說法在最近的地下媒體、甚至地上媒體出現過多少次？當然，我的意思並不是說獨派都敵視外省人，也不是說只有獨派才會有此偏見。事實上，包括許多既得利益團體都樂得推波助瀾，因為，把一切社會不和諧的原因都歸諸台灣的「猶太人」，便可以輕鬆掩蓋其他如階級、性別、弱勢團體等各種製造不和諧的宰制關係。然而不可諱言的是，民族主義的推動的確是禍首。於是，我們聽到客氣的說法是，眷村（或外省人）的國家認同有問題，不客氣的說法則乾脆：中國×滾回中國去。

比起陳昭瑛，廖咸浩的立場更為滑溜。他並不主張中國意識絕對的正當性，因此不會陷入「近似本能」這種低級錯誤裡。他直接用後現代立場，否定本土派所欲建立的「國族」或「民族」——當本土派指責中國意識霸凌弱勢文化時，廖咸浩的回應方式就是「你們也是，因此你們也沒有正當性」。廖咸浩的回應方式頗為典型，就算放在今日也不算罕見。並且，我們也可以看到一九九二年時，邱貴芬和廖朝陽那場爭論的前瞻性：邱貴芬就是預見了會有廖咸浩這種批評，才會堅持要保持「抵中心」的成分；而廖朝陽也一開始就看出來了，「後現代」很容易成為保守派的工具，因為如果我們接受廖咸浩的說法，取消本土派的抵抗力量，那就只能得到國民黨（及其中國意識）千秋萬世綿延不絕的結果。

不過，既然廖咸浩是要幫陳昭瑛辯護，那自然無法一路後現代到底——因為所有能夠批評到台灣民族主義的，同樣也都能打到中國民族主義，解構之刃就是只能破壞而無法建設。因此，廖咸浩在文章裡把統獨問題，從「何者有正當性」，轉移成「何者能讓各族群好好相處」：

> 那麼，她提出這種說法所關心的應該比較是「當下國內族群相處」的問題。也就是說，獨派與陳昭瑛的民族主義雖然看似相像，但對台灣而言，卻有一個極重要的分野，那就是，陳的民族主義旨在強調「同」，而獨派一般而言則主要在強調「異」。陳強調大家都一樣，何必讓國內族群之間因為統獨立場而滋生閒隙；而獨派則特別凸出台灣與「中國」的不同。

言下之意是：雖然從後現代的立場來看，中國民族主義與台灣民族主義沒有哪個更高明，但獨派的立場比較容易「破壞皇城之內的和氣」，因此應當支持陳昭瑛的統派立場。不過，這種說法的漏洞也很明顯。就算他的論述成立，獨派論述會對外省人產生壓力、「滋生閒隙」，那難道幾十年的統派論述就沒有對本省人產生壓力、「滋生閒隙」嗎？事實證明，就是幾十年來的本省人心裡有許多嫌隙，本土派的勢力才會水漲船高。顧此不顧彼，差別待遇就極為明顯了。

最能體現廖咸浩「厚中薄台」之差別待遇的，就在他如何面對台灣人的「創傷」。再一次，廖咸浩其實非常清楚，台灣人認同的本質，其實是被種種創傷「逼」出來的；日本人的壓迫、中國人的壓迫，一次一次逼迫台灣人認知到「與他彈同調」是徒勞無功的，最終只能選擇本土化的自立路線。廖咸浩明白日本人與中國人造成的創傷，但他主張兩者的創傷不能等量齊觀，應當差別對待：

> 其次，我們也希望藉著談論認同的感情層面，來促進國內人民相處的和諧。因此，我們又不能把所有感情（創傷）用同一種方式談論。比如，我們曾被日本人殖民，我們理應義無反顧的以反殖民的方式記取這段教訓，以便類似事情不再發生（包括無形的文化與經濟侵略）。但是，國民黨統治台灣的施政不當，卻不能以純粹的反殖民方式對待，因為，大家還要生活在一起。在這種情況下談感情，除了抒發自己的，也得考慮別人的。若拿對外國人（敵人）的態度對待自己同胞，而對日本人反倒孺慕思念，那麼，我們就很難理解知識分子談「認同」的目的到底是什麼了。

再一次，廖咸浩不講「道理」，不講「道德」，只講「和諧」。在這套論述裡，用「反殖民」的方式檢討日本人是可以的，因為日本人已經離開了，不會傷及和諧。但是，用「反殖民」的方式檢討國民黨就不行，因為「大家還要生活在一起」——這論述非常奇怪，所以國民黨政權是不是一個殖民政權，並非由它的政治性質決定，而是由「他們有沒有留在台灣決定」的？如果這麼一說成立，那只要日本人一日殖民台灣，台灣人也通通沒有道理反對日本殖民政策才是，因為「大家還要生活在一起」。甚至可以說，外省人念茲在茲的八年抗戰也都變得失去正當性了。至少，在北京、上海這些日占區，通通都是「生活在一起」的區域，怎麼可以反日呢？

面對這些論述，主要與之纏鬥的是廖朝陽。事實上，「後殖民論戰」的後半，幾乎可以直接命名為「雙廖論戰」。廖朝陽不但要回應廖咸浩的後現代批評，同時也吸取了與邱貴芬爭論的經驗，必須提出一種「既不會中心化、本質化，又不會取消本土派抵抗力量」的方案。因此，他全程主張以「主體位置」來取代「主體」：

文化建構論常常用「主體位置」來取代主體，便是要強調主體只是在特定時空下文化所建構出來的產物。但是這裡要特別強調，這樣的文化建構或文化創造仍然必須接受某種本質性的規範（「隨實況變化」），並不是像訂做衣服那樣可以按個人的意志隨意剪裁；主體位置既然是位置，顯然只有放在一個整體空間裡才有意義，而這個整體空間本身如果不能進入理論的層次接受建構，仍然免不了會是一個「為絕對主體所經驗到的客體」。單純的解構派主張對問題所以較難有充分的掌握，便是因為「一切均是建構」的前提成為一種藉口，使理論不能處理文化建構的各個層次與各種方式，對本身的「絕對主體」也無法提出交代。

再一次，請你深呼吸：我們這本書最難的理論就在這幾段了，需要你冷靜一點思考。廖朝陽的意思是，一般人談論認同問題時，常常用「主體」當作出發點——「因為我是台灣人，所以我要OOXX。」或者「你如果是台灣人，你怎麼可以OOXX。」這種說法，就容易招致廖咸浩的後現代批評：誰說台灣人都要是同一種樣子？不是這種樣子的人，難道就要被排除？於是，廖朝陽主張將「主體」改成「主體位置」，重點是「位置」——誰是台灣人，並不是由你講不講台語決定，也不是由你的血緣或喝不喝珍珠奶茶決定的，而是「你跟其他人的相對位置」來決定的。用淺顯一點的例子，我們可以說：如果你在家族裡是「弟弟」，並不因為你本質上有什麼弟弟的特質，而是因為你有至少一個哥哥或姊姊，並且你剛好不是女性，因此「弟弟」是一種「主體位置」，而不是某種特定的主體。由此一來，就不會有一種「弟弟該有的樣子」，也就不會壓迫到那些「非典型弟弟」了。

現在，你可以把「弟弟」換成「台灣人」。廖咸浩說，本土派的立場會將外省人排除在「台灣人」的框架之外；廖朝陽可能會回答，如果這些外省人也同樣位於被中國人壓迫、並且長居於台灣的「位置」上，那他當然也是台灣人。因此，「主體位置」的好處至少有二：第一是保持彈性，讓任何人都能進入「台灣人」的框架裡；第二是考慮現實狀況，既然要考慮「位置」，就不能只是以理論或信念去推想什麼東西「近似本能」，而是要照顧真實的社會條件，才能定義出精準的「位置」。由此更進一步，廖朝陽引入了非常艱澀的「空白主體」理論：

這裡所謂空白主體至少有兩層意思。第一，主體的觀念通常是以自由（自主、自律）為基礎。但是真正的自由不能含有實質內容，因為內容來自獨立存在的實體，有內容也就表示自由在特殊性的層次受到具體條件的限制。第二，空白並不是虛無，主體空白也不是「主體的死亡」。自由超越實質內容，但是仍然必須依附有實質內容的具體秩序才能進入理性的層次，發展創造、生發的可能。同理，空白主體在自覦的層次具有絕對性，

> 對客體卻不能形成絕對命令，反而必須不斷藉「移入」客體來調整內部與外部的關係，在具體歷史經驗的開展中維持空白的效力。

廖朝陽說的兩種意思，可以說是一面回應廖咸浩、一面強化本土派。他的第一層意思主張「主體」本身不應設有任何預設值，我們不用設定「某種條件才是台灣人」，這種「空白」就是為了回應廖咸浩，也可以說是一起帶入了邱貴芬「抵中心」的初衷。如此一來，就能保持一個彈性、自由的空間，台灣人可以是任何樣子。但是，「空白」只是一開始不設條件，不代表永遠都沒有實質內容。如果在實際社會、歷史的發展過程中，台灣人自己往自己的主體內部填入了內容，那這些內容自然也能成為「台灣人的特質」，這就是第二層意思所講的「移入」。

讓我再用個很淺的例子來說明：我們不用先去定義「台灣人一定喜歡吃什麼」，這是「空白主體」的第一層意思；但如果幾十年來，台灣人發現自己很愛喝珍珠奶茶，並且這種愛好真的頗為風行，那我們自然可以說，此時此刻的台灣人特質包含了「愛喝珍珠奶茶」這項內容，這就是第二層意思。而「空白主體」理論的好處是，它是充滿彈性的，也許過了五十年之後，台灣人不再喜歡珍珠奶茶，而變得喜歡喝養樂多高粱調酒，那也沒問題，因為只要主體本身保持空白，就可以隨時「移出」珍珠奶茶、「移入」養樂多高粱調酒（我個人真心推薦）。愛喝什麼都可以是台灣人，只要它是台灣人自己選擇去喝的東西。

廖朝陽自己也用了一段頗妙的比喻，來講「主體」與「認同」的關係。這段文字，出自於〈再談空白主體〉：

> 說的淺白一點，拙文認為主體像是杯子，認同則是杯子裡所盛裝的內容。這是一個問題的兩個側面，必須同時考慮。有主體而沒有認同，就像杯子裡面裝的還是杯子，不免落入虛無而失去現實性。有認同而沒有主體，就像是用水來裝水，訴諸現實而不免演成局部現實的無限膨脹，形成物結化（fetishized）的執著。陳昭瑛反對解構主義，邱貴芬批評後現代，是因為她們都了解用杯子來裝杯子的不切實際。但是兩人一個要用中國認同來成立台灣認同，一個認為台灣認同可以成立自己，其實都是拿水來裝水，也是一種偏執。

「主體」是空白的杯子，才能裝進「認同」之水，這種說法頗有禪意。至於到底要裝的是統派之水還是獨派之水呢？那就由實際的社會演變來決定吧！廖朝陽的說法，其實並沒有規定此一「空白主體」必須是支持獨派的，也因此招來邱貴芬的憂慮。但在一九九〇年代，本土化勢頭逐漸上升的時期，這種「以實際的社會演變來決定」的進路，可以看得出一種樂觀的戰略思考：時勢是站在本土派這一邊的，國民黨的法統已經搖搖欲墜了。這樣的想法並非憑空而來，因為以後現代來自我辯護的保守派，其實往往都是退守到無可後退的地步了。陳昭瑛的粗淺之處，就在於她竟然以為「近似本能」這種道德命令還能號令天下，誤以為中國意識還有正當性；廖咸浩之退守「解構國族」防線，已是明白中國意識毫無正當性，所以只能採取「把對手正當性也打爛」的策略。

廖朝陽面對這樣的情況，則是輕巧地把「認同」與「主體」分開——縱然廖咸浩能夠提出一千個「台灣認同是有問題的」之說法，廖朝陽都可以說：沒關係，只要能保持主體的自由，我們隨時能「移出」不好的認同內容，「移入」其他好東西。無論對方怎麼批評「台灣認同」的內容，廖朝陽都可以繼續主張「台灣主體」。

如果我們回想一九七〇年代以來的本土派論述，就會看到他們幾乎是沿著同一條路線在精益求精。從葉石濤的「台灣意識」，到邱貴芬的「後殖民＋抵中心」，到廖朝陽的「空白主體」，我們確實可以看到本土派小心翼翼在建構一套更具包容性的「台灣文學」框架。理論的精微程度、議題的側重與關懷縱有不同，但我們至少都能看到本土派致力於「建立自主性」

和「不排除其他人」兩大目標。相對的，統派論述卻幾乎還是訴諸本質性的認同、情感、「近似本能」等道德命令而拒絕討論，也不願意建立更包容性的「中國文學」框架，將台灣文學包含進去。由此來看，「後現代」大量被統派挪用成為解構本土派的武器，其實是非常諷刺的——因為若要公平解構，後現代對統派而言，恐怕更是傷敵八百、自傷一千的昏招。

擴大「台灣文學」的學術戰果

從一九九二年的邱貴芬與廖朝陽開始，一路到一九九六年結束的這一系列論戰，雖然提出的理論多半艱澀到難以被文壇中人普遍理解，但這些理論的「通俗版」，卻在反覆辯論之後，成為學院與文壇面對「台灣文學」這個領域的預設值，影響不可謂之不深遠。文壇中人或許很少有人能講清楚「後殖民＋抵中心」的用意，但基本上都能理解「台灣文學有抵抗的歷史、也有多元的特性」；大多數台文系所研究生也不見得能參透「空白主體」的妙處，但「保持彈性，接納一切新事物都有可能是台灣文學」，卻不太會有人反對了。就像你在這本書裡，會明確感覺到我不那麼同意左統派的文學觀，但我絕不會說「他們不是台灣文學」，根源就在這裡。

這些觀念，就隨著一九九〇年代「台灣文學」領域的確立而傳布下去。在「糞寫實主義論戰」的結尾，我們曾提到一九九四年的「賴和及其同時代的作家——日據時期台灣文學國際學術會議」，就是發生在這段時期。而也在這幾年間，「台灣文學」也逐步掙脫「台灣哪有文學」的偏見，開始有了自己的學術論戰、學術研討會，甚至有了自己的文學系所。當然，這並不是說台灣文學從此一帆風順，突破社會成見了。但是，這至少是一個開始：從一個灘頭堡，打到建立防線、建立陣地，乃至於有了一小塊能不斷生產學術成果、學術人才的領地。

現在，「台灣文學」只缺最後一塊拼圖，就能擁有完整的學術體系了，那就是一本夠權威、有學術高度的「台灣文學史」。

後殖民論戰

日期	作者	篇名（發表刊物）或事件	立場
一九九二年七月	邱貴芬	〈「發現台灣」：建構台灣後殖民論述〉（《中外文學》）	本土派（後殖民＋後現代）
一九九二年八月	廖朝陽	〈評邱貴芬『發現台灣：建構台灣後殖民論述』〉（《中外文學》）	本土派（後殖民＋質疑後現代）
一九九二年八月	邱貴芬	〈「咱都是台灣人」——答廖朝陽有關台灣後殖民論述的問題〉（《中外文學》）	本土派（後殖民＋後現代）
一九九二年八月	廖朝陽	〈是四不像，還是虎豹獅象？——再與邱貴芬談台灣文化〉（《中外文學》）	本土派（後殖民＋質疑後現代）
一九九五年二月	陳芳明	〈百年來的台灣文學與台灣風格：台灣新文學運動史導論〉（《中外文學》「台灣文學的動向」專輯）	本土派（後殖民＋後現代）
一九九五年二月	陳昭瑛	〈論台灣的本土化運動：一個文化史的考察〉（《中外文學》「台灣文學的動向」專輯）	統派（「近似本能」說）
一九九五年三月	廖朝陽	〈中國人的悲情：回應陳昭瑛並論文化建構與民族認同〉（《中外文學》）	本土派（後殖民＋質疑後現代）
一九九五年五月	廖朝陽	〈再談空白主體〉（《中外文學》）	本土派（後殖民＋質疑後現代）
一九九五年九月	廖咸浩	〈超越國族：為什麼要談認同？〉（《中外文學》）	統派（後現代）

十——文學史，文學人的終極邊疆：雙陳論戰

民族・國家的「文化英雄榜」

在我大學將要畢業，決定就讀清華大學台灣文學研究所的那一段時間，幾乎每一個師長都問過我：「為什麼？為什麼要去讀一個『政治產物』？」他們的言下之意是：「台灣文學系所」本沒有「獨立」的資格，若非政黨輪替、民進黨執政之故，根本就應該「留在」中文系所裡。

當時的我，並不能好好回答這個問題，只是感到一種難以言說的憤懣。時至今日，我可以很清楚地知道：師長們說對也說錯了。「台灣文學」是不是政治產物呢？當然是。然而，這能夠否定台灣文學獨立成系的資格嗎？完全不行。因為，不管是「美國文學」、「日本文學」、「波蘭文學」甚或「中國文學」，通通都是政治的產物。但凡你看到「文學」前頭綴加了國名，都是因應現代民族國家的需要而產生的一套說法，舉世皆然。以此來指責台灣文學，正凸顯了論者對現代的文學學術體制、及其背後的政治需求有多麼無知。

從常識上推想就很清楚：世界上不管是哪一族群的文學，都是先於現代民族國家而存在的。因此，許多經典的文學作家、作品，在它們面世的時候，本來就不具有當代意義的「國籍」，他們心中也並沒有抱持跟我們相同的認同。就以「中國文學」為例，當我們說李白和蘇東坡都是中國文學的重要作家時，他們兩人在政治上的認同對象顯然就不是同一個國，更不是二〇二三年的今天我們理解的「中國」——不是中華人民共和國，也不是中華民國。更有甚者，如果我們把時間往前拉，考慮屈原之類的案例，他恐怕根本也不認同「中原正統」的那個國家；他可是楚國人呢。

在台灣文學領域，狀況也是一樣的。一九二〇年代以降的台灣新文學裡，雖然有不少人認為自己是在為「台灣」寫作，但他們心目中的「台灣」可能更近於一個地理名詞，而不是國名。他們當然更不可能預料到有一天台灣本土運動會揚升，會開始有人倡議獨立、建構「台灣國」。再往前推到清代文人如郁永河、林占梅等人，他們在政治上更不可能是帶有台灣認同的。

文學先於國家，故我們現在看到的「某國文學」，都必然是事後追認的產物。而既是追認，誰被認、誰被忽略、又是被誰認定，當然就是人們集體的政治過程決定的。作家和作品本來就在歷史長廊裡站得好好的，只是我們回頭去幫他們披上了繡著某國字樣的制服。這本就不是一種絕對科學的劃分方式，而是一種認同選擇：我們決定自己跟這些作家之間的親疏遠近，決定哪些記憶、哪種美感是更貼近我們此刻的共同認同。

在這個意義下，「台灣文學史」或「中國文學史」也就各自代表了不同民族認同的「文化英雄榜」。中國人追認李白、杜甫乃至於魯迅、巴金；台灣人追認郁永河、賴和乃至於鍾肇政，並沒有高下之別，只是一種「誰跟我比較親」的選擇。由此，說誰是「政治的產物」，是不構成指責的，因為大家都是。

這也是為什麼，葉石濤在「鄉土文學論戰」的〈台灣鄉土文學史導論〉一文，會引發陳映真的焦慮。不管葉石濤如何埋藏自己的意圖，標題裡就是包含了「台灣、文學史」的字樣，敏銳如陳映真者，一眼就能看到其中「為台獨鋪路、為台灣建立文化英雄榜」的企圖。回顧那之後的幾場論戰，是不是每一場都跟「文學史」有關？「邊疆文學論」引爆的是台灣文學要不要、能不能列入中國的文化英雄榜之爭議；「後殖民論戰」討論的是要用什麼框架來設計台灣自己的文化英雄榜。而本章所要討論的「雙陳論戰」，更是走到了本土派與左派必須攤牌的地步了：因為這一刻，一部「台灣文學史」將不再只是理論構想，有人真的要動手去寫了。

那便是一九九九年於《聯合文學》連載、由陳芳明執筆的《台灣新文學史》。

「台灣文學史」的艱難，與陳芳明的「後殖民史觀」

事實上，陳芳明並不是第一個寫出台灣文學史的人，只是在他前面的諸版本都有各式各樣的缺憾或限制。日治時期，黃得時便有長文〈晚近台灣文學運動史〉等文章發表，以台灣人角度述說文學發展史；與之對照，島田謹二的〈台灣文學的過去、現在與未來〉雖然也號稱「台灣文學」，但實際上只處理「在台灣的日本人文學」。這兩篇文章皆有可觀之處，但都只寫到日治晚期。一九七七年，民主運動者陳少廷出版了《台灣新文學運動簡史》，可以說是最早有系統、並且成書的台灣文學史，但仍然只處理了日治時期。直到一九八七年，葉石濤出版《台灣文學史綱》之後，才算是有了貫通日治時期與國府時期的文學史。然而，正如書名所示，這本書的「綱要」意味濃厚，葉石濤受限於資料與資源的困蹇，以一人之力實在難以深入。一九九一年，彭瑞金出版《台灣新文學運動40年》。這本書與最早幾本相反，由於出版定位的設定，所以只處理國民政府統治台灣之後，一直到一九八〇年代中期的台灣文學演變，而沒有日治時期的部分。

因此，台灣文學界並不是沒有文學史，只是仍盼望一部「完整的、有體系的、學術水準足夠的」文學史。不說別的，在一九九〇年代末期，台灣文學系所陸續成立，但作為一個文學系之基礎的「權威版台灣文學史」卻還沒誕生，這實在不太像話——連大一導論課的課本都眾說紛紜的科系，說好聽是多元開放，實際上就是根基不穩。更令台灣文學界焦慮的是，中國學術界似乎也意識到了台灣文學史是兵家必爭之地，因此陸續出版了好幾本中共觀點的著作，從白少帆、劉登翰以降，一直到世紀之交的古遠清、古繼堂、朱雙一等人，均有所編著。他們雖然論述水準不高，文學品味十分教條，但就是明明白白寫出了他們的版本，並且把所有台灣作品的核心思想詮釋成「回歸祖國的渴望」。

陳芳明的《台灣新文學史》，便是催生於這樣內憂外患的情境。一九九九年八月，陳芳明在台灣文壇最有影響力的文學雜誌《聯合文學》宣告《台灣新文學史》開始連載。他畢竟是學院中人，幾十年來也是文學論戰的老將了，深知這個題目茲事體大，不可以只是傻傻編排時間軸就寫下去。前面說過，大家期待的是一本「完整的、有體系的、學術水準足夠的」台灣文學史。要「完整」，就需要充沛的學術支援——這一點，身為大學教授的陳芳明不難滿足，至少條件遠超過單打獨鬥的葉石濤；而要「有體系、學術水準足夠」，就需要先從理論入手，建立一個堅固的文學史框架。這一點，一九九九年的陳芳明也算因緣俱足：多虧上一章的「後殖民論戰」，他能夠直接參考邱貴芬、廖朝陽的理論與框架，不必從頭打造——雖然陳芳明自稱早已涉獵後殖民理論，但在對比三人論述之後，我基本上認為陳芳明的「後殖民論述」，實際上是降階沿襲了邱、廖的成果。

即使如此，能夠發心去完成一部台灣文學史，仍有著不可磨滅的功勞。《台灣新文學史》連載的第一章〈台灣新文學史的建構與分期〉就意在建立理論與框架。在這篇文章裡，他使用所謂的「後殖民史觀」，將台灣文學分成三個階段：第一階段是「殖民時期」，坐落於日治時期後半的一九二一年到一九四五年；第二階段是「再殖民時期」，坐落於一九四五年到一九八七年，在此陳芳明修正了一九九五年自己的文章，正式將國民黨政權定義為殖民者；第三階段則是「後殖民時期」，坐落於一九八七年解嚴之後，到他落筆為止。

陳芳明的「殖民時期、再殖民時期、後殖民時期」三階段論，可能是他畢生最有影響力的學術貢獻。時至今日，各大台文系所講述台灣文學史時，基本上就是依照這個框架。進一步，在「三階段」當中，陳芳明更細分出九個分期。這樣的分期方式，雖然在細節上有一些爭議（比如第五期到第八期是否真能整齊地以十年為一單位），不過大致也成為學術共識了。本書所提及的十場論戰，也通通能對應到相關的分期裡，我們可以整理成表格如下：

歷史階段	文學分期	附錄：本書論戰與對應分期
殖民時期（日治）	1.啟蒙實驗期（一九二一—一九三一）	新舊文學論戰
	2.聯合陣線期（一九三一—一九三七）	台灣話文論戰
	3.皇民運動期（一九三七—一九四五）	糞寫實主義論戰
再殖民時期（戰後）	4.歷史過渡期（一九四五—一九四九）	「橋」副刊論戰
	5.反共文學期（一九四九—一九六〇）	現代派論戰
	6.現代主義期（一九六〇—一九七〇）	現代派論戰
	7.鄉土文學期（一九七〇—一九七九）	關唐事件、鄉土文學論戰
	8.思想解放期（一九七九—一九八七）	「台灣文學正名」系列論戰
後殖民時期（解嚴）	9.多元蓬勃期（一九八七—）	後殖民論戰、雙陳論戰

細看這裡的三階段、九分期，我們可以發現陳芳明「活用」了自葉石濤到邱貴芬、廖朝陽打造出來的開放性架構。比如說，他將「皇民運動期」和「反共文學期」納入台灣文學史，並不因為它們在意識形態上分屬於日本、中國兩種殖民者而排除之。而在「思想解放期」和「多元蓬勃期」裡，陳芳明也沿用後現代「抵中心」的觀點，強調台灣文學包含了女性文學、同志文學、自然文學、原住民文學等過去被壓抑的弱勢觀點。甚至可以說，他有意無意地將

「後殖民時期」定義成「反對國民黨」與「後現代」並行的時代。本來廖咸浩以後現代觀點批評台灣文學是一種壓制外省人的「中心」，陳芳明則直接把國民黨政權當成唯一的「中心」，既然解嚴之後中心潰散、殖民者威勢不再，就自然而然形成「後殖民＋後現代」並行不悖的微妙畫面了。

不得不說，陳芳明所定義的「後殖民時期」是有點不太對勁的。一九九二年廖朝陽的提醒言猶在耳，後殖民跟後現代很難徹底相容，但陳芳明顯然並沒有打算理會。「後殖民時期」這個定義，從一開始就可以說是理論的誤用：後殖民是一種「觀點」，並不是一種「時期」。我們可以說日治時期、國府時期是「殖民時期」，因為那確實是一個特殊的歷史環境。但當殖民者離開或勢力消退之後，卻不能直接說這就是「後殖民時期」了，因為整個社會很可能根本還是依照殖民者的價值觀在行事，並未致力於面對殖民傷痕、批判殖民者的殘害。「後殖民」就是一套「面對殖民傷痕、批判殖民者的殘害」的觀點，當你採取這套觀點時，不管你眼前的作品是不是殖民時代創作的，都能夠從中批判殖民者的所做所為；相反的，如果你沒有採取這樣的觀點，繼續緬懷「那時的天比較藍」、想念威權時期，自然就跟「後殖民」沒什麼關係。一九八七年之後，整個台灣社會都能理解、並且同意「後殖民」的論述嗎？顯然不是這樣的。如此一來，以「後殖民時期」來命名這個時代，就有點牛頭不對馬嘴了。這一點，只要回到一九九二年邱貴芬的文章，就可以看得很清楚：邱貴芬是提議用「後殖民」的觀點來詮釋台灣文學，卻從來沒有說過「接下來就是後殖民時代了」。

因此，陳芳明的「後殖民時期」一說其實有點望文生義。他很天真地誤用了理論：既然有殖民時代，就可以有後殖民時代。這種命名方式，就好像我今天決定用「吃虧就是占便宜」的觀點來解釋所有人情事理，於是我就把這個這個時代定義成「吃虧時期」一樣荒謬；學者自己採用的觀點（即使是廣受學界接受的觀點），並不能直接等同於一個社會的特性和本質。

不過，這種「誤用」至少有一個好處，那就是把解嚴後風起雲湧的各種多元論述，無差別地吸納到台灣文學內。哪怕這些論述彼此之間都可能互相扞格，但陳芳明的台灣文學史展現了「什麼都願意容納」的包容態度。這麼說來，含混不精確的理論框架，雖然就知識上來說並不高明，在政治上倒是能有不錯的效果。

此外，〈台灣新文學史的建構與分期〉還有一個特點，就是陳芳明也吸納了左派的「社會條件影響文學樣貌」觀點。只是他的立場相對溫和，認為文學受到社會的「影響」，而不是社會條件「決定」文學樣貌。在文章裡，他這麼說：

從這個角度來看，要建構一部台灣新文學史，就不能只是停留在文學作品的美學分析，而應該注意到作家、作品在每個歷史階段與其所處時代社會之間的互動關係。〔……〕因此，在建構這部文學史時，對於台灣社會究竟是屬於何種的性質，就成為這項書寫過程的一個重要議題。台灣既然是個殖民的社會，則在這個社會中所產生的文學，自然就是殖民地文學。

這種「文學與社會互動」的思考方式，也在往後成為台灣文學科系的學術預設值。自此之後，台文系統的論述幾乎都會同時考量社會與文學之間的關係——不信的話，你可以想想本書每一章是怎麼開頭的。而這種想法，也頗能夠解釋陳芳明為什麼要在台灣文學史裡面談「殖民」、「族群」、「性別」與「階級」，形成了一套能自圓其說的體系。至此，縱然有若干缺點，陳芳明確實做好了「完整、有體系、學術水準足夠」的基礎準備，可以開始打造台灣文學史了。

有趣的是，陳芳明在一九九九年發表〈台灣新文學史的建構與分期〉及其後的幾個章節時，並沒有立刻引起什麼爭論。直到隔年，陳水扁當選總統，台灣完成首次政黨輪替之後，有人突然發難了：我想你不會意外，開火的人正是左派的老朋友陳映真。

「社會性質」：史上最霸道的用詞邏輯

二〇〇〇年七月，陳映真在《聯合文學》以〈以意識形態代替科學知識的災難〉批評陳芳明的台灣文學史系列。自此之後，「雙陳」便進行了數回合的長文論戰。

左派的陳映真反對本土派的陳芳明，這個對戰組合並不令人意外。然而，與過往互相批駁的論戰相比，這波「雙陳論戰」的新穎之處在於，兩人（或說兩派）都已經走到了必須提出己方文學史觀的階段，不能只是否定對方而已。此時解嚴已超過十年，台灣也有了第一次政黨輪替的經驗，可以說正式進入了民主時代。在這樣的時代氛圍下，國民黨的那套文學史觀縱然未死、也早已失去活力。於是，迫在眉睫的問題就是：誰能填補詮釋權的真空，成為主導下一世代文壇的力量？是左派，還是本土派？

在「如何主導台灣文學」這個戰場上，雙方其實各有戰略。以陳映真為首的「人間出版社」，從一九九〇年代末便陸續出版「思想與創作叢刊」。這套叢書有一個重要的目標，就是整理台灣文學史相關的史料。比如該叢刊第一期，便翻譯、整理了「糞寫實主義論戰」的文章；本書第四章談到「『橋』副刊論戰」，而目前市面上最完整的史料集，也是來自該叢刊。

由此我們可以看見，左派的戰略是「源頭控管」：要建立台灣文學史，想必需要各式各樣的史料。因此，他們便以左派的觀點，來選擇、詮釋、印行史料，如此一來，往後的學者就很難繞過他們所建立的框架。舉例來說，我們之前將「『橋』副刊論戰」說成是左派內戰，但這有沒有可能是「左派濾鏡」造成的印象？畢竟代表性的文獻是「思想與創作叢刊」整理出來的。如果我們搭時光機回到一九四八年，搞不好會發現「其實這場論戰沒有那麼左、還有很多別的文章」也說不一定。無論如何，這套「源頭控管」的戰略確實有遠見，即便在左統思想已經在台灣社會失去影響力的今天，仍為他們保留了若干的學術陣地。

相較之下，陳芳明執行的是「插旗戰略」。如前所述，他的缺點是理論粗疏、治學算不上嚴謹；但相對的，他的學術政治嗅覺十分敏銳，明白要先去哪塊陣地插旗。因此，他寫《謝雪紅評傳》，以本土派立場詮釋這位左派歷史上的重要人物。接著，他又以《台灣新文學史》插旗，以「後殖民史觀」與「三階段論」串起台灣民族主義的文化英雄榜。陳芳明的論敵可以指出他的各種錯誤，但重點是他先寫出了一套東西。如此一來，後續的批判、對話、回應，也只能依附在他的著作之後，以他為「前行研究」。

事實證明，「插旗戰略」比「源頭控管」更具影響力。再加上政黨輪替之後，本土化的勢頭銳不可當，本土派可是史上第一次掌握了國家機器。要是本土派的觀點成功占據教育、媒體、藝文等領域，左派恐怕很快會輸掉這場競爭。二〇〇〇年的陳映真，可能已經意識到棋輸一著，必須盡快另立一套論述以分庭抗禮。因此，陳映真主動出擊，抓住陳芳明的一項「謬誤」，開始了他的進攻。最神奇的是，這項謬誤是來自上一節末尾，我們所引用的一段文字。更精確地說，是來自這句話：

> 在建構這部文學史時，對於台灣社會究竟是屬於何種的性質，就成為這項書寫過程的一個重要議題。

我可以跟你打賭，現在全台灣兩千多萬人口裡面，會覺得這句話有什麼重大問題的，恐怕不到十萬分之一。大部分人就算不喜歡、或對這句話無感，大概也不會覺得這句話有哪裡講錯。但是，陳映真的「左眼」非常特別，他抓住的是「社會性質」這個關鍵字。他主張：陳芳明使用「社會性質」這個關鍵字，完全用錯了。

如果你腦中浮現「蛤？」的畫面，那是完全正常的。在這裡，我必須先岔出來說明陳映真這樣的左統派的用詞邏輯。他們的用詞邏輯非常霸道，預設了「如果你用了跟左派理論同一個詞彙，你就必須定義與我相同，才是正確的」。就以他回應陳芳明的文章標題〈以意識形態代替科學知識的災難〉來說好了，一般人看到「科學知識」會怎麼理解呢？可能指的是符合科學方法的一切知識，包含自然科學或可驗證的社會科學，對吧？但很抱歉，閱讀陳映真，特別是閱讀「雙陳論戰」裡面的陳映真，你必須自動把「科學」代換成「馬克思主義」。凡不符合馬克思主義的，就不是「科學」的。所以，當陳映真說要「科學地認識社會」，意思是「要用馬克思主義來認識社會」；當他說陳芳明的「科學知識」有問題，意思是陳芳明「不符合馬克思主義」。

這種超乎常人的用詞邏輯，自然也是一種爭取詮釋權的方式——如果陳映真的用法成功普及，就能打造出一個「馬克思主義是科學真理」的世界了。不過很可惜的，這種方法實在過於偏激、也太脫離一般人的語言使用習慣了。這使得他的論述，從一開始就顯得十分古怪、教條、不合時宜，也留下了陳芳明可以避其鋒芒，以文字技巧游鬥的空隙。

總之，陳映真也用了類似邏輯，來批評陳芳明誤用了「社會性質」一詞。他搬出了馬克思主義的定義：

社會性質論（……）指的是一定歷史發展階段中一個社會的生產力和與其相應的生產關係的總和，即一定社會發展階段的生產力發展之獨特的性質、型態，和與之相適應的生產關係之獨特的型態與性質的總和。

這段話繞來繞去，實際上就是要講一個公式：所謂的「社會性質＝生產力＋生產關係」。比如說，在一個農業社會裡，它的「社會性質」就由這個社會的「生產力」（是用水牛耕田呢？還是刀耕火種呢？還是飛機灑農藥的大規模種植？）和「生產關係」（是農奴制度呢？還是地主與佃農制度？或者是自耕農為主？）所決定的。除此之外，其他政治、文化等非經濟因素，都不能拿來定義一個社會的「社會性質」。由此出發，陳映真認為陳芳明的「殖民社會」等說法是完全錯誤的：

> 因此，在馬克思社會形態發展理論中，就絕沒有一個單獨稱之為「殖民地社會」的社會階段。原因無他：「殖民社會」不是一個單獨、固定的社會性質和社會發展必由的階段。〔……〕則陳芳明的「殖民社會」論，在社會形態論上是毫無根據的。

請注意，陳映真說的是沒有「單獨」稱為「殖民社會」之說，這個「單獨」很關鍵——因為等會兒他自己的架構裡也會有「殖民」的字樣。為什麼陳映真會這樣說呢？因為「殖民」是一個政治描述，它只表示「有外來者統治你」，但並沒有講到這個被統治的社會有怎樣的「生產力」和「生產關係」。一個以熱帶農業（生產力）與集體農場（生產關係）的社會可以被殖民，一個以半導體技術（生產力）與代工業（生產關係）為主的社會也可以被殖民啊！這兩者的「社會性質」完全不同，當陳芳明說一個社會是「殖民社會」時，陳映真會說：你根本沒有講清楚這個社會的「社會性質」（生產力＋生產關係）是什麼！

老實說，陳映真的論辯方式頗為莫名其妙。沒錯，陳芳明確實常常自稱左派，因此你要求他懂左派的理論、理解左派的用詞脈絡，並不算太過分。但一來左派並不是只有一種學說，沒道理陳映真相信的那套就是唯一的道路、真理與性命；二來我們若細看陳芳明的原文，他本來就沒有把「社會性質」四個字連在一起，當成一個專有名詞在使用啊？他只是剛好有提到「社會」也有提到「性質」，沒想到就被陳映真自己畫了一個奇怪的靶在旁邊，然後信誓旦旦地說「你射歪了」。

陳映真的「台灣社會性質論」及其尷尬

當然，陳映真不以糾錯為滿足。他真正要做的，是建立一套與陳芳明的「三階段論」分庭抗禮的台灣文學史、甚至是台灣社會史框架。這套框架，便是「台灣社會性質論」。這就是為什麼他必須先把陳芳明「社會……性質」糾正成他自己的版本。

首先，陳映真先說明馬克思版本的社會性質論。馬克思將人類的社會性質分成五個階段：

1、原始公社

2、奴隸制

3、封建制

4、資本主義

5、社會主義

依照這套論述，隨著「生產力」的提高與「生產關係」的變化，人類社會將邁入資本主義社會。然而，資本主義社會的「生產力」雖然很高，但其「生產關係」卻強烈剝削無產階級，最終將導致無產階級的覺醒，推翻資本主義，打造出全新的「生產關係」，從而進入社會主義社會。

但問題來了：這套說法雖然能夠解釋西方社會（至少在第一階段到第四階段），卻沒辦法解釋亞洲、非洲的社會。最大的差別在於，西方社會從封建社會轉換為資本主義社會時，完全是自發性的。西方人自己觸發了工業革命，自己打造了伴隨這股「生產力」的「生產關係」。可是，後進的亞洲國家，比如中國或台灣，並不是「自己」從封建社會轉換為資本主義社會的，反而是由列強「強制轉換」的。如此一來，中國或台灣的資本主義進程，就多了一股外力干預的因素，因而比西方社會更加複雜。

因此，蘇聯領袖列寧發展出了一套新說法，將「殖民」的概念納入了社會性質論，用來解釋被西方強制輸入資本主義的後進國家。到了一九三〇年代，中國知識界爆發了「中國社會性質論戰」，其中左派運動者吸收了列寧版的社會性質論，將中國當時的社會性質定義為「半封建．半殖民社會」。這種說法，後來也成為中國共產黨的主要論述。這裡的關鍵在「半」這個字——還記得陳映真前面說過，「殖民」不可以「單獨」拿來描述社會性質嗎？嗯，只要加上另外一個涉及了「生產力」和「生產關係」的名詞就可以了。所以，我們若要理解這種社會性質的定義，就要把兩個成分拆開來看：所謂「半封建」，指的是中國社會只有一部分資本主義化，但另一部分仍停留在封建社會；所謂「半殖民」，指的是中國社會在許多層面都被列強控制，但仍然保有部分的主權。所以，「半封建．半殖民社會」不只指的是「封建＋殖民」，更是「封建和殖民都只有一半」的意思。

我們繞這麼大圈，只是為了解釋陳映真所援引的「社會性質論」是用怎樣的邏輯組成的。從這樣的討論裡，我們可以看到陳映真的深層意圖：為什麼他會強行糾正陳芳明的「社會……性質」用詞？除了是以左派的用詞邏輯來搶奪詮釋權外，更重要的目的是，陳映真要把台灣史的解釋框架，強行嫁接到「中國社會性質論戰」的脈絡裡——並且，是接上中國共產黨的結論，用中國共產黨一九三〇年代的理論框架，來處理近百年來的台灣文學，從而完成「台灣文學（社會）是中國文學（社會）不可分割的一部分」之藍圖。

抓穩囉。接下來，就是陳映真以此為台灣史建立的框架：

陳映真「台灣社會性質論」	對照：陳芳明「三階段論」
殖民地・半封建社會（一八九五—一九四五）	殖民時期（日治）
半殖民地・半封建社會（一九四五—一九五〇）	再殖民時期（戰後）
新殖民地・半資本主義社會（一九五〇—一九六六）	
新殖民地・依附性資本主義社會（一九六六—一九八五）	
新殖民地・依附性獨占資本主義社會（一九八五—）	後殖民時期（解嚴）

陳映真的這套框架，很大程度參考了左派經濟學者劉進慶的論述。不過，經濟學不是本書的重點，也不是我有能力處理的，我們主要關切的是它怎麼被用於這場文學論戰。首先，依循「中國社會性質論戰」的命名方式，每一個階段的社會性質都是「〇殖民＋生產力與生產

關係」的組合。相較於一九三〇年代，中共將中國社會性質定性為「半殖民地・半封建社會」，陳映真則是把同時期的台灣定性為「殖民地・半封建社會」。之所以是「殖民地」而非「半殖民地」，是因為台灣完全被日本殖民政府控制，不像中國至少還保有主權，就他們的定義來說是合理的。比較有趣的是「半封建社會」這個定位，顯然是為了強調日治時代的台灣還沒完成資本主義化，這一點則與強調日治時期之建設如何進步的本土派有所區隔，埋下了後續爭論的伏筆。

其次，在第二階段，陳映真將台灣定義為「半殖民地・半封建社會」，顯然是因為此時的台灣與中國大陸同屬一個政權底下，因此性質會相同，畢竟這是唯一「統一」的四年——但只是統一了，社會性質就會瞬間相同嗎？這似乎還有討論空間。不過，對於陳映真來說，任何能夠主張兩岸系出同源的線索，都是不能放過的。到了第三階段之後，出現了「新殖民地」這個名詞，這便是為了描述左派自一九七〇年代以來的一套主張：戰後的台灣社會，雖然表面上由中華民國統治，但中華民國實際上只是美國、日本等強權的傀儡；美日強權雖然沒有在台灣設立總督府，但卻在經濟、文化等等層面實質「殖民」了台灣。這種隱藏在買辦背後的殖民手段，陳映真及其同伴稱之為「新殖民主義」。

這套說法若和陳芳明的「三階段論」對照著看，其實滿有意思的——至少，在「殖民」這個概念的用法上，他們的分歧其實沒有想像中那麼大。日治時期是殖民時代，這個無論換誰來講大概都不會有差異，我們暫且不表。差別最大的，是對一九四五年到一九八〇年代的定義。陳芳明把這個時期定義為「再殖民」，意思是走了一個日本殖民者，又來一個中國殖民者。而陳映真的反駁方式，並不是「這段時期沒有殖民」，而是說「這段時期的殖民者另有其人」——台灣確實在戰後被殖民，但不是被中（華民）國人殖民，而是被它背後的美國、日本殖民！

一個殖民，各自表述。之所以如此，是因為「誰是殖民者」的判定，就隱含了「誰是外人」的意味。日本殖民台灣，因此日本人是外人，掙脫日本人的控制因而有著不言自明的正當性。若依照陳芳明的「再殖民」之說，「中國人」，或至少自我認同為「中國人」的人，也將成為台灣的外人，掙脫中國的控制也就有了正當性。因此，接受「再殖民」的說法，也就等於接受了台獨。

陳映真則調整方向，把劍尖指向美國、日本，特別是美國、日本的外資所建立的資本主義——這也是為什麼，在第三階段之後出現了「依附性資本主義」一詞，這個詞旨在說明台灣的資本主義始終非常依賴美日資本與國際貿易分工。陳映真雖然反對中華民國，始終希望中華人民共和國能統有台灣，但是，他更不能接受本土派將任何一種中國人說成外人。對他而言，真正的外人是西方人（及附庸於西方的日本人）。這種說法，正是「鄉土文學論戰」裡，王拓等人「反西化」、「反現代主義」的底層邏輯。差別在於，「鄉土文學論戰」裡的陳映真無法大聲說出這些左派論述，在二〇〇〇年的「雙陳論戰」裡終於可以現身了，並且是用戒嚴時代絕對禁止的、一九三〇年代的中國共產黨的術語建構起來。

然而，即便陳映真花費許多心力建構框架，使之能夠解釋二十世紀下半葉的台灣社會，但「台灣社會性質論」畢竟襲用了一九三〇年代發展出來的論述，怎麼看都有一種老態龍鍾、解釋力不足之感。甚至，這些論述背後蘊藏的「下層建築決定上層建築」前提，也頗顯迂腐僵硬。陳芳明便在〈當台灣文學戴上馬克斯面具〉如此調侃道：

> 如今，頂著中國社會科學院院士的尊貴名號，陳映真又回到台灣販售諸如此類的老幹部語言，他的思想之孤絕情境自是可想而知。不是說「人們的社會存在決定人們的意識」嗎？不是說「不同的社會生產方式，形成相應的、不同的上層建築」嗎？這裡可能有一些不禮貌，但又不能不提的一個問題，試問陳映真的意識形態是由怎樣的「社會存在」來決定？又是由怎樣的「生產方式」來形成？他的馬克思主義思考，究竟是由現階段的中國生產方式來決定，還是由台灣的生產方式來決定？如果是前者決定，為什麼中國

大學生會說他是「老幹部」；如果是由後者決定，為什麼台灣大學生會稱他是「黃昏老人」？

「下層建築決定上層建築」、「社會存在決定意識」乃至於「社會決定文學」的說法，在本書前八章的左派論述裡屢見不鮮，幾乎不曾受到挑戰。但那是因為前八章的多數文學人都浸淫在古典的馬克思主義裡，即便是本土派的葉石濤也不例外。然而，在經歷一九八〇年代以後各式「後」字輩的理論（後殖民、後現代、後結構……）洗禮之後，人們已經無法滿足於這種「有A必有B」或「有A才有B」的機械式論述了；而從各種意義上來說，陳芳明更不是那種堅貞的左派。因此，陳芳明雖然沒有正面批駁陳映真的「台灣社會性質論」，但卻很聰明地挑戰這個左派前提，並以此動搖陳映真的框架：如果下層建築真能決定上層建築，那陳映真怎麼會在兩岸年輕的知識分子當中，都被視為落伍、教條的老人？這要不就是「兩岸的下層建築都不是你說的那樣」，要不就是「兩岸的下層建築都沒有導出你設定的上層建築」，無論如何，都會讓陳映真及其左派的框架站不住腳。順帶一提，陳芳明文章最後所提的兩岸大學生都是真有其例，比起理論建構的能力，他挖苦人的手法才真是一流高手。

相對來說，陳芳明就站在一個比較有彈性的立場上。他引用了較晚近的詹明信等「新馬克思主義」學說，認為應把「A決定B」的思考方式調整成「A與B互相影響」：

同樣都是討論社會性質的議題，陳映真仍然還擁抱功能學派的概念，把文化的複雜性、多重性化約成可以預知的經濟結構之產物。詹明信當然也相信每一種文化生產，絕對不能脫離其所賴以生存的社會而自主存在。但是，詹明信並不會迂腐到認為文化與社會是固定不變的對應關係。他特別強調，下層結構與上層結構之間的關係是相互穿透的，亦即是相互辯證的。〔……〕文學藝術以至於文化，絕對不可能只是受到下層結構的決定，上層結構也能夠影響或決定下層結構。

陳芳明和陳映真之間的共識，是「文學不能脫離於社會存在」；但這個「不能脫離」是「A決定B」還是「A與B互相影響」，是有很大差距的。但無論如何，陳芳明也不會輕易放棄社會面向的討論，否則他自己的「三階段論」也會出事的——要是捨棄此一前提，就必然遭到質疑：談台灣文學史，為什麼要先分析不同時代的台灣社會？

面對陳芳明的質疑，陳映真繼續搬出馬克思來回應。他在〈陳芳明歷史三階段論和台灣新文學史論可以休矣〉說：

馬克思主義自始就承認，在存在最終決定意識的條件下，意識和文學藝術一經形成，就有其幽微的「相對自主性」，並在一定條件下能對存在發生「反作用」（而不是「決定」作用）。馬克思主義既是歷史唯物主義的，也是辯證法的，充分認識在存在最終決定意識條件下，存在與意識的辯證關係：「存在決定意識，意識又反作用於存在，但歸根結柢又是存在決定意識。」

……不得不說，陳映真有點搞錯重點了。沒錯，馬克思主義是這樣說的，但問題是文學論戰並非大學聯考，重點不在「書上是這樣說的」，而是書上這些理論到底能否適用於真實世界？陳映真這樣的回應並沒有解消掉陳芳明的攻擊，只是證明了「陳芳明不是陳映真那麼堅貞的左派」。某種程度上，這可以說是雙陳之間微妙的心結。陳映真反對陳芳明的本土派論述，這當然是「雙陳論戰」之所以打起來的核心原因。但如果你讀到論戰中段，會發現陳映真似乎花了更大的力氣在證明「陳芳明不是個合格的左派，他用錯一堆左派理論」。在此，我們可以看到陳芳明「插旗戰略」的意外效果：他站在本土派立場，但又往左派的領地「插旗」，自稱也是左派，等於是為自己多建立了一道轉移火力的「假目標」。陳映真抓著他的左派論述疏漏去打，就戰術上來說是不太明智的——就算你講的都對，也沒辦法擊倒陳芳明版的台灣文學史，因為陳芳明的核心動力本來就是來自本土派而非左派。陳芳明最多兩手一攤，說聲「古典左派的教條不合時宜，我們要隨時代變化」就結束了；更何況整場論戰下來，陳芳明始終嬉皮笑臉在跟陳映真游鬥，根本沒有打算放棄他自稱的左派立場。

最後，也可能最致命的一點是：陳映真的「台灣社會性質論」非常難拿來解釋台灣文學的發展——而這是一場事關台灣文學史詮釋權的論戰。陳芳明的三階段、九分期縱然有種種不精準之處，但基本上仍能與台灣文壇的演變歷程相呼應。相較之下，陳映真的五階段之說，是根本無法套用在台灣文學發展裡的。所謂「新殖民地．半資本主義社會」和「新殖民地．依附性資本主義社會」兩個時期之間，在文學表現上究竟有何具體的差異？若將陳芳明的框架稍加修正，他會說這是「現代主義轉型到鄉土文學」的時間點。但這樣的文學演變，似乎難以用「半資本主義社會」和「依附性資本主義社會」來解釋——不是說好了下層建築決定上層建築嗎？

因此，陳映真的「社會性質論」就算能在理論層面駁倒陳芳明的「三階段論」，但對台灣文學史的書寫來說，是毫無意義的。這套左派論述並沒有辦法催生出左派的台灣文學史，哪怕是一套跟本土派同樣有漏洞的台灣文學史，都無能為力——而如此失當的戰略設定，也就決定了這場論戰最終的結果：不管論理上是誰吵贏了，只有本土派有機會能留下一本自己的台灣文學史。

從社會性質戰到文學詮釋

不過，雖然陳映真的框架很難產出一本台灣文學史，但兩人來回交火的長文裡，也還是談了不少文學問題。他們幾乎對每一時期的台灣文學，都有著不一樣的詮釋角度，頗能一次看到本土派和左派之間的差異。

首先，我們來看看日治時期。陳芳明強調日治時期具有殖民地的「駁雜性格」，在語言上融混了中文、日文、台文三種文字。這種進路，當然是意圖淡化中國的影響，頗有葉石濤在「鄉土文學論戰」裡面的「三分之一策略」之風。就此，陳映真在〈關於「台灣社會性質」的進一步討論〉說：

……陳芳明說「台灣作家在二〇年代混合使用日、台、中三種語言」，說台灣新文學運動者「自始」就是「以日文、中國白話文、台灣話三種語言從事文學創作」是沒有事實根據的。殖民地作家被殖民者剝奪了自己民族語文，被迫改用殖民者語文從事創作，自然是悲痛之事。但這悲痛難道不是被剝奪了白話漢語，不能使用具有民族認同意義的白話漢語的悲痛嗎？

陳映真與陳芳明立場相反，當然希望強化「中文為主」的印象，加強日治時期台灣文學跟中國文學的聯繫。但很可惜的是，這點非常容易反駁，因為歷史事實就不是陳映真講的那個樣子。陳芳明在〈當台灣文學戴上馬克斯面具〉輕巧回應：

陳映真刻意忽略台灣的第一篇小說，是一九二二年謝春木以日文所寫的〈她往何處去〉。他所豔稱的反殖民作家楊逵，在一九二七年於東京所寫的第一篇小說〈自由勞動者的手記〉，也是不折不扣的日文作品。如果只是片面地、偏愛地高唱「中國影響論」，就不可能認清台灣文學的實貌。即使是有台灣新文學之父尊號的賴和，他的小說並不純粹是中國白話文。身為殖民地作家，他的書寫往往被迫混合使用台語與日語於作品之中。在所有堅持白話文的作家中，包括王詩琅、楊守愚、朱點人等人，小說中都摻雜了過多的台語與日語。陳映真酷嗜採取印象派的閱讀方式，凡是看到漢文，就判定是白話文作品；

> 既是白話文，他毫不遲疑就論斷為受中國文學的影響。這種喜劇式的推論，既未照顧到台灣作家在語言使用上的痛苦心情，也未考慮到殖民地社會中的文化駁雜性格。

陳芳明這一整段說法，基本上是無可反駁的學界共識。若要討論日治時期的台灣作家是否有中國認同，陳映真確實可以有不少著力之處。但說到日治時期台灣作家的「語言」為何，那是把文獻拿出來就一翻兩瞪眼的文學事實。陳映真在這一點上輕率開戰，恐怕是真的認識不足。同樣的問題，也出現在同一篇文章、他討論「台灣話文」的段落裡：

> 除了採集台灣民謠、童謠的作品，日據時代基本不存在完全以「台灣話文書寫」的文學創作。這是因為作為中國中古漢語和中國方言的閩南語，一直沒有獨自的表記符號，至少沒有可以流暢、優美地成為文學作品的閩南語表記符號。近十年間，陳芳明一派的人大談「台灣話」，以「台灣話」寫論文，寫詩，大談「台灣話」之「優秀」，結果都知難而止，無疾而終。

這樣的說法也完全不是事實。早在日治時期以前，台灣就有以羅馬字母拼寫台語的《台灣府城教會報》（Tâi-oân-hú-siâⁿ Kàu-hōe-pò）出版。直到日治時期，仍有蔡培火等人戮力推行這套「白話字」。而在一九三〇年代的「台灣話文」論戰之後，賴和、蔡秋桐等作家都有台灣話文作品的嘗試。以上都是本書第二章都提過的內容。至於陳映真所說「近十年間」沒有台灣話文的作品，這也非常荒謬，因為戒嚴時代一直都有林宗源、林央敏等台語文學創作者持續寫作，只是文壇影響力不大而已。但是，影響力不大並不是文學史可以忽略的理由，否則戒嚴時期被官方長期打壓的左派文學脈絡，豈不也沒有立足之地了？

說到戒嚴時代，兩人對此一時期的「現代主義」也有著截然不同的評價。陳映真作為一名從現代主義轉向鄉土文學的作家，對現代主義文學自然沒有什麼好話。他在〈以意識形態代替科學知識的災難〉這樣說：

> 在一個意義上，反共文學與現代主義文學是雙生兒。五〇年代初，紀弦寫反共的「戰鬥文學」〈在飛揚的時代〉後不久，就以《現代詩》詩刊宣傳現代主義。七〇年代展開的現代詩論戰和七八年鄉土文學論戰中，現代主義和官方結盟，以扣政治帽子、寫密告信的方式惡毒打擊鄉土文學，就是證明。

然而，陳芳明完全不同意「反共文學與現代主義文學是雙生兒」的說法。他更著眼於現代主義消極抵抗反共文學的成分，〈馬克思主義有那麼嚴重嗎？〉這樣說：

現代主義引進台灣時，本地作家大多是從模仿開始的。白先勇、王文興、陳若曦、歐陽子四位《現代文學》創辦者，從未否認他們是如何複製現代主義的技巧。甚至陳映真極力肯定的黃春明，早期也寫過現代主義式的作品，至於劉大任、七等生、施叔青、李昂等人，沒有一個不是穿越過現代主義的拱門。他們描寫死亡、孤絕、焦慮、疏離，都隱隱暗示他們與現實政治的緊張關係。

這一回合，雙方可說是平分秋色。事實上，兩種說法至今都在學界有所發展。陳芳明對現代主義正面評價，認為他們不只有美學價值，也至少和反共文學保持距離，這種說法確實不無道理。但陳映真指出這種「保持距離」未必是否定反共文學，實際上是用晦澀的文字來隱藏自己依從官方的立場，這種說法也能得到不少案例佐證。或許比較完整的說法，應當是整合雙陳之見，從而認知到「現代主義」是一團具有各種政治立場的含混集合體，左右統獨通通不缺。而從國民黨政府「既不打壓、也不鼓勵」現代主義的態度來看，要說現代主義和官方保持距離、還是說它與官方有某種默契，也都是說得通的。

然而，在對各個時期的文學詮釋裡，我認為影響最大的並不是前兩回合，而是他們對解嚴後的理解。如前所述，陳芳明把邱貴芬、廖朝陽以降的論述混合起來，生出一套不精確但彈性極大的框架。在〈台灣新文學史的建構與分期〉靠近結尾處，我們就能看見這樣的說法：

在威權崩解的年代，凡是涉及雄偉、崇高等大敘述的字眼，如今看來是多麼可恥。作家在關懷現實之餘，也毫不掩飾地對存在於社會內部的慾望、想像、憧憬、感覺都放膽予以探索。當二十世紀的世紀末迫臨時，台灣文學似乎已相當不耐地要迎接新的世紀了。從女性書寫到同志書寫，從後殖民思考到後現代思考，顯然已經預告台灣文學二十一世紀的一些可能發展的動向。

這段話的第一句，講的全是「後現代」的觀點。落實於文學，就是世紀末各種弱勢身分的文學紛紛湧現，本來被壓抑的都解放開來了。陳芳明在此以女性書寫、同志書寫為例，但在其他地方，他也提及了原住民等族裔身分。對此，陳映真在〈關於「台灣社會性質」的進一步討論〉的批評與廖朝陽在一九九二年提醒邱貴芬的，有一小部分交集：

陳芳明以西方後現代的性別、性取向、族群、去中心、分殊、多元……這些舶來的概念，生吞活剝，強辭奪理地描寫、說明、比附台灣文學，以西方新殖民主義的文化概念描寫台灣，正是後殖民批判理論的批判對象的核心。陳芳明以批判的對象（後現代論）形容批判的本身（後殖民論），把批判的本身與批判的對象混同起來，令人匪夷所思。

最後一句話是什麼意思，想必難不倒已經讀過第九章第二節的讀者，我就不再解釋一次了。不過，陳映真畢竟與廖朝陽不同，廖朝陽面對「後殖民＋抵中心」的架構，思考的是如何強化它、調和出更好的方案。但陳映真作為一名懷戀一九三〇年代的「老幹部」，是直接把這些東西當成不必學習的西方事物，接受了它們就是接受美國的「新殖民主義文化霸權」：

把台灣文學按照「語言」、「族群」、「性別」、「性取向」、「去中心」、「分殊」、「多元」加以分別而不是從創作方法、文藝思潮、時代社會基礎去分類，是台灣九〇年代從西方經過校園、留學體制灌輸進來的概念。〔……〕文學批評中也出現所謂性別、性偏好、種族、語言等「多元」、零細的角度。這些思想藉著台灣自五〇年代以來美國新殖民主義文化霸權的、暢通多時的管道——留學體制、學位生產、人員交換——經由快速化的通訊、媒介炒作，半生不熟地灌輸到台灣來。於是「去中心」、「分殊」、「多元」諸論，嗡嗡然流傳於以外語獨占西方知識之窗口的一群菁英之中。

以語言、族群、性別、性取向來分類文學，是不是西方發展出來的觀念？是。但陳映真似乎忘了，左派以「階級」來分類文學作品，或者以他前述的「生產力與生產關係的總和」來討論社會性質，也是不折不扣的西方觀念。所以，重點仍是「這種思考方式有沒有效」，而不是「它有沒有背離（古典的）馬克思主義」。陳映真反對的，是一套沛然莫之能禦，至今仍主導學術界的文學思考方式，因為這種思考方式確實能幫助我們看到很多以前被忽略的人群，及與他們相關的文學作品。更諷刺的是，在西方世界裡，以「語言、族群、性別、性取向來分類文學」的許多學者，本身也是左派。陳映真與他們的差別，並不是政治立場上的本質差別，而是「時差」——陳映真所強硬堅持的，甚至已不能簡單說是「左派」立場了，而必須是他年輕時所理解的那套非常非常「古典的」左派——如果不說是「過時」的話。

而再一次，從戰略層面來說，陳映真的立場也將削弱他在台灣文學史上的話語權。當陳芳明不顧理論的嚴謹與否，也要「海納百川」、把各族裔各性別各階級全部「包容」進來的時候，陳映真卻等於對著台語文學、原住民文學、女性文學、同志文學說：你們之所以在文壇上受到重視，都是「新殖民主義」的毒害。這兩種思維，在文學上或許都可以有各自的理由，但就「文學史」的層面而言，基本上就已註定了左派立場不但無法處理歷史，恐怕也無力面對未來的新事物了。至於陳映真，這一名在台灣文學史上打過無數論戰的老將，也終於完全背向了時代，成為一名不願正視現實變化的、「死守信念的唯物論者」。

台灣文學史及其「未走之路」

就結果來說，「雙陳論戰」並沒能阻止陳芳明撰寫台灣文學史。陳芳明的《台灣新文學史》一路連載到二〇〇二年的第十五章，才因為個人規畫暫時停頓。《台灣新文學史》第十五章是「一九六〇年代台灣現代小說的藝術成就」，也就是說，在這之前的文學時期，陳芳明至少都給出了一份初步的成果。在他停筆的十年間，這十五章《台灣新文學史》的影印本，就成為所有想要報考台灣文學研究所的學生必讀的書目——我自己書架上就有一本。

相對的，左統派雖然在二十一世紀與中華人民共和國的學術單位深度合作，為中國提供學術觀點與政治樣板，但在台灣社會的影響力卻越來越低。在我念大學時，人文社會學科裡仍有許多左派學者，但這些學者大多已不是統派了。左派與統派的綁定逐漸裂解，陳映真所反對的那種「去中心」、重視身分政治的思考方法，則成為毫無疑問的學術主流。我從學校剛畢業沒幾年，「夏林清事件」便爆發開來，徹底摧毀了左統派的社會聲譽。在我學生時代，有理想的青年多少要讀讀「苦勞網」、多少會在社會運動裡認識左統派的領袖。現在，就算是在跑學運的熱血大學生，都會一臉困惑地問：「左派跟統派有什麼關係？」

左統派仍然不時有文學論述、文學史料的出版，但幾乎沒有文壇人士會注意到了。

不過，本土派這方的發展也未必完全甜美。甚至可以說「有點一言難盡」。於二〇〇〇年代表本土派出戰左派、提出「再殖民論」的陳芳明，最終卻在停筆十年後，選擇在二〇一一年才加緊趕工出版了《台灣新文學史》。這一年，是中華民國開國一〇〇週年，他顯然有意將這本書當作民國百年的「祝壽賀禮」。這種做法，令台灣文學界的人五味雜陳；所以陳芳明的意思是：他撰寫這部本土立場的文學史，是為了祝他所定義的殖民者生日快樂？這麼一本備受台灣文學界期待的扛鼎之作，也就因此蒙上了晦暗的陰影。

不過，陳芳明也不是第一次前後矛盾了。我們早已見識過好幾次，邏輯嚴密從來就不是他的風格。政治嗅覺敏銳，才是他真正的專長。他的「插旗戰略」不只可以拿來打造台灣文學史，更可以拿來擴張自己的影響力。在那之後很長一段時間，陳芳明幾乎是「台灣文學」在媒體上的唯一代言人，使台灣文學界陷入啞巴吃黃連的尷尬境地。作為論敵的左統派，或許會暗笑本土派識人不明吧？

但無論如何，這場「雙陳論戰」毫無疑問是由陳芳明獲勝。即使我對最後的「定本」有頗多失望之處，但它至少還是總成了二十世紀台灣文學的成果，讓我們有一個基本的框架可以參考。至少，有這樣一部書問世，我們要講授台灣文學史也會比較方便——邊講邊挑錯，總比沒有版本可以挑錯要好。

而走到這裡，我們的論戰之旅也該要告一段落了。

現在，至少我知道如何清楚地回應那些勸阻我念台灣文學所，認為這只是「政治產物」的師長了。這一整本書，就是寫給當年無言以對的我自己，以及也許還有同樣困惑的年輕人。

沒錯，「台灣文學」是徹頭徹尾的政治產物。但是，你知道它誕生以來艱難的「政治過程」嗎？你知道有多少人為它殫精竭慮、耗盡心血嗎？現在，你看到了其中一部分。我們並不是一支受祝福的文學。因此，我們是一支必須嫻熟於論戰的文學。要懂文學理論，要懂社會科學，要考量戰略與戰術，要理解文學場域與其他場域的互動模式，才能在凶險的歷史境遇裡保存實力，等待扭轉戰局的機會。文學人不全是好人，他們有時也會用一些不光彩的手段；文壇的風向也不全然公正，有時人們反而支持沒那麼純潔的人。

但是，有一點是沒變的：他們互相傷害，是因為心有所愛——或者對文學，或者對台灣，或者兩者皆是。

這是我想帶給世界的答案。我不願意因為某件事情是「政治產物」就嗤之以鼻。如果那是我們自己的東西，那「認識我自己」就是我能有的最大的義務，與最大的幸福。現在，經歷過這十章論戰的我們，想必都很清楚：在整個台灣文學史上，能夠擁有「認識我自己」的空間，是多麼奢侈的文學願望。

雙陳論戰

日期	作者	篇名（發表刊物）或事件	立場
一九九九年八月	陳芳明	〈台灣新文學史的建構與分期〉（《聯合文學》）	本土派（後殖民三階段論）
二〇〇〇年七月	陳映真	〈以意識形態代替科學知識的災難：批評陳芳明先生的『台灣新文學史的建構與分期』〉（《聯合文學》）	左統派（台灣社會性質論）
二〇〇〇年八月	陳芳明	〈馬克思主義有那麼嚴重嗎？——回答陳映真的科學發明與知識創見〉（《聯合文學》）	本土派（後殖民三階段論）
二〇〇〇年九月	陳映真	〈關於台灣「社會性質」的進一步討論：答陳芳明先生〉（《聯合文學》）	左統派（台灣社會性質論）
二〇〇〇年十月	陳芳明	〈當台灣文學戴上馬克思面具——再答陳映真的科學發明與知識創見〉（《聯合文學》）	本土派（後殖民三階段論）
二〇〇〇年十二月	陳映真	〈陳芳明歷史三階段論和台灣新文學史論可以休矣！〉（《聯合文學》）	左統派（台灣社會性質論）

二〇〇一年八月	陳芳明	〈有這種統派，誰還需要馬克思？——三答陳映真的科學創見與知識發明〉（《聯合文學》）	本土派（後殖民三階段論）
二〇〇二年八月	陳映真	〈駁陳芳明再論殖民主義的雙重作用〉（《反對言偽而辯：陳芳明台灣文學論、後現代論、後殖民論的批判》）	左統派（台灣社會性質論）
二〇一一年十月	陳芳明	《台灣新文學史》出版	本土派（後殖民三階段論）

後記——在已知的戰場之外

《他們互相傷害的時候》從一九二四年的「新舊文學論戰」開始，終於二〇〇〇年的「雙陳論戰」。在這條時間線之後，當然還有其他文學論戰。其中有一些，甚至我還親身參與。不過，正是因為靠得太近，所以並不適合由我這一代人來寫。這些論戰的特殊性、它們是否改變了文學發展的方向，就交給更後世的文學人來決定吧。而我能做的，就是先把二〇〇〇年以前的論戰故事整理出來。

在寫這本書的過程裡，我很驚訝竟然沒有太多著作可以參考——別誤會，我不是說學界沒有人研究，事實上本書的十波論戰都早有前行研究了。我說的「沒有太多著作可參考」，意思是一本入門性質、通史性質的「論戰史」。任何讀過台灣文學的人，都能感受到「論戰」在台灣文學史上的重要性。但是，如果人們要理解這些論戰，卻都必須四處蒐羅不同時期、不同類型的學術著作，這對一般文學讀者而言，門檻實在太高了。

因緣際會，我在二〇二〇年參與了台灣文學館《不服來戰：憤青作家百年筆戰實錄》的編撰工作，邀集許多作家、學者，出版了這本以文學論戰為主題的入門書。我自己也貢獻了若干文章，我自己寫過的某些觀點也改寫置入了本書相關的章節，特別是第八章。我自己滿喜歡這本小書，很多章節都讓我開了眼界。不過，由於每位作家、學者切入的角度不同，再加上邀稿篇幅的限制，許多話題都只能點到為止，也很難「連點成線」，說明各場論戰之間的關係。

因此，我覺得是時候啟動這個埋藏多年的寫作計畫了：一本首尾一貫的論戰史。本來我就有一個「台灣文青養成計畫」，希望「用台灣的案例，來解說文學知識」，擺脫文學青年長年依賴外國文學讀物，總是讀得一知半解、有所隔閡的局面。這個計畫已有四本書，分別是談「閱讀」的《學校不敢教的小說》、談「創作」的《只要出問題，小說都能搞定》、談「作家」的《他們沒在寫小說的時候》。最後要補上的，就是你手上這本、藉著「論戰」這個話題來談「文學理論」的《他們互相傷害的時候》了。

由我來寫一本論戰史，不見得會比《不服來戰》裡任何一位作家、學者來寫更好。不過，由我一人動筆，至少就能完成「首尾一貫」的任務，使這些論戰從孤立事件變成有機的整體——即使是透過我的詮釋，來使它們有機的。對於入門的文學讀者來說，這應該可以讓複雜的論戰變得有跡可追，降低理解的門檻；而有志於觀察台灣文學演變過程的人，也或可從這樣「列陣而來」的章回起落當中，發現一些新的觀點吧？

比如我自己，就是在寫到第九章時才赫然發現：似乎直到一九九〇年代，才有女性參戰的身影？我特別回頭把自己寫的稿件掃了一輪，確定在邱貴芬、陳昭瑛之前，我只在第五章提過一次蘇雪林，而且沒有引述她的任何論點。當然，這不代表過去沒有女性參戰，因為我所撰寫的十章之外，還有其他沒收錄的論戰；或者在我描述的論戰故事裡，也可能有其他女性參與者，只是沒有被當成主角。然而，台灣文學史的論戰，基本上以「漢人、男性、異性戀」為主角，是不爭的事實。考慮到這些論戰決定了台灣文學史的主軸，我更為這趟旅程缺乏不同性別、不同族群的聲音感到遺憾。本書寫作的最後階段，適逢本書末三章密集出現的陳芳明疑似涉入「me too」風暴，也讓我感到這種缺憾，似乎還有許多隱然的後座力。

是文學史上真的缺乏其他觀點，還是後世的認知框架讓我們忽略了其他觀點？這並非我現在的能力可以回答的。就留待未來、留待更學有專精的研究者吧！

說到學有專精的研究者，我也推薦讀者把《他們互相傷害的時候》當成入門磚。如果對書裡提到的任何一場論戰有興趣，都可以進一步查找相關研究，或直接去讀當時的論戰文獻集。底下這份清單，就是對我寫作過程幫助很大的一系列書籍，在此聊表謝忱與推薦之意：

1、李南衡主編，《日據下台灣新文學．明集5 文獻資料選集》（文獻．新舊文學論戰）

2、翁聖峯，《日據時期台灣新舊文學論爭新探》（研究．新舊文學論戰）

3、中島利郎主編，《1930年代台灣鄉土文學論戰資料彙編》（文獻．台灣話文論戰）

4、黃英哲主編，《日治時期台灣文藝評論集．雜誌篇第四冊》（文獻．糞寫實主義論戰）

5、陳映真、曾健民主編，《1947-1949台灣文學問題論議集》（文獻．「橋」副刊論戰）

6、陳政彥，《戰後台灣現代詩論戰史研究》（研究・現代派論戰、關唐事件）
7、尉天驄主編，《鄉土文學討論集》（文獻・鄉土文學論戰）
8、彭歌等著，《當前文學問題總批判》（文獻・鄉土文學論戰）
9、謝春馨，《八〇年代「台灣文學」正名論》（研究・「台灣文學正名」系列論戰）
10、游勝冠，《台灣文學本土論的興起與發展》（研究・「台灣文學正名」系列論戰）
11、邱貴芬，《後殖民及其外》（研究・後殖民論戰）
12、陳芳明，《後殖民台灣——文學史論及其周邊》（文獻・雙陳論戰）
13、許南村主編，《反對言偽而辯》（文獻・雙陳論戰）

當然，以上書單只是我特別倚重的，不代表學術研究的全貌。這任一本著作，都可能開啟一條值得探索的路徑，並非寥寥幾本書就能講清楚的。《他們互相傷害的時候》這樣一本通史性質、章回形式的書，若能幫助讀者快速進入狀況，知道那些文獻的「看點」在哪裡，就已經感到非常滿足了。

最後，這本書獻給我在清大台文所的恩師陳建忠教授。希望這十年來的吵吵鬧鬧，沒有辜負您當年的信任與教誨。

國家圖書館出版品預行編目（CIP）資料

他們互相傷害的時候 : 台灣文學百年論戰 = When they were hurting each other: a hundred years of controversies on Taiwanese literature/ 朱宥勳作 . -- 初版 . -- 臺北市 : 大塊文化出版股份有限公司 , 2023.09
面； 公分 . --（mark ; 187）
ISBN 978-626-7317-64-8（平裝）

1.CST: 臺灣文學 2.CST: 文學評論 3.CST: 文集

863.207 112012227

LOCUS

LOCUS

LOCUS

LOCUS